U0330877

本书由作者将自己的两部著作合并而成，第一部"文人哲学家和辻哲郎"，译自"岩波新书"《和辻哲郎：文人哲学家的轨迹》一书；第二部"近现代日本的哲学与思想——以京都学派为中心"，译自"中公新书"《日本哲学小史》的第一部分。特此说明。

和辻哲郎与日本哲学

〔日〕 熊野纯彦 著　龚颖 译

生活·讀書·新知 三联书店

图书在版编目（CIP）数据

和辻哲郎与日本哲学／（日）熊野纯彦著；龚颖译. —北京：
生活·读书·新知三联书店，2018.10
（文化生活译丛）
ISBN 978 – 7 – 108 – 06318 – 2

Ⅰ. ①和… Ⅱ. ①熊… ②龚… Ⅲ. ①和辻哲郎（1889—1960）–
哲学思想–研究②哲学史–日本 Ⅳ. ① B313

中国版本图书馆 CIP 数据核字（2018）第 100033 号

责任编辑　冯金红
装帧设计　蔡立国　薛　宇
责任校对　张　睿
责任印制　宋　家
出版发行　生活·讀書·新知 三联书店
　　　　　（北京市东城区美术馆东街 22 号 100010）
网　　址　www.sdxjpc.com
图　　字　01-2018-7377
经　　销　新华书店
印　　刷　北京隆昌伟业印刷有限公司
版　　次　2018 年 10 月北京第 1 版
　　　　　2018 年 10 月北京第 1 次印刷
开　　本　880 毫米 × 1092 毫米　1/32　印张 12.625
字　　数　228 千字　图 5 幅
印　　数　0,001 – 5,000 册
定　　价　48.00 元
（印装查询：01064002715；邮购查询：01084010542）

中文版序言

　　和辻哲郎（1889—1960）是近代日本颇具代表性的哲学家、伦理学家之一，其名常与西田几多郎并称。在西田、和辻二人身上，鲜明地反映着日本近代的"光与影"，仅从这一共同点上来说，二人也堪称"双璧"。

　　然而，与西田相比，应当说和辻哲郎还有更为突出的地方，在他身上，体现着近代日本社会中最为典型的知识人的存在方式。之所以这样说，是因为和辻哲郎在双重意义上处于所谓的"外部"经验之中，而正是这些外在的经验对和辻的思考具有决定性意义。

　　和辻哲郎出生和成长的地区，在当时还顽固地留存着不少封建时代的残渣，那是明治年间一处典型的日本村落。后来，和辻哲郎走出村子，先是升入旧制高中，然后又到当时的东京大学继续求学。相对于"村子"这一和辻哲郎熟悉和亲近的共同体来说，他的这种经历、他所经历的那个时代本身，就是一种外在的经验；同时，这也是对"近代"这一新时代的体验。西田几多郎没有出国游历的经历，和辻哲郎曾奉文部省之命留学欧洲。这次游历欧洲的经验对于和辻来说，是名副其实的"外部"经验。——日本的近代知识人几乎都是在经历过"城市""近代"和西欧这种外在风雨的吹打，也都是在对此的惊诧和踌躇之后，逐渐展开自己的思考的。和辻哲郎所呈现的，就是近代日本的知识人都曾经历过的这种人生和思想的轨迹，而和辻身后呈现出的这条轨迹尤为清晰。

上述对和辻哲郎来说属于"外部"的经验，同时也在他的体内唤醒了那些贯通其命脉的"内部"积蓄。和辻的思考也因此获得了来自日本的语言和传统的支撑，在这一点上，他是远超西田几多郎的。然而，也是在这一点上，和辻哲郎的思考中存在一个死角。例如，无论是"伦理"一词还是"人（间）"一词，他的思想体系中的这些基础性词汇无疑都来自古代中国的典籍，是汉译佛典中的词汇。在和辻哲郎迤逦追寻到的"内部"，他或许没有意识到，来自古代的"外部"也同样栖居其中。

本书是关于如上所述的和辻哲郎的概要性考察，它即将以中文面世，这不单令我本人心生无限感慨，从上述内容的视角来看，这也是一件很有意义的事。日本的近代，无论是其"光"还是"影"，都已铭刻下独特的历史。事实上，和辻哲郎从传承而来的汉语典籍中受教颇深，作为本书著者，我切望今日中国的读者们也能从和辻哲郎的卓绝苦斗和曲折历程中获得某些助益。

　　不辞辛苦翻译此书的龚颖先生是著者相识 15 年以上的朋友，是我十分信赖的难得的中国友人之一。作为现代日语，拙著的行文造句也未必全部符合语法标准，将这样一本书移译为中文，其间劳苦在所难免。借此机会，谨向译者致以最高的敬意和感谢！

2015 年 12 月

熊野纯彦

译者前言

本书由熊野纯彦（Sumihiko Kumano，1958年生）的两部作品中译而成，分别是专著《和辻哲郎：文人哲学家的人生轨迹》和长篇论文《近代日本哲学的回顾与展望——以京都学派为中心》。前者译自『和辻哲郎——文人哲学者の軌跡』，是对和辻哲郎这位近代日本哲学史上最具典型意义的哲学家的人生历程及其学术成果所做的追踪描述；后者译自『日本哲学小史——近代100年の20篇』一书的第一部「近代の日本哲学の展望——「京都学派」を中心にして」，是以京都学派的主要成员及其学术成就为中心对近代日本哲学史所做的鸟瞰式概观。

著者熊野纯彦在特为本书撰写的"中文版序言"中说，我们需要认清日本近代史（包括哲学史）上曾有过的"光"与"影"，并从中汲取经验和教训。对于这一立场的认同是译者向读者朋友郑重推介本书的最大理由。除此以外，关于本书的意义、特色等其他一些情况，还应做以下几点说明。

一

在本书第一部"文人哲学家和辻哲郎"中，著者以其独特的视点考察了和辻哲郎的人生经历和思想成果，试图阐明其哲学、伦理学的特质与他的人生、他所处的时代之间的内在联系。

为什么要选择和辻哲郎而不是更为著名的西田几多郎[1]作为日本哲学史上的典型代表进行分析研究？对此，著者在本书"中文版序言"中做了清楚的交代。他承认："和辻哲郎是近代日本颇具代表性的哲学家、伦理学家之一，其名常与西田几多郎并称。在西田、和辻二人身上，鲜明地反映着日本近代的'光与影'，仅从这一共同点上来说，二人也堪称'双璧'。"同时，著者还认为：

> 与西田相比，应当说和辻哲郎还有更为突出的地方，在他身上，体现着近代日本社会中最为典型的知识人的

[1] 西田几多郎（1870—1945）试图建立一种能够超越唯心主义和唯物主义的哲学，其成就在同代人中可谓首屈一指。西田几多郎生前是日本哲学界活跃的领军人物，以他为核心逐步形成的日本哲学领域的"京都学派"人才辈出，成果卓著。西田哲学在世界范围内影响广泛，一般认为，西田几多郎的学术成果最能体现日本思想家的理论思维能力和理论水平所达到的高度。

存在方式。之所以这样说，是因为和辻哲郎在双重意义上处于所谓"外部"经验之中，而正是这些外在的经验对和辻的思考具有决定性意义。

和辻哲郎出生和成长的地区，在当时还顽固地留存着不少封建时代的残渣，那是明治年间一处典型的日本村落。后来，和辻哲郎走出村子，先是升入旧制高中，然后又到当时的东京大学继续求学。相对于"村子"这一和辻哲郎熟悉和亲近的共同体来说，他的这种经历、他所经历的那个时代本身，就是一种外在的经验；同时，这也是对"近代"这一新时代的体验。西田几多郎没有出国游历的经历，和辻哲郎曾奉文部省之命留学欧洲。这次游历欧洲的经验对于和辻来说，是名副其实的"外部"经验。——日本的近代知识人几乎都是在经历过"城市""近代"和西欧这种外在风雨的吹打，也都是在对此的惊诧与踌躇之后，逐渐展开自己的思考的。和辻哲郎所呈现的，就是近代日本的知识人都曾经历过的这种人生和思想的轨迹，而和辻身后呈现出的这条轨迹尤为清晰。

由此可知，著者选择和辻哲郎进行分析考察是经过深思熟虑的。此一选择也明确地反映出著者熊野纯彦的立场：任何学者都离不开他的时代，要了解一个人的哲学与思想，首先要理解他的人生与时代。

本书第二部"近现代日本的哲学与思想——以京都学派为中心"是篇幅不大但独具特色的日本哲学简史，它既是理解和辻哲学的背景材料，又有其独立的价值和意义。要把和辻哲郎及其哲学·伦理学置于整个时代的思想、学术脉络中进行考察，就需要了解近代以降日本哲学界的主要思潮流变过程。著者以京都学派哲学为中心，将这一过程划分为"前史——西田几多郎之前""学派——从西田几多郎到下村寅太郎""转折——马克思的冲击""终结——走向田中美知太郎的古典学研究"四个阶段，对其中的主要人物、事件等做了简明扼要的介绍与评价。

和辻哲郎研究日本文化的两部代表作《风土》（陈力卫译，商务印书馆，2006 年）和《古寺巡礼》（谭仁岸译，上海三联书店，2016 年）的中译本业已出版，本书是以和辻哲郎及其同时代的哲学家们为主题的研究著作，如果能互相参考阅读这些作品，相信一定会获益良多。

二

深入具体地了解日本近代以来的哲学史，对于我们认识"哲学"在中国的发展演变过程十分必要。这一点可以从多方面加以说明，在此仅略举一二，权为例证。

近代以来，西学东渐进入新阶段，这一阶段西学东渐的重要内容之一是西方哲学的东传。西方哲学东传第一站到日本。明治维新以后的日本哲学界以极大的热情移译西方哲学著作，在接受和转化利用西方哲学的思想成果方面投入大量精力，取得较大成绩。日本哲学界译介、转化西方哲学的成果中，有一部分或直接或间接地影响了近现代中国哲学的建构与发展，其作用不容忽视。

1874 年，日本思想家西周（1829—1897）经过反复斟酌，首次将 philosophy 公开定译为"哲学"，这个译法后来逐渐得到学界认同并确立下来。本书在第二部第一章"4.'哲学'一词的启用——西周"一节中论及此事，同时还介绍说，"主观""客观""演绎""归纳""理性""悟性"等多个哲学术语都是由西周首先翻译成日语汉字词的。据研究，西周定译的"哲学"一词在 1896 年前后由黄遵宪（1848—1905）最早介绍至中国，后来逐渐为我国学术界所接受，使用至今。

甲午战争后，日本作为西学东渐之"中转站"的作用日益显著，许多中国知识人开始大量依据日人翻译或编著的西学书籍即所谓"日译西书"来接受和传播西学。哲学领域也不例外，不少人靠转译日人所著（译）哲学书籍的办法，高效地向国人传播了西方哲学的相关知识。像梁启超、王国维、蔡元培、鲁迅等人在向清末民初的读者传播西方哲学时，一开始都曾采用过这种办法。因此，要认清梁启超、王国维、鲁迅等先驱们的思想特征，准确把握其思想的具体来源等问题，了解那些日人著译者及其作品的相关情况将成为首要的和必要的工作。这些经梁、王等人精心甄选出来加以翻译利用的日人著译作品，要么是西方哲学史上的经典之作，要么是反映时代思潮的前沿作品。因此，这些作品及其译（著）者也往往在近代日本哲学史上享有较高地位，在本书第二部"近现代日本的哲学与思想——以京都学派为中心"中也是榜上有名、载入史册的。这类实例有很多，以下仅以桑木严翼（1874—1946）及其作品为例，略加说明。

东京大学哲学教授桑木严翼的名字出现在本书第二部第一章临近结尾处，他在引进、传播和研究西方哲学尤其是康德哲学，促使日本近现代哲学的形成和发展过程中发挥了重要作用。桑木严翼解读西方哲学、康德哲学的著述最早在清末已传至中国，在近代中国的西方哲学接受史上发挥过入门书的重要作用。

王国维（1877—1927）与桑木严翼的交集不少，他翻译过一部桑木的专著《哲学概论》，节译过桑木译著『哲学史要』（王译书名为《哲学史》）；王国维论文《德国文化大改革家尼采传》《尼采氏之学说》参考过桑木专著《尼采氏伦理学说之一斑》中的相应内容，王氏文章《汗德之哲学说》《汗德之知识论》编译自桑木译著『哲学史要』中的相关内容。

王国维与桑木严翼作品之间的联系千丝万缕，可以想象前者会受到后者的影响。例如，已有研究通过进行仔细的对比考察指出，王国维的尼采观及其研究态度较多地受到桑木严翼的影响。[1]

有研究表明：鲁迅在他的著作中曾多处直接参考利用了桑木严翼《尼采氏伦理学说之一斑》中的相关论述。[2]要理解思想家鲁迅的成长过程，尼采哲学的影响不容忽视。因此，上述研究成果就提示我们：要深入理解鲁迅思想和尼采哲学的关系，首先需要确认经桑木严翼之手描绘出的尼采像。

桑木严翼有关西方哲学的著述在当时和后来都有广泛影响，现代哲学家张东荪（1886—1973）旧藏外文书中就有一册桑木严翼著《现代思潮十讲》（1913年，弘道馆），其中分十

---

〔1〕桑木严翼『哲学概論』，1900年由東京專門学校出版；《尼采氏伦理学说之一斑》的日文题是『ニーチエ氏倫理説一斑』，1902年由育成会出版；桑木节译的『哲学史要』，译自 W.Windelband Geschichte der Philosophie，1902年由早稻田大学出版。参照：钱鸥论文《王国维与〈教育世界〉未署名文章》（《华东师范大学学报》哲学社会科学版2000年第4期），修斌论文《王国维的尼采研究与日本学界之关系》（《中国海洋大学学报》社会科学版2006年第1期）。

〔2〕李冬木论文《留学生周树人周边的"尼采"及其周边》，《东岳论丛》2014年3月（第35卷／第3期）。

章介绍了实证主义、不可知论、自然主义、历史主义、印象主义、实用主义、新实在论等多个当时在欧美流行的哲学思潮。张东荪在该书扉页左下角加盖篆字阳文"張東蓀"方印，在书序页又加盖另一枚篆字阳文"東蓀"方印。在大量加盖了藏书印的张东荪旧藏哲学外文书中，一本书上加盖两枚印章的做法不多，显示了张氏对此书的重视。

当代著名哲学家叶秀山（1935—2016）也曾将桑木严翼的书作为康德哲学的入门"拐杖"，他写道：

> 应该说，二十多岁的青年人一下子读不懂康德，是绝无奇怪的。记得我在学校于郑昕老师指导下作康德的论文，那本《纯粹理性批判》也如同"天书"一样，还是靠了桑木严翼那本粗浅的论康德的书，才使论文得以"蒙混过关"。[1]

近代日本哲学界的动向与我国近现代思想界的关系千丝万缕，其影响更是多方面的，马克思主义思想最初也是由留日学生传入我国的。本书第二部第三章"转折——马克思的冲击"

---

[1] 叶秀山：《在，成于思》，北京：商务印书馆，2017年，52页。原文题"学者的使命——读陈元晖《论王国维》，载《读书》1990年第10期。

中，剖析了马克思主义东传后给日本哲学界带来的重大影响，明确了马克思主义在近现代日本哲学史上的地位。由留日学生传回我国的马克思主义不可避免地会受到这种经由日本哲学界转化过的"日本马克思主义"的影响。这就提示我们，要准确把握马克思主义中国化的初期情况，必须首先确认近代日本是如何接受、转化以及运用马克思主义的。从这个意义上说，了解近代日本哲学史，就等于是在探寻中国近现代哲学、思想的一个重要源头。本书第二部对于近现代日本哲学史的概观，为这种探寻提供了一份浓缩的"思想地图"，希望读者能顺藤摸瓜、循蛛丝马迹走向长江大河。

此外，本书第二部第四章介绍了出隆（1892—1980）和田中美知太郎（1902—1985）两位古典学研究者，他们的名字对于中国读者可能很陌生，然而，他们不仅是日本哲学史上不可多得的优秀学人，他们颇具特色的人生经历也有一定的借鉴意义。在 20 世纪三四十年代日本发动对外侵略战争期间，出隆和田中与那些直接参与时政的京都学派哲学家们保持了一定的距离，他们沉潜于古典学研究之中，直到战争结束。出隆在 1943 年 1 月出版《希腊的哲学与政治》，"二战"结束后不久领衔编纂了《亚里士多德全集》（岩波书店）。田中美知太郎译注的柏拉图《泰阿泰德篇》出版于 1938 年，这是 1945 年以前日本在古希腊哲学研究乃至整个西方古典哲学研究领域中的最高成就，被本书作者誉为"金字塔"。田中撰写于 1938 至 1943 年间的古希腊哲学研究论文在"二战"后结集成《逻各斯与观念》一书出版（1947 年），他还在"二战"后编纂出版《柏拉图全集》，著成四卷本《柏拉图》，这些成果为日本学界在"二战"结束后开展古典学研究提供了良好的基础。早在 1941 年日军偷袭珍珠港得手后，田中美知太郎就不曾为这种"胜利"露出丝毫欢喜，甚至对身边人预言"这场战争，日本必败"。后来，当新加坡被日军攻陷、日本举国欢庆之时，他也再次断言："这场战争，日本必定失败。连战连胜并不能保证最后的胜利"，表达了相同的判断。可见，田中的沉潜古典学研究并非简单地为了避世逍遥，而是出自他对时局走向的理性判断。

田中美知太郎还培养了一批从事古典学研究的学生，他们的翻译与研究成果必将成为我国古典学研究的重要参照，发挥出独特的意义。

三

和辻哲郎早年研读西方哲学，后来又同时研究日本传统思想文化，最终融贯东西，形成了独具特色的学问和思想。要理解把握这样的研究对象面临两个主要困难：一是和辻的学问领域宽广，兼有东西，更深研日本，对于在学问分科日益精细化背景下成长起来的当代研究者而言，全面理解和把握和辻的学问已属不易；二是，更大的不易在于，该如何看待哲学家和辻哲郎的思想这一问题。1945 年日本投降，在战败后的日本思想界，和辻被"进步派"称为"保守主义者""国家主义者""国民道德论者"和"天皇制支持者"，其思想遭到严厉批判。所以，如果仅对其学术研究的内容加以诠释，那么作为思想家的和辻哲郎就会消失；而仅仅关注和辻的思想——即便上述"进步派"的评价是正确的，那也依然无助于认清和辻哲郎的学问与他的思想之间的关系这一问题。本书著者熊野纯彦挑战了上述难题，他力求从学问和思想这两方面入手，全面解读和辻哲郎。

熊野纯彦，生于 1958 年，东京大学文学部哲学系伦理学专业毕业，历任北海道大学、东北大学、东京大学哲学·伦理学专业副教授、教授。长期致力于西方哲学和日本哲学的研究、教学和翻译工作，涉猎领域广泛，钻研深入，已出版著、译、编（合编）等各类作品多部（篇），以下是他近 20 年来的主要学术成果。

甲、独著（编）

1.《列维纳斯入门》(『レヴィナス入門』、筑摩书房、1999 年）

2.《列维纳斯——投向迁行之物的视线》(『レヴィナス
移ろいゆくものへの視線』、岩波書店，1999 年）

3.《黑格尔——关于"他者"的思考》(『ヘーゲル〈他
なるもの〉をめぐる思考』、筑摩書房、2002 年）

4.《康德——能否体验世界的终极》(『カント 世界の限
界を経験することは可能か』、日本放送出版協会、2002 年）

5.《差异与隔阂——朝向他者的伦理》(『差異と隔たり
他なるものへの倫理』、岩波書店、2003 年）

6.《战后思想的一个断面——哲学家广松涉的轨迹》(『戦
後思想の一断面 哲学者廣松涉の軌跡』、ナカニシヤ出版、
2004 年）

7.《梅洛 – 庞蒂——哲学家能否成为诗人？》(『メルロ＝
ポンティ 哲学者は詩人でありうるか？』、日本放送出版協会、
2005 年）

8.《西方哲学史（古代、中世纪部分）》(『西洋哲学
史——古代から中世へ』、岩波書店、2006 年）

9.《西方哲学史（近、现代部分）》(『西洋哲学史——近
代から現代へ』、岩波書店、2006 年）

10.《伦理学（一）~（四）》(注解本，原著和辻哲郎。『倫
理学』、岩波書店、2007 年）

11.《和辻哲郎——文人哲学家的轨迹》(『和辻哲郎——

文人哲学者の軌跡』、岩波書店、2009 年）

12.《广松涉哲学论集》(『廣松涉哲学論集 』、平凡社、2009 年）

13.《现代哲学的名著——20 世纪的 20 册》(『現代哲学の名著——20 世紀の 20 册 』、中央公論新社、2009 年）

14.《日本哲学小史——近代 100 年的 20 篇》(『日本哲学小史——近代 100 年の 20 篇 』、中央公論新社、2009 年）

15.《近代哲学的名著》(『近代哲学の名著 』、中央公論新社、2011 年）

16.《思考马克思资本论》(『マルクス資本論の思考 』、せりか書房、2013 年）

17.《埴谷雄高之寻梦康德——重新发现日本的哲学》(『埴谷雄高——夢みるカント〈再発見日本の哲学〉』、講談社、2010 年）

18.《康德：美与伦理之间》(『カント 美と倫理とのはざまで 』、講談社、2017 年）

19.《马克思：资本论的哲学》(『マルクス 資本論の哲学 』、岩波書店、2018 年）

乙、译作

1. 列维纳斯《整体与无限 上 / 下》(エマニュエル・レヴィナス『全体性と無限 』、岩波書店、2005—2006 年）

2. 卡尔·洛维特《共同存在的现象学》（カール・レーヴィット『共同存在の現象学』、岩波書店、2008 年）

3. 康德《纯粹理性批判》（イマヌエル・カント『純粹理性批判』、作品社、2012 年）

4. 康德《实践理性批判》（イマヌエル・カント『実践理性批判』、作品社、2013 年）

5. 海德格尔《存在与时间》全 4 卷（マルティン・ハイデッガー『存在と時間』、岩波書店、2013 年）

6. 康德《判断力批判》（イマヌエル・カント『判断力批判』、作品社、2015 年）

7. 柏格森《物质与记忆》（アンリ・ベルクソン『物質と記憶』、岩波書店、2015 年）

四

本书还有以下几个特点，提出来供读者在阅读理解时参酌。

第一，由于本书侧重于展示"文人哲学家"和辻哲郎的思想与整个时代的思想、学术脉络的相关性，因此著者在书中没有大量复述和辻著作的原文。

第二，这也不是一部关于和辻哲郎一生的完整传记。传记必然要包括更多有趣的事件和人际交往情形，以及对于这些事件或情形的细致探查。而本书并未过多涉及这类细节，只对那些足以彰显历史特质的细节做了交代。而且，在网络检索工具日新月异的当下时代，在第二部"近现代日本哲学与思想——以京都学派为中心"中，著者也常常是点到为止，只提示出一些在近代日本哲学史上发挥过关键性作用的人物、作品和事件，并未展开论述。这样的处理方式，可能会有"欠连贯"之嫌，但同时，这也为在有限的篇幅内增加知识点、扩充线索源提供了可能性。

第三，文体方面，本书在语言表述上力避行文冗长艰涩，追求以日常语言实现准确表述，专业术语的使用也尽量恰当易懂，这些都体现出著者试图向更多哲学爱好者提供其研究成果的努力。

冯友兰《中国哲学简史》原书名是"中国哲学小史"，他在该书《自序》开篇写道："小史者，非徒巨著之节略，姓名、学派之清单也。譬犹画图，小景之中，形神自足。非全史在胸，曷克臻此。惟其如是，读其书者，乃觉择焉虽精而语焉犹详也。"他还写道："历稽载籍，良史必有三长：才，学，识。学者，史料精熟也；识者，选材精当也；才者，文笔精妙也。著小史者，意在通俗，不易展其学，而其识其才，较之学术巨著尤为需要。"[1]从某种意义上说，本书即是一部由和辻哲郎的人生轨迹引出的"日本哲学小史"，至于这部"小史"是否达到了冯友兰先生的要求，敬请读者明鉴。

译者 识于 2018 年元月

---

〔1〕冯友兰：《中国哲学简史》，北京大学出版社，1996 年版，1 页。

第一部　文人哲学家和辻哲郎

序章 绝 笔

和辻哲郎的墓地（日本，镰仓东庆寺）

在数千万年的时间中积累起来的理解中，有着令人生畏的深厚内涵。如果说此事能够在无数事物和现象中获得说明的话，那么，我们作为土地所指示之物，确是无限深邃的理解的海洋。然而，只要是这些东西已作为被发现、被制造之物归为共同之所有，那么，我们通常对于存在于其背后的理解之深邃是没什么感觉的。那就是日常平庸刻板的事物或现象，不值得有任何惊奇。比方说牛马鸡犬就是如此。对这些东西感到新鲜的、活生生的趣味的恐怕只有婴儿吧。但是，探寻家畜的历史的人能够感知，在这些家畜的背后，存在着多么悠久的、深刻的关于动物的理解。

　　　　　　　　——摘自《伦理学》二，第249—250页

1. 生之始、生之终

一段生涯的本质，其实在它生命的幼稚时期就已经展现无遗了。每当我思考现在、回顾幼年时代的时候，都会加深这种认识。"这个是确凿无疑的事情，一方面是悲痛的，同时它也充满无限的慰藉"———森有正如是说（《在巴比伦河畔》）。

一个生命的本质，在它行将结束之际，不也是将其面目展露无遗吗？尤其是，如果是一位把书写当作生活的一部分的人，那么在他生涯的最后时光留给世人的作品中，对于他的一生与思考来说那些本质性的东西不也将展现无遗吗？

生之形态，可以有无限多样，上面写下的感慨也许不过是迷信之属。虽说如此，但当我们想到和辻哲郎的时候，似乎就是无法逃离这些想法。关于和辻的生，本书第一章将专门讨论，这里要讨论的是和辻哲郎晚年作品中展示的一种创作动机。

2.《自传试笔》

到了晚年，和辻哲郎开始在《中央公论》上连载他的《自传试笔》（始于1957年1月号）。连载开始三年后的1960年2

月，"由于作者生病"，连载中断。当年 12 月，作者本人也去世了。和辻的记述，才刚刚追忆到他的高中时期。

在目前通行的《和辻哲郎全集》第十八卷中，这份自传的内容共占 455 页，中断在他为自己的青年时期画像的部分。未能完成这一作品，原因之一当然是作者的健康状况，但是，也许还有另外一个原因。和辻花费了过多的篇幅去记录他对幼年时期的记忆。对于自己出生的村庄、家族史等的记述，读来令人感到异样的绵长。

仔细想来，哲学家写自传这件事本身其实并不多见。近代日本主要的哲学家中，只有几个人写过几篇包含有儿时回忆的随笔（例如人们较熟悉的三木清《读书遍历》一文），除此之外，制订了计划，并且是要按照顺序进行追述的自传，甚至可以说是绝无仅有的。和辻哲郎在晚年要尝试回顾自己的生之轨迹，此事本身就是一个另类之举，值得加以考察。

和辻哲郎《自传试笔》第一篇的标题是"我出生的村子"，他起首写道："50 年前，我刚初中毕业满 17 岁的时候，从乡下到了东京。偌大的东京，我只认识 3 个人。"（第十八卷第 5 页）后来，和辻的熟人中，包括东京人和地方城市出身的人在内，其中大部分是城市人。"纯粹农村出生长大的人，在我认识的人中反倒是意外的少。"而且，"不知为什么，那种人大都早死。看来，在农村出生长大这件事，对于在城市里工作这件事未必有利"（第十八卷第 6 页）。接下来，和辻进一步写道：

一旦觉察此事，我内心对于自己生长的幼时记忆就陡增爱惜之情。那些体验，绝不是在随便哪里的农村都有的。现在我住的东京郊外，原本是武藏野的农村，看看这里，与养育我成长的农村差别太大了。这当中也有时代的差异，但或许风土的差异更为显著。笼统地说一个"农村"，其实日本的农村千差万别。或者可以说，这种差别和人的个性之间的差别一样不同。

特别是，随着年龄的增长，我痛感到那些农村的变迁。与时俱变的激烈程度，绝非只有经受过震灾和战火洗礼的城市。即便是从未遭受过大破坏的平静农村，在五六十年间也发生了显著的变迁。像"深渊浅滩，世事变化无常"这类的话我自孩提时代就不止一次地听说过，也总认为自己已经心知其意。然而，当我真的亲眼见到儿时的一个深潭变成浅滩时，我才痛切地感到以前对这话的理解只不过是抽象的。（第十八卷第6—7页）

因此，50年、60年前的农村与现在的农村不一样。古老村庄的姿容只在那些知道沧桑之变的人们之前显现。然而，和辻哲郎继续写道："存在于我记忆之中、唤起我的爱惜之情的农村，实际上就是那样的事情。"（第十八卷第7页）

由此可知，让和辻在人生的最后时光写下自传类作品的是这样一种冲动，即要记录一处农村，要留存和辻哲郎曾生于斯长于斯的那个村庄的记忆。事实上，和辻在《自传试笔》中占用大量篇幅回顾了自己的幼年生活，生动地描写了一种农村的生活及其各种细节。我们似乎看到，和辻哲郎在他老年的作品中，借助被极度限定的素材，回归到了"风土"与"历史"这一他自身的基本问题上来。

和辻开始连缀起那些回想，另一方面也是为那些早逝的知己、那些和他一样走出农村来到城市的人们献上的安魂曲。追忆逝者，谈论历史，作者真正的动机常被遮掩，但执笔时的和辻哲郎确乎常陷入一种淡淡的无奈与感慨之中：那些曾与他处在相同境遇中的伙伴都已逝去，而只有自己尚活在这世上。

本书第一部第一章中还将再次论及这部追忆故乡晨昏往事的《自传试笔》，下面让我们先来看看老年和辻的另外一篇短文。

3.《黄道》

和辻哲郎逝世于 1960 年 12 月。第二年 5 月，他生前常发表作品的杂志《心》刊登了他的三篇随感。据推测，这可能是报纸约写的随笔，后来被从书房的抽屉里发现，成了和辻的遗稿。

《黄道》就是这些遗稿中的一篇。大约 10 年前，和辻哲郎从东京大学退休，此后就一直专事写作。此篇短文正反映出老年和辻每日的时光（第二十四卷第 201—203 页）。

《黄道》一文起首说："偶然眺望日出，我发现：自己以前从未好好看过太阳是怎样升起的!"不知为何，和辻哲郎一直认为太阳是垂直向上升起的。当然，并不是在那天以前他从未见过日出。"即便见到日出也一直是那样想的。这就证明，我从未仔细观察过太阳从地平线上升起时的运动方向，以及它离开地平线以后的运动方向。"

当然，在"北纬三四十度的日本"，太阳不是垂直向空中升起的，而是斜着向右上方升起。而在"南纬三四十度的地方"就是相反的，而在赤道附近，太阳几乎是垂直向空中升起的。"注意到太阳的轨道问题，我没法不想起古人，几千年前的人类远比我这样的人更清楚地知道此事情。黄道十二宫的知识就是讲这个事情。这方面的知识与谷物栽培、养殖家畜一样，都是一些古老得不知何时何地就已出现的知识。"

4. 惊诧于"理解的海洋"

在这里，有两点应当关注。一是，已经步入老境的和辻哲郎，对于朝阳并非垂直升起这一事实表现出孩子一般的惊奇，而且他还把这一微小的个人性体验毫不卖弄、毫不犹豫地写了下来。和辻的笔触中充满朴素的发现之喜悦。无疑，我们从这里能够窥见和辻哲郎直率的性情。

另一点值得关注的是，和辻哲郎的惊讶所指的方向问题。觉察到太阳的轨道问题的和辻哲郎，立刻联想到了"黄道十二宫的知识"。对于世界的惊叹之情，唤起了对于远古之知的惊愕之念。黄道十二宫，是将太阳的轨道称为"黄道"，并将这一轨道按照周边星座的位置分成十二等份。太阳照耀之时，星座隐去，所以十二宫的知识是以知晓现在"太阳所在的位置有什么星座"为前提的。

这样的知识即便现在看来,也几乎是难以置信和值得惊叹的。然而,问题还不止于此。这大约是与"谷物栽培、养殖家畜"有关的,起于什么时代都不曾知晓,人类知识的总体是值得惊讶之事。"在数千万年的时间中积累起来的理解中,有着令人生畏的深厚内涵。""我们作为土地所指示之物",其自身正是那"无限深邃的理解的海洋"。"探寻家畜的历史的人能够感知,在这些家畜的背后,存在着多么悠久的、深刻的关于动物的理解。"这篇《序章》的前面所引用的《伦理学》中的一节,正是如此表达的。

老年时的和辻哲郎,他对于一个小小的发现如孩童般惊喜。这绝不能看成偶然之举。对于以惊讶为动能、努力去实现爱知计划的哲学性思考的优秀担当者来说,指向世界的这一视线,正可谓适得其所。

和辻哲郎几乎是终生保持了他的"爱知"态度,在上述情形中,他将这种爱远溯至上古,直达人类的幼年时期。在和辻那里,哲学性思考的动机首先就是探究问题的起始与原型,此处所举可为佐证。这样的动机,在《自传试笔》中又是与追溯自身记忆、复苏一个村落的生之形态的执笔冲动深切相关的。

在第一章中,我们将先从这部分开始论述。在追踪和辻哲郎自己对他的幼年至青年时期的时空进行的详尽回忆的同时,也将触摸指引了和辻后来之思考的动机底蕴。

第一章 两种风景

明治三十四年，姬路中学时代。照片第一排自左至右第三人是和辻哲郎

这种心境究竟是什么呢？虽是低矮的山，但山上像是被与下界分隔开来似的，有一个狭长的村子。在那里，与周边的自然环境围合在一起，有优雅的小塔和佛堂。那种滋润人心的小巧可爱的气氛笼罩在所有的物体上。那是一种对于近代人的心思来说过于恬淡、过于平凡的光景，但是，当我们的心灵渴求平和与歇息之时，它就会以它那神秘的魅力催动我们心底的波澜。古人曾怀抱桃花源的梦想——也许就是这梦想与人们对净土的幻想结合在一起，让人们选择在这山上的土地上、池塘边修建了这座小小佛堂——我一直以为这梦想不过是与我们自己无缘的先民们的空想而已。但是，一旦见到这样一座实际展示着梦想场景的山村寺庙，我们内心还是发出了对于桃花源之梦的共鸣。这真的令我惊讶了。然而转念又想，我们曾经都住在桃花源中。也就是说，我们都曾经是孩子！这难道不是那种神奇心境的秘密所在吗？

（《古寺巡礼》，第二卷第34—35页）

第一节　故　乡

一　对村庄的追忆

1. 仁丰野的土地

1923（大正十二）年秋天，和辻哲郎为悼念恩师写成《科培尔老师的生涯》一文。文章起首写道："如果科培尔老师能以他那鲜明地'抓要害'的力量和明快直观的描写技巧详细追忆他自己的生平经历的话"，那一定会是一本极为有益并且意味深远的自传（第六卷第5页）。

死神离自己不远了——意识到这一点的和辻哲郎开始写下自己的回想，通过这些文字，我们获得了一部充满着"明快直观的描写技巧的"自传。和辻自传的画面感很强，下面引用一段他对故乡村庄的描写以资证明。

我出生的农村，位于那条自北向南穿过播磨国中心地带的市川河的西岸，地名叫仁丰野。它在姬路市区以北一里[1]多远的地方，现已划入姬路市，名义上是市的一部分。但实质上，这里是农村，这一点和我出生时没有什么不同。

市川河从但马的生野附近流出，所以自古以来这条河的河谷就是通向但马的交通要道。由于生野矿山的需要，这条河谷铺设了铁路。那已是六十多年以前的事情了。河两岸的谷地有时很开阔，最宽的地方差不多东西长能达到一里。然而，从生野向下游流出十里多、快要到姬路市那片平原（想来这平原也是市川河造就的）的当口，东西两岸的山峰陡然对峙逼近，只留下三四町[2]宽的狭窄河面，正像是温酒的德利酒壶的那个细脖颈。以此脖颈处为界，到此为止的市川河流域整体就成了德利酒壶的壶身，形成神崎郡这一独立的郡。而郡的南端，也就是在酒壶的脖颈处，有个叫砥堀的村子。那里的山中有被河水淘空砥石而形成的山谷河流，村子的名称或许也是因此得来的吧。仁丰野是这个村子的一部分，它位于刚进入酒壶脖颈子的地方。过去是在神崎郡南端的这些村子，如今是在姬路市的北端了。（《自传试笔》，第十八卷第7—8页）

---

〔1〕 此处的"里"是日本传统的长度丈量单位，"一里"大约相当于3.9公里。——译注

〔2〕 此处的"町"是日本传统的长度丈量单位，"一町"大约相当于0.109公里。——译注

2. 对"紫云英花田"的记忆——少年时代小小的永远

和辻哲郎 1889（明治二十二）年 3 月 1 日出生，父亲是村医，名叫瑞太郎；母亲叫阿昌（masa），哲郎是家中次子。此时，《大日本帝国宪法》刚颁布不久。仁丰野的当地发音是 Ni-bu-no，意为"乳汁田野"。这里原本是大面积放牧的"草场"，但在江户时代初期被开垦成为农田（同上书，第 16 页以后）。

孩提时代的和辻哲郎眼中所看到的，是在明治维新大潮的裹挟下即将发生巨变的农村。那是"大变化之前的，也就是和江户时代没有很大差别的那种村子状态的最后阶段"。佃农们依然是每年交地租，租税沉重。在明治二十年代，和辻家所在的村子是个"远比现在贫穷、衰败"的村庄（同上书，第 23 页）。

小山村在时代激流的冲刷中不断走向衰微。村中贫富的差距不大，"因为并不是村子内部出现了财富不均，而是财富流向了村外"（第 24 页）。在这个大家都穷的村子里，和辻家世代为村医，家里的二町田租给佃农种着，所以他们家在村里算是富裕户了。这个村子里，能供孩子接受较高层次的教育、送他们进旧制中学的人家只有和辻医院和寺院的住持家。

贫穷的农民在种地之外还要干其他营生，有的人家同时也是铁匠铺、豆腐坊或者油坊、包子铺，也有的人家同时经营大车店、旅店、木匠等。"这些活计都是副业，一到农忙期，大家又都变回农民了。""只有村医和寺院住持家不同，这两家人从未下过田。"然而，"也没有纯粹的地主"（第 33 页）。村里仅有两户不事稼穑的人家，而和辻哲郎就出生在这样的家庭中，少年哲郎的处境也就因此带上些复杂的色彩。虽说是出生于一个贫困的山村，但和辻哲郎家的经济条件还是不错的。

如此时光流逝中，印在少年哲郎记忆中的，也是他后来不断怀想的这样一些情景：早春"采摘笔头菜"（第 35 页），"麦田里间种的油菜花开成片，还有紫云英花田"，尤其是"在紫云英花田中嬉戏时的幸福感觉，在那以后的生活中是再也没有的"（第 36 页）——和辻哲郎的儿时记忆被那以后纷沓而至的，主要是属于都市的岁月无可逃避地侵蚀了。即便如此，无论对于谁都是无可替代的幼年童年时期那些小小的永远的回忆，毫无疑问，也在和辻哲郎心中永存。

3. 村里的生活——作为观察者的少年

周围的人们被生活所迫，都在兼营农业和其他营生，只有自己生在一个不用下地的人家——这样一个少年在他送走大半生涯、已步入老境的时候，详细地回想起当时那些乡间耕作的场景。那时的少年，应说是一位观察者。

麦田消失，水田出现了。"灌溉渠里很快就灌满了水，深翻过的田地里一片片地灌进水来，牛拉着犁铧再把灌水的田犁上一遍。"不久，开始插秧了。"如果此时恰好逢着梅雨，全村人就异常兴奋起来，表现出集体心理的高涨状态。"（第38—39页）"需要强烈的日光和水分的热带类型的植物在这里繁茂地生长着。盛夏时的风物几乎和热带地区一样。代表性的作物就是水稻。而且，那些需要寒冷干燥条件的寒带类草木在这里也同样旺盛地繁茂生长。小麦就是它们的代表。如此一来，大地在冬天有小麦和冬草覆盖，夏天有水稻和夏草覆盖着。"（第八卷第135页）上面是《风土》一书中记述的日本的农村。它的形成背景正是和辻少年的所见所闻。

4. 村庄的现实和村落的理念

让我们继续看《自传试笔》中的叙述。村里的所有居民，除去医生和寺僧以及他们的家属，全体村民都要动手参加插秧。女人们唱起插秧歌，男人们用扁担挑来捆好的秧苗，或是一边插秧还要一边翻地犁地。插完秧一两周以后就要拔草了。人们在烈日下低头弯腰，劳作在水田中，忍受着水汽蒸腾的湿热酷暑，从事着强度极大的劳动。医院就是和辻家，在劳动中病倒的急诊患者被送到这里。拼尽体力的劳作总要到农历七夕的时候才能缓下来，不久就是盂兰盆节了。村里的"盆舞会"是"地藏盆"，举行这项活动的时间要比盂兰盆节晚两个星期。节日过后，就到了割稻的季节，同时也是小麦播种的季节。等到把新稻米分装进贮米专用的稻草包时，时间已经接近旧历年的年底，匆忙间，新的一年已经来临。等到和辻家的后院开始堆放起佃农交来的租米，那就已经过了新年正月的中旬。

这就是和辻哲郎少年时代亲身经历过的农村生活的节律，是农耕业自然镌刻出的秩序生活。村医在这种劳作的节律中发挥着不可或缺的作用，他也是这样的一位村里人。然而，医生和寺僧是处在那些具体的农活耕作之外的。因为他们的家人都是不下田、不打麦的。在这种意义上说，少年和辻也就与村子里的生活节奏有了些距离，可以说他的人生也就是在这种状态下启程的。——太宰治和宫泽贤治显然是站在富人、剥削者一方的，他们的作品中或隐或显地传达出罪恶意识。和辻哲郎的作品中这样的罪责感很淡薄。当和辻回望自己少年时的光景时，他眼里充满的甚至可以说是羡慕与怀恋。

另一方面，情况也并非那样单纯。因为少年哲郎不久就感到了自己的处境不太舒服。还有一点是因为，一旦谈到共同体的理念时，不可避免地会与现存的或是实际存在着的共同体之间发生脱节现象。关于这一点，本书下节还将进一步论及。同时还将涉及的是，当和辻在《伦理学》中将"地缘共同体"作为人类社会制度的发展阶段之一加以论述时，在他心头显现的是那个养育了他的村庄的景象。

二　父母的影响

1. 和辻哲郎的父亲——医为仁术

和辻哲郎的父亲瑞太郎是个具有高尚品格的人，他名副其实地把医术尊为仁术。和辻家是村子里唯一的一处医疗场所，与周边的农家相比他家的确是富裕一些，但按当时的习惯，村里人拿些农产品来代替诊疗费的情况并不稀奇。大米小麦、春天竹笋、秋天南瓜，还有西瓜、梨，以及松茸、柿子甚至萝卜都被当成医药费搬进这所小小的医院。据说，医生瑞太郎有明确的态度，那就是"作为职业应当收报酬，但报酬不是目的"。和辻哲郎曾写道："在我对职业的选择和对职业的自觉意识方面，与我关系最大的是我的父亲。"（"我的信条"，《被埋没的日本》，第三卷第 496—497 页）

在《自传试笔》中，和辻哲郎记录了 1871（明治四）年姬路地区农民起义的情况。他认为，农民暴动的最深层原因是农民对维新政府的不信任逐渐加深，而父亲的心情也和农民们很接近。和辻哲郎的父亲无可选择地生存在那样一个过渡时期、转型时代。

和辻瑞太郎所受的教育本身也是那一转型和变革时段的象征。农民起义的第二年，新"学制"公布出来。这一"学制"是明治维新以后，国学者、汉学者、洋学者三方鼎立、相互抗争，最终获胜者成果的展示。此时，瑞太郎已经 17 岁了，所以"没有享受到新学制的恩惠"。和辻的父亲在此之前所受的教育也完全是传统的"汉学塾"[1]的教育，为了行医，他接受医学专业教育的时候"也只好选择了旧式的私塾教育"。和辻的父亲介绍说，这个私塾在丹波的筱山（第十八卷第117页）。

2. 私塾老师——父亲所受的教育

和辻的父亲瑞太郎发自内心地敬重自己的私塾老师。在和辻哲郎出生的家中就悬挂着装裱好的老师的信笺。这位筱山私塾的老师最喜欢"以暴易暴兮，不知其非矣"这句话。他的气质本性与明治维新这一激烈变革的时代是合不来的，"（老师）自明治五六年到明治十二三年的这段时间，安静地退居在丹波的筱山，从未出门到东京等地方去"（第十八卷第118页）。

其实，瑞太郎那时接受的医学专业的教育已经是以西医为基础，外语是以英语为主。然而，其余的教育都是依靠古汉语的典籍，很重视"经书、历史、文学的基础知识"。和辻哲郎写道："我父亲从他的这个师傅身上获得的感动和教化，在这些方面影响深刻。"（第十八卷第119页）

---

[1]"汉学塾"是日本江户时代各地常见的教育机构，主要教授中国古代的历史、诗文及思想（朱子学、阳明学等）。——译注

从儿子角度观察到的情况还不止这些。"躲在丹波的山乡里行医、教导弟子，这种平静的生活态度，被我父亲原样继承下来，也成了他作为一名村医的生活态度。"父亲也许期望儿子能成为他的继承人，所以就反复说着"医为仁术"的话。后来走向大城市、成为帝国大学教授的儿子在很久以后终于悟到这句话其实是"一种人生观"。于是他写道："作为医生为患者诊察、治愈疾病，这些都不是为获得报酬、赢得名声等任何事的手段，其本身就是目的，是道德行为，也即是对仁的实现"——这是当和辻哲郎步入老境，回忆起自己的来路时，作为儿子对父亲曾经的言行做出的推测。"正因为有这样的人生观，他才能够在山里在农村，安静从容地度日吧。"（第十八卷第 119 页）

对于儿子来说，那样一种生存状态曾经也是他的一种理想吧。和辻哲郎后来走向社会，成名成家，但他周围很多人的发言都证实，在对待名望之事上他是个淡泊之人，不介意名誉教授的称号（《非名誉教授之辨》，1952 年，第二十三卷）。在这方面和辻哲郎受其父的精神影响较大。

3. 母亲的日常生活——"女主人"的操劳

出生在庆应三（1867）年的母亲成为这个村医之家的主妇时，才只有 16 岁，而生下哲郎的哥哥时也才 17 岁。下面一段是《自传试笔》中，和辻哲郎所记录的他母亲的日常生活。

母亲虽然贵为和辻家的"女主人",但她常常在做普通主妇们操持的事情。现在想起来她曾是那么熟练地、似乎毫不费力地操持着、处理着家里的各种事情。比方说和服,好像她常在洗洗晒晒的。挂上摆锤晾晒在后院里的和服布料占据了地方,我们孩子跑来跑去时觉得很碍事。可这种事隔三岔五就有,数不胜数。我还记得常看见母亲捣布捶布的情景。其实,这些事当时都应该是家里的女佣们干的活,可我的脑海里浮现的总是母亲干活勤快的身影。料子经过洗晒等处理后就要缝制了,缝制和服可不是一个人能干的事,当时肯定也不是母亲一个人在干,但在我的记忆中清晰保留的是母亲缝纫的姿势。而她手里缝制的似乎大抵都是父亲的衣物。父亲全然不用洋装,出诊的时候也是和服,打理那些衣服一定很费神。(第十八卷第 130—131 页)

在后面的论述中还会看到,和辻伦理学中规范性想象的原型,很明显是出自他对自己幼年时生活过的农村的理想化改造。和辻哲郎提出的共同体论的另一个核心部分是以"二人共同体"为出发点的家庭关系论。在这方面,和辻的儿时记忆也有重要影响。甚至可以认为,这些记忆的阴影部分给和辻的家庭观带来了一处屈折。其基本架构就是,在以传统的家庭关系为前提的和辻哲郎的记述中，植入了特殊的近代女性的形象。这或许就是身为和辻家女主人的母亲留给他的影响之一。

4. "主妇"这种特异性存在

如前所述，和辻哲郎的家庭是农村中仅有的两户不直接从事农业生产、未下过稻田的人家之一。所以，这个家庭一方面是遵守村里的生活节奏、被埋没于农业生产秩序中的一个微小生活单位，同时，与周围的农户、那些典型的贫农家庭相比，它又是有些异质的存在。母亲，在和辻哲郎的记忆中是"主妇"，是随时操心着丈夫的日常琐事和孩子们的衣食住行的"女主人"。和辻的家庭关系论，从他的共同体论的基调来看，让人感到是极其异质的存在，其中有很强的近代家庭图景的影响。和辻的家庭论本身从总体上看是带有近代性质的存在，其思考中带有特殊的近代家庭图景的烙印。

和辻伦理学在论及"二人共同体"时，从"妻之道"开始论起，他写道："妻之道首先要提出的应是'温柔'。可以说，妻子对丈夫的爱，要在生活中全面地体现出来就是这种温柔。从妻子方面来说，尤其特殊的是，这种温柔的表达不只是体现在心灵的沟通，还体现在她对于丈夫日常起居的贴心关照、对丈夫的衣食住行等各方面的爱好与特点都有全面的掌握，并在这些方面给予丈夫温馨周到的协助。"（《伦理学》二，第156—157页）

在这些主张的深层，并不一定就是老式的、所谓的封建性"妇道论"。在此被追认的，毋宁说是成年女性被从生产第一线排除出去，成为被家庭收容的"主妇"这一近代性的动向。将每日的"尽心照料"看成"爱的表达"，这种和辻哲郎设想的家庭图景（《伦理学》二，第157页）无疑隐藏着传统与现代的双重结构。对于这一点我们需要另设一节加以讨论。

三　从家庭论展开讨论

1. 和辻哲郎家庭论的原型

和辻哲郎在《伦理学》中将人间关系[1]不断提升高度，与之相呼应又把"间柄"[2]之道不断具体化，他的这些论述都是在"人伦化组织"这一标题下进行的。他规定的人伦化组织是由"家人""亲戚""地域共同体""经济化组织""文化共同体""国家"构成的。

---

〔1〕日语"人间"（にんげん，发音为 Ningen）源自汉译佛教用语，在日常用语中与"人"（ひと，发音为 Hito）同义。和辻哲郎认为"人间"具有"人世间"与"个人"的双重意义，是一个确切地表达了人的本质的概念。此语也是和辻伦理学的基础概念"间柄"的前提性概念。故本书在翻译和辻伦理学相关内容时，采用"人间""人间关系""人间存在""人间（之）学"等词，分别表示通常的"人""人际关系""人的存在""人学"等。——译注

〔2〕日语"间柄"（あいだがら，发音为 Aidagara）通常译为"关系"，实指某种人际关系的性质。和辻哲郎通过对此语进行哲学建构，使之成为和辻伦理学的基础概念。——译注

和辻哲郎建构上述体系时所受到的影响主要有两方面，一个是文德尔班的理论，另一个是黑格尔的《法哲学》。《法哲学》第三部"人伦"是分家庭、市民社会、国家三个阶段加以论述的。文德尔班在《哲学入门》第十五节中论述"意志的共同体"问题，就是分别从家庭、民族、经济共同体、国家、教会几方面加以论述的。

在此，我们只讨论和辻哲郎的"家庭"论。和辻的这部分论述由作为"二人共同体"的"夫妇"、作为"三人共同体"的"亲子"、作为"同胞共同体"的"兄弟姐妹"几部分构成。我们暂且不讨论其中的细节，首先确认和辻对于"家庭（成员）"或"家"的直觉印象。和辻写道：

> "家"是由屋顶和墙壁构成的与外界相互隔离的空间。即是一个封闭性空间。由于它的封闭，这个空间成为能够躲避风雨和寒冷的安全之所，给予人们安闲休息的可能性。因此，一起居住在这一空间里，意味着人们在一起休息，对于人类社会来说休息是不可缺少的。但是，不仅是如此。这一空间的最原始的形态是分隔成两块区域的，一个是围着灶火的宽敞地方，另一个是用于睡眠的狭小的一片。围着锅灶的生活，是烹调食物然后一起进食。家的内部有一个共用的灶，而且，无论灶或

是餐桌的形态有什么不同，在那个区域共同就餐一事在所有的家庭中都是共通的，没有差别。因此，"家"的存在，意味着共同享用财产，即共同进行生命的再生产。像这样在同一屋檐下睡眠、在同一锅里盛饭吃（或者从同一个储存地取出食物在同一个餐桌上食用），就是"家"存在的最为显著的特征。(《伦理学》二，第227页)

在第三节中可以看到，和辻哲郎从"交通"的视角思考人与人之间的"间柄"。在这一视野中，首先被注意到的人类行为就是步行或依靠交通工具的移动。人们走路、跑步，或是骑自行车，坐汽车、公交车、轻轨移动。移动时最有代表性的体态是直立状态。人们站起、步行，走向目的地，与他人交流。这样，人与人之间的"间柄"得以成立。这种交流的轨迹、交流沟通的手段是"道路"。

然而，人在家中或坐或卧，是休息，或者吃饭、获得睡眠。通常，人们不是在荒野上也不是在河流中央建屋造房，而是在稍微离开道路的地方建造饮食和就寝的空间，即"家"，在此进行"生命"本身的再生产。这个再生产的场所有四面墙壁和屋顶，需要能遮风挡雨。水要从河中或井里打来储存在瓶中保存，墙壁能挡住寒冷的风，火只在灶里燃烧。在这样的空

间里"共同"进行"生命的再生产"的人们，首先就可以称得
上是家人。这就是和辻提出的"家庭论"的原型图景。

2. 作为经济生活起点的"家"

"家"这一空间内部产生出的经济活动基本上是消费，或
者说是"享用的共同活动"。在这一共同活动的背后，当然
"必须有生产方面的共同活动、劳动方面的共同活动"。在过去
的日本农家中，都有一块被称为"土间"的区域，这是家人劳
作的地方，大雪封门的季节，火塘边也成为家人进行各种手工
劳动的区域。在这个意义上说，家务劳动无论在生产方面还
是在消费方面，都是经济生活的末端，也是起点。虽说如此，
"劳动方面的共同活动并不限于在家的内部。甚至应当说其本
质是公共性"。另一方面，有些部族中有"牺牲食"这类的
"公共性聚餐会"，但这些反而是"每年仅有几次的重大祭祀活
动的一部分，不是日常的共同用餐"。共同分享食物的活动其
首要的意义是"属于家之内部的私人性存在"（《伦理学》二，
第 228 页）。

上文中在较长篇幅引用的和辻哲郎著述的那部分之前，他
写道："当人类挖坑立柱、以草苫屋之时，他们对于风、雨、
寒冷、树木、野草等事物已经有了丰富的理解。他们已经认识
到，雨不单单是从空中落下的水滴，而是应当用屋顶阻挡，使
之远离躯体之物。这是人在其存在中发现的雨，而不是独立于

人之外被认识到的、作为自然现象的雨。"(《伦理学》二，第249页）在和辻哲郎看来，家（oikos）是经济（economy）的出发点，也正是风土最原初的体现。

3. 传统家庭观与近代式家庭图景

从前面所引和辻哲郎的论述中可知，他认为，"家"的基本结构的中枢部分首先是"共同的灶火"，"共同用餐"即"在同一锅里盛饭吃"，或"从同一个储存地取出食物在同一个餐桌上食用"，这样的活动是"家"之"存在的最为显著的特征"。柳田国男民俗学是以保存传统"家"（IE）的形态为其主题，从和辻的家庭图景来看，柳田民俗学的描述并没有错。但问题还有些复杂的地方，需要进一步说明。和辻哲郎在《伦理学》的原理论部分还针对"人类存在的全体性契机"问题写道：

> 我们就以最近便的"家"为例来思考一下。正如这个字本身所表示的，这是表达在"家"中的情形的。在以屋顶和墙壁分隔出来的一定的空间之中，人们区分出以锅灶为中心的厨房、以餐桌为中心的餐厅、铺好被褥或安排好安眠之所的寝室，还有装饰着书画的客厅等，在这些地方，家人共同烹调、用餐、休息或是接待客人（此即家庭外交）等。其中的每个成员都被这个"全体"

赋予了丈夫、主妇或夫妻、父母、孩子等的资格，他们以各自发挥的作用呈现家的全体。正如在身体中，手是作为手活动的，整个身体通过手发挥作用一样，父亲作为父亲去行动是家的全体通过父亲在发挥作用。（《伦理学》一，第134—135页。文中的着重点是作者所加。）

在上述部分之后，和辻哲郎论述了"家"的"成员"中也包括死者的问题。"家中有祭祀祖先的佛龛"，"即便是活着的人中的家长，他在死去的双亲面前还是要按子辈的规矩行事"。"他站在祖先的统治之下，他现在只不过是在守着祖先传下来的'家'而已。"把"家"本身看成是超越"现在"的"历史性存在物"，可以说，这一视线本身就是朝向历史性过去的（《伦理学》一，第135页）。虽说如此，和辻的家庭论本身总体上看是属于近代性质的，是一个拥有特殊的近代性家庭图景的论说。它与和辻伦理学的构想相关，其中有一个特殊背景。

4. 和辻家庭论的屈折

前面已经论及，和辻家庭观的思想来源之一是他的家庭状况，尤其是身为"女主人"的他母亲的作用。关于此问题的思想脉络中还有另一个问题。和辻对于马林诺夫斯基等人编著的民族志式的记录抱有很大的兴趣。

和辻认为夫妇关系的特点是以性爱为本质的"二人共同

体"，他在做出此规定时援引了马林诺夫斯基著《野蛮人的性生活》中的观点。"美拉尼西亚的基里维纳群岛（Trobriand Islands）的原始民族的性生活显然是男女人格的结合，不是由于所谓自然冲动而结合的。性关系中的许多禁忌的设定，就是为了要让男女之间相互尊重对方的人格品位，是为了防止人们单纯成为自然冲动的奴隶而设定的。因此，肉体上的关系只是作为人格上结合的手段而发挥作用的。"（《伦理学》二，第107页）和辻可算是最早一批关注文化人类学的见解的哲学家。

强调"妇之道"、宣扬贞操义务的和辻"家庭论"无论是好是坏，它是具有近代性质的思想主张。而且，这是依据了马林诺夫斯基等人类学家的观察而带上近代色彩的，这一点也颇具深意。这一情况我们还可以从他不承认一夫多妻制为基本的婚姻形态之一这一点得到确认。和辻以援引的形式论述说："根据马林诺夫斯基的叙述，基里维纳群岛的酋长为保持其权力地位被规定为负有多妻的义务。"（《伦理学》二，第140页）但这是义务而非特权。假使真有以多妻为特权的共同体存在的话，那么"承认特权"也"不是承认男女多人数的结合即婚姻的本质"（《伦理学》二，第141页）。在和辻的思考中，非欧洲式的共同体与前近代性质的家庭、作为近代社会制度一个组成部分的家庭图景，这些都混杂在一起，奇妙地屈折并交错着。

这种屈折与交错在和辻哲郎有关"经济性组织"的论述中有更为明确的表达。后面的第三章将进一步详述。

第二节　离　乡

一　龟裂的记忆

1. 小村庄出生的人——和辻哲郎的特异性

本书《序章》中已经介绍过，和辻哲郎在他的《自传试笔》开头部分说，他认识的人当中，包括东京人和其他地方城市的人在内，其中大部分都是城市人，"农村出生长大的人"不多。比方说他在第一高等学校的班里有两个邻桌的同学，一个是九鬼周造，生于东京芝区，另一个岩下壮一也是东京人。九鬼是男爵的儿子，岩下的母亲也是华族出身，他们二人格外亲密。据说九鬼周造对岩下的妹妹抱有淡淡的恋情。无论从出生的地区还是从所属阶层上看，九鬼和岩下二人都是最接近的，和辻离他们就很远。

和辻哲郎在《自传试笔》中还说过，和他一样从农村出来的人"大都早死"。这样一来，和辻的自传就有了两种意味，它既是对于正走在丧亡之路上的村子的哀悼之书，也是对于那些已经逝去的知己们的镇魂之赋。这部自传与和辻的大部分作品一样，叙述明快，文体平和易懂。上述两种深邃的意味在这

31

部《自传试笔》中留下了多处印记。

和辻哲郎出生在一个贫穷的小村庄，这在近代日本的知识人中属于相当例外的情况。当时，首都与地方之间，在文化水平方面的差距远比今天要大，那种差距不可同日而语。与首都之间的空间距离几乎就显示着与欧洲文化之间的差距。接近文化资源的可能性受到财富多寡的制约。能够克服与帝国首都之间的文化隔阂、作为一个思想家安身立命的人只有极少数，和辻哲郎以外也许就只有佐渡出生的北一辉了。虽说如此，为了成为《尼采研究》的作者，以及不久以后著述《伦理学》的哲学家，在多种意义上和辻哲郎都必须离开他的故乡。

2.《跪拜礼》

祖父和辻见龙生于天宝元（1830）年，约在培利黑船到达浦贺港的前后时期作为一名医生开始独立工作，在家乡开业行医。关于黑船来日时的情形，他曾反复对孙子说："那回可是大骚动！"（《自传试笔》，第十八卷第 81 页）祖父是严重的"脾气暴躁之人"，那种性情直到和辻哲郎这一代"依然没有丧失其基因影响力"（《自传试笔》，第十八卷第 92 页）。后来，在和阿部次郎绝交、藤冈藏六事件的处理等事上都能看得出，和辻哲郎有些不顾前后的鲁莽做法，这都是暴脾气的遗传影响。

1921 年，和辻哲郎曾写过一篇题为"跪拜礼"的文章，开头写道："这是关于一个男人去参加他祖父的葬礼时发生的事"，是一篇创作型短文。这一年的 7 月，32 岁的和辻为参加祖父的葬礼曾返乡一次，所以此处的"一个男人"就是他自己。

参加祖父葬礼的那天，和辻哲郎与父亲瑞太郎一起跪在火葬场的出口处。他写道："很快，仪式结束了，参加仪式的人们逐渐散去。"按照当地风俗，遗属们必须行跪拜礼向前来参加葬礼的客人们致谢、送行。各式各样的腿脚在低头跪拜着的哲郎眼前经过。而在这些腿脚中间，"穿鞋的脚、有长衫遮住套了日式布鞋的脚"却是极少，"大多数的是被晒成古铜色的农民们的腿脚"。哲郎就"一直垂着头，向这样一些脚叩首行礼"。跪在那里"最多只能看见腰以下的部分，但是只看这一部分就能知道这脚的主人长什么样子、以什么姿势一边行礼一边从自己眼前走过去的"。甚至能够感觉到某双脚的主人是"如何诚惶诚恐的样子"，还有的人又"好像含着泪"走过去。和辻哲郎"在这个瞬间猛然感受到，爷爷的灵魂与这些人的心灵之间有着多么令人意想不到的密切的交流与沟通"。对参加葬礼的人们，或者说是对那些"脚"，和辻哲郎深怀感激。"由此，这让人想到，向这样一些人行跪拜礼真是最理所当然、最合适不过了。"（《面具与人格》，第十七卷第 403 页以后）

和辻哲郎通过行跪拜礼，感到"自己意外地获得了谦逊的心态"，"深切地感受到形式的意义"。和辻同时"因为行了跪拜礼，还学到了应当对老人所抱有的作为一个人的应有之心"。

和辻哲郎的祖父享到 91 岁天寿而逝。他的去世，对附近的老
人们也是一个冲击，和辻哲郎此时切切实实地体会到了这一点
（《面具与人格》，第十七卷第 404 页以后）。跪拜礼，这一传承
下来的形式正是人心，是心与心的交流与沟通，是互动，是分
享。是这样吗？

3. "归乡"与"回归"的故事

就在这篇《跪拜礼》发表的大前年，和辻哲郎出版了他的
《古寺巡礼》一书，在此前一年他还出版了《日本古代文化》。
同时，他开始在东洋大学教授日本伦理史课程。上面这篇《跪
拜礼》，我们可以把它看成不断在都市中彷徨、经历了"狂飙
时代"的一个青年写下的"归乡"故事。或者，把它解读为曾
经的浪子已经萌出"回归日本"之心的佐证，这也有一定的可
能性。然而，正如重新提醒人们关注这则故事的研究者苅部直
所指出的那样，上述几种解读依然存在片面性。这个短篇作品
的高潮尚在后面。

祖父葬礼的第二天，和辻哲郎与父亲一起到那些参加过葬
礼的人家去挨户致谢。正是那时的情景，构成了整个作品的高
潮部分。和辻写道：

　　　　他在第二天又与父亲一起，到本村那些参加过葬
　　礼的人家去挨门挨户地致谢了。他怀着向那些古铜色的

腿脚们致谢时同样的心情，向那些忙碌在被熏黑的农家堂屋里、帮着干农活晒得面容黝黑的善良的农家主妇们也行礼致谢了。让他感到陌生和异样的是有两三个女人向他投来的那种眼神。那时，这个村子里也出现了所谓"暧昧屋"[1]，那两三个妇女在这种地方上夜班，所以此时她们正在家里午睡。这些衣衫不整的女人的眼神就像是在展示着都市文明的只鳞片甲，它麻木、无动于衷。然而，这种很例外的个别情况却带给他很大的震动。就在那时，他感到，自己从昨天持续至今的那种心情出现了少许的裂缝。(《面具与人格》，第十七卷第405页)

和辻对于那些女性的审视也许太严苛了一些，但这一点不是我们在此要讨论的问题。然而，文中的"裂缝"、龟裂又该如何理解？

4. "回归"的阴影

回到故乡的青年，看到了故乡村庄里已显现出的断裂，看到了那些靠辛勤劳作走完一生道路，最后默默回归土地的人们曾经拥有过的那么美好的共同体中出现了裂缝。他也看到，城市化的浪潮不断涌来，由于受到唯利是图的社会的侵蚀，共同

---

[1] "暧昧屋"泛指伪装成餐饮店、酒馆等的地下色情场所。——译注

体应有的样态已经衰微，共同体的心性正在显露出破绽。问题还在后面。

在和辻哲郎的童年时代，村子里也有"暧昧屋"。因为是个小村子，想必大人们也不太可能彻底把这事瞒过小孩。果真如此的话，那么在对方的目光中看出"麻木、无动于衷"之神情的人，正是已经接触到"都市文明"的和辻哲郎。所以说，龟裂，首先是在和辻的心中。如果说"回归"选择了"回乡"这一方式的话，那么应当回去的故乡已经丧失。而且这是在双重意义上的丧失。一层意义是指现实中的村庄那种不可避免的衰亡，另一层意义是指和辻内心的共同体图景的崩溃。"那时出现的裂痕一直没能愈合。那不是偶然出现的裂痕，也还是他自己心里必然的裂痕"——他果然在结尾处这样写着（《面具与人格》，第十七卷第406页）。

"它曾经存在过，现在不存在了"——那个"它"一旦被这样认为了，那么"它"就已经被理想化了。一经离开，就再也无法回去——只有被认为是这样的东西才是美的。那个东西是否真的存在过，是否真的很美？这些都已经不是问题了。人们通常所说的和辻哲郎的"回归"的轨迹中，尚有常人所未见之阴影。在那里，已经丧失、无处可回的回归被策划着，已然消失、现在子虚乌有的东西被企盼着再现。——关于这些情况，本书将在更后面的章节加以讨论。现在让我们继续追寻和辻哲郎的成长轨迹。

二　少年时光

1.　意识的底层

和辻哲郎的自传中有下面一段叙述。这是他描写自己少年时代状态的"村里孩子"一章的开头。从他整个的《自传试笔》来看，这一部分是围绕着经验与意识的起源问题而进行的比较接近原理层面的思考。

> 从发生学的角度来说，人在出生后的七八年或者十年之间就已经具有意识的真正形态了，它已经做好准备要去接受成人世界中现有的种种意义与价值。在此之前，越是年幼就越是会通过他们更为敏锐的感性接受身边的各式经验，这种经验的堆积量是非常大的。但是，如此大量的经验尽管被记忆在意识的底层，但这些是没有被打上年代烙印的记忆，它们被记起的时候并不知道是何时何地的经验。只有很少的情况下，幼时的记忆会浮上意识的表面，那是由于某种刺激使得幼时记忆混入了回忆机器，但这些也不过是些纯属例外的经验碎片而已。所以说，构成意识基础的无数经验，通常不会浮出意识的表面，它们只会成为底层的记忆。（第十八卷第137页）

上面这段论述很可能受到柏格森的记忆理论的影响，但紧接其后，和辻又继续写道：那些记忆"一旦因某种刺激浮上意识的表面，它似乎就会作为一种非常鲜明的记忆心像呈现出来"，他还举例说，一个老妇人曾把孩提时代的事当成"一小时前发生的事"。"成为底层的记忆会成为比现实更加鲜明的心像占据意识的表面。"（第十八卷第 137—138 页）和辻哲郎在不断地记述着他自己出生和成长的村庄，或许，这种意识正出现在他的身上。

2. 意识的开端

无论是谁，只要是幼时的记忆，总有些地方是不那么确实的。如果说其中有"很少的带有年代烙印的记忆"（第十八卷第 141 页），那么这些记忆就是有意识地进行记忆的开端，同时这也是了不起的意识的开端。和辻哲郎的这种记忆与意识的开端是与他对书籍的记忆相联系的。

和辻哲郎有一个年长他 6 岁的哥哥，在哲郎 5 岁左右的时候，哥哥为升入高等小学校被寄养在姑姑家中。此时另一位姑姑由于生病而回到自己的兄长家休养，哲郎因此就"一方面去安慰姑姑，一方面把哥哥用过的旧课本塞进哥哥的旧书包里背着，天天到姑姑的枕边去玩"。哲郎没去过幼儿园，倒是在这个"席地而坐的学校"开始了他的读书生涯。他读的第一本书是明治十九年由文部省编写的《读书入门》（第十八卷第 141—142 页）。此外，和辻在学龄前还得到过《寻常小学读本》和村井弦斋的《近江圣人》（"近江圣人"即指中江藤树）。尤其是后者，"我不知读过多少遍。在我上小学之前，这本书可是我的大宝贝"（第十八卷第 145 页）。

1895 年，少年和辻入砥堀寻常小学校读书。班里学生只有几名，教室只有两间，教师也是两名，是座很小的学校。哲郎和城市长大的少年们不同，他周围的文化环境并不太好。即使如此，哲郎也还是能读到《少年世界》杂志，接触到岩谷小波等人的少年文学作品。这都是些意味深远的插曲。

3. "拥有比现实更强大之存在的东西"

某一天，和辻哲郎的母亲带他到神户去旅行，还在那里观赏了刚从东京巡演到此的歌舞伎剧目《恋女房染分手纲》。少年和辻牢牢记住的是剧中的"重之井别子"的场面。和辻后来查到剧中"重之井"的扮演者是第五代菊五郎，而那个扮演孩子的演员才 10 岁左右，他就是后来的第六代菊五郎（第十八卷第 155 页）。这是和辻哲郎初次接触戏剧。

在晚年，和辻哲郎著成《歌舞伎与偶人净琉璃》一书，他在书的序文中提及这次看戏体验，写道："通过这些表演在舞台上呈现出的世界，亦即是靠想象力创造出的世界，使观众获得了一种独特的、不可思议的印象。那不仅仅是艺术地再现了现实的世界，而是令人感到他们创造出了某种不同于现实的东西——这不单纯是它的非现实性或梦幻性，甚至应当说是创造出了拥有比现实更强大之存在的东西。在这种意义上说，它令人感到异域（很像是外来之物）式的珍奇、超越人间社会的光辉灿烂。"（第十六卷第3页）坂部惠在他的和辻论中尤其注意到这一节。

少年时的印象，其余韵在老和辻的笔端依旧幽然地摇曳生辉。遥远的往昔，在和辻看来，舞台上发生的一切就是梦幻世界的缤纷景象吧。超越现实的现实，名副其实地是从外部、他者，从一个别样的地方，到来了。超现实的、对于比现实更强大之存在的感性、对艺术的感觉，这一切在少年和辻的心中已经开始发芽。

另一方面，和辻哲郎的日常生活当然就是一个乡村少年的生活。他有时也和邻家的孩子打架，不过只有一次遭到母亲狠狠的斥责。他有时也热衷于游泳或者骑竹马、打陀螺、拍纸牌这些游戏。他还吃桑葚、听云雀的婉转啼叫、摘笔头菜、挖蕨菜、采蘑菇，感到乐在其中。

4. 乐园的终结

然而，乐园的时光很快就要结束了。10岁的哲郎从寻常小学校毕业后，升入加古高等小学校，像哥哥一样，他也被托管到亲戚家了。大妹妹因他离家日久竟然不认识他了，当哲郎返乡回家时，妹妹竟然"不好意思靠近他"。于是和辻哲郎感到"心里说不出的空落落的感觉，甚至涌出莫名的悲伤"（第十八卷第232页）。这个妹妹后来夭折了。因为有上面这样一些情况，所以活下来的哲郎内心的难过是不会消散的。"从此，死对于我来说已非无缘之物。"（第十八卷第239页）意识到死亡的少年，将不再是原来的少年。

一个苦涩的记忆会勾起另一段难以释怀的往事。哲郎与大妹妹的永别发生后不久，一起玩耍的小伙伴也死了。和辻回忆起一个夏日和伙伴们玩"攻城"游戏的情景。

和辻住的"村子中间贯穿着一条南北流向的小河，小河从两排农舍的正中流过"，在这河上架着一座石桥。孩子们的"城池"分布在石桥的东西两侧，"大多数孩子都是在桥上跑来跑去，互相追逐或逃跑。可我却不用从桥上过，而是直接在河面上跳过来跳过去，自由地往返于河两岸"——记忆，从这里开始一下子逆转了。为什么只有少年和辻一个人能从河面上直接跳来跳去呢？这是因为"一起玩的孩子们中间，我是最年长的"。那些曾经一起玩耍的朋友们怎么不来呢？回答是，他们都已经从寻常小学校毕业，"已经是半个劳动力，都在帮大人干活"（第十八卷第242页）。

回忆起少年时那令人感到虽小却是永远的乐园，其中也掺杂着一丝苦涩。"大约在这个夏天前后，我迈出了即将远离村里孩子们的第一步。我清楚地意识到自己和他们之间的差距却又是在这之后二三年，开始上中学以后。"（第十八卷第 242 页）原本没有看见的东西开始看见的时候，双方的前行路其实已经相隔甚远了。

在 20 世纪的第一年，和辻哲郎进入兵库县立姬路中学（现姬路西高等学校）读初中。入学第二年，他在朋友的推荐下读了德富芦花的《回忆录》，此后他就沉湎于阅读诗歌、小说一类的书籍中。少年和辻对于《回忆录》中描写自然景物的部分感应强烈。芦花的小说还让和辻心中第一次产生出对于恋爱和异性的兴趣。

和辻哲郎已经站在敏感多情的青春期的入口处。1903（明治三十六）年，第一高等学校的学生藤村操纵身跃入华严瀑布自杀。"悠悠哉天壤，辽辽哉古今，以五尺小身躯图此大兮，霍拉旭的哲学究竟是什么权威啊，万有之真相唯一言尽悉，曰'不可解'。我怀此恨多烦闷，终至决心一死。"藤村操的这篇《岩头之感》震撼了许多年轻人，在这些被震撼的人中，和辻哲郎属于"最年轻的那一批"（第十八卷第 299 页）。人的生是什么？死又是什么？"如同想要的东西总在无法企及的远方，像所谓永远不能得到满足的感情那样"（第十八卷第 298 页），这些无解之问紧紧攫住少年的心，不松手。

藤村操的死在 14 岁的和辻心中还种下了另一颗种子，那是"对有霍拉旭出场的《哈姆雷特》这出话剧的兴趣"和"对于哲学这门学问的兴趣"（第十八卷第 299 页）。很快，对这两方面的兴趣使得和辻哲郎开始在文学和哲学这两个学科之间长期彷徨不定。这就是安倍能成所说的和辻的"Sturm und Drang"（狂飙突进运动）时代。

来到帝都，憧憬文学，但很快就转向了哲学——追踪青年和辻的足迹是后面一节的论述内容。下面需要先探讨一下和辻哲郎对于"地缘共同体"的伦理学思考。因为和辻在少年时代的体验强烈地反映在他的这些研究考察之中。

三　地缘共同体

1. 同时代人的幼年时代

无政府主义者大杉荣生于 1885（明治十八）年，他与和辻哲郎大约是同时代的人。他出生在香川的丸龟，在东京生活过一段时期，四岁时移居新潟县新发田，在那里度过了他的少年时代。和辻哲郎是医生的儿子，大杉荣是军人的儿子，除去这一点不同，他们二人少年时期生长的环境多有相似之处。

大杉荣也留下了一部《自传》，1923（大正十二）年由改造社出版。这一年，关东大地震的余震未止，大杉荣就在东京遭到宪兵队拘押，最终被虐杀在狱中。

村医的儿子和陆军将校的儿子，他们的少年时期处在相同的时代，所以他们之间有些共通之处。他们读过的书、玩过的玩具以及参与过的游戏等都传递出这方面的情况。两人之间的差距，当然也不容小看。大杉荣曾经向小学的女教师吐口水以至于把老师气哭，他还给家里的窗户纸障子点火，遭到母亲训斥，与邻居的孩子们不停地打架。

然而，在和辻哲郎的回忆中，大杉记录的这类事情并没有出现。不单是打架在书中只出现过一回，就连说到游戏，在和辻笔下也总显得兴趣不大。少年哲郎的确也玩过"竹马"和打桩游戏，但一到了和辻的回忆录中，却不是记录当时的欢乐，而是在解释那些游戏的缘起和规则。——恐怕也只有老和辻能记得这些了。另外，从自传中还可以看出，少年哲郎与伙伴们打成一片尽情嬉戏的记述不多，总让人感到他当时是在冷静地旁观着小朋友们之间的玩耍。在和辻哲郎有关地缘共同体问题的论述中，潜藏着一双超脱于游戏圈外、静静观察的少年的目光。

2. 土地的意义

和辻哲郎在论述地缘共同体的问题时，首先从土地的意义讲起。以下引用的部分也很好地体现了和辻哲郎从家庭关系论向经济论逐步展开这一和辻经济学的特点。他写道：

> "土地的共同"也是一种"存在的共同"，人类的存在造就出这样一种"共同"，其根源就是基于人的空

间性。希望使存在能够"共同"的人，首先就想要肉体性地离近。因此，家庭成员就已经实现了在"衣食住的共同"中的"场所的共同"。"家"的现象就是其具体体现。但是，在家所环抱的空间里，即便是足以用来受用和消费衣食住，却不能成为生产那些被消费的物质的场所。人的住所，既要是能够共同享用之所，又必须是能够共同从事生产之所。这种场所，即作为人们为确保自身的存在而发现并生产各种工具的场所，就是土地。（通常所说的工具是指为生产衣服、食物、房屋等而使用的工具，这种限定使得作为生活资料的衣服、食物、房屋等就必须从生产工具中分离出来。但是，如果说衣服是保温用品、食物是提供营养的东西、房屋是供人休息的用品的话，那么生活资料也可以被看成是工具。本文在此是将生活资料和生产资料都包括在内，将直接或间接地成为生活资料的东西统称为工具。）人类只能在这样的土地上拥有自己的"家"。因此，住在家里的人也就能够走到家的外面去寻找、制作各种各样的工具，并把它们带回家。然而，占据土地的并不是只有一家。一起进行生产的有多个家人，在土地上也实现了多个家庭共同拥有某一场所。这就是"聚落"现象。聚落与石器同样古老。只有在聚落中，"家"本身

也作为工具被发现出来。从这一点上看，土地是人在其存在中发现"邻居"的场合。(《伦理学》二，第247—248页)

如上所述，地缘共同体、"土地与技术与邻人之间的关联向我们展示出了'劳动'的现象"。人在家外劳动的同时，与邻人用同样的工具开始劳动。不只是工具，那些对于耕作来说不可缺少的灌溉装置等生产手段也是与邻人共同使用的。"这里有从土地上发现出来的工具的社会性，这种发现社会性工具的过程是'劳动'。"(《伦理学》二，第253页)地缘共同体是"名副其实的与邻人的共同存在，即作为土地之共同的共同存在"，在这个意义上，"土地的共同同时还意味着技术的共同和劳动的共同"(《伦理学》二，第256页)。

在这里，经济活动首次从家政中分离出来成为维持人类存在的经济，在和辻经济思想中，那个真正的问题场景开始登场。关于这个问题的具体论述留待第三章，下面考察另外一个论点。

3. 游戏与劳动——和辻记忆的特质

和辻哲郎在论述村落共同体中的"历史性"时，有下面引用的一段叙述。在这段叙述的背后，少年时代的日日夜夜显然正从记忆中复苏而来。

同一个村子里的成员，都曾经作为幼小的孩子"模仿过邻家孩子的言语或动作"。他们长大后就成了"玩伴"，大家同时记住了各种游戏的玩法，因此他们又都"以惊叹之情发现各种植物或动物，逐渐学会熟练地使用小刀或砍柴刀这类的工具"。在作为地缘共同体的村落中，此类事情的意义不容小觑。

和辻哲郎写道：

在一起插秧、一起操心田里的水、一起在暑热中劳作、一起担心风灾、一起体味收获之喜悦的人们的生活中，有着作为玩伴的，或作为村里青年人小团伙成员的共同的过去。在那个过去的世界中，现在村中的某位长者一定是年轻力壮的；如今已经不在人世的那些人也都还健在。那个过去的世界并不是在这个村庄、这座山、这条河之外的某处不相干的地方。人们在儿时就在这同一条河里学游泳，在这同一座山中采蘑菇。当然，山川或许已经不是原先的风貌，但是过去的风貌作为眼下这个村子曾经的风貌依然活在今天的村中。同样，在过去的世界中作为孩子一起玩耍的伙伴们，如今已像那些曾经支撑着村子的大人们一样强健地生活在村中。大人们之间互相商量、互相认同、互相协作的方法等等，无一

不在这个"过去"中被规定完毕。而且，这种规定远比当事人们所意识到的更为深邃。(《伦理学》三，第111—112页)

配合各式各样的风土塑造出现有风景的，是人们的活动与在其深层被积蓄的、被共同拥有的技艺。把风土和人类劳动的历史结合起来把握，和辻哲郎的这一视线，与他的同时代人柳田国男的思路相互交汇。正如藤村安芸子指出过的，和辻、柳田二人几乎是同乡，这一点很有必要引起注意。

和辻对家庭论的思考，其底蕴是他出生成长的家庭。同样，和辻伦理学有关地缘共同体的论述，与他少年时代的记忆深刻相关。虽说如此，但是撰写《伦理学》之时的和辻哲郎，已经不再拥有"作为青年人小团伙成员的共同的过去"。

青年时的和辻，曾经与友人一起探访过净琉璃寺。记录下当时感慨的就是本章开始前引用的《古寺巡礼》中的那段文字。"我们曾经都住在桃花源中。也就是说，我们都曾经是孩子！"在这美妙的一节中，几乎可以说，它蕴含了和辻哲郎思索中的所有问题。

开始构想伦理学体系的和辻哲郎，并没有和过去的朋友们一起经历岁月的侵蚀。"眼下这个村子曾经的风貌"他是知道的，但他并不知道曾经的村子现如今的样子。或者说，在和辻哲郎的伦理学构想中追求的、要使之重现的"始原性的东西"，仅仅是一个梦想，是从未被赋予过的"始原"，也即使他痛切地去追求之物。

第三节 帝 都

一 都市的生活

1. 东京的樱花

藤村操的死带给当时的青年们强烈的冲击，那事发生在日俄战争的前一年。在当时，关于"开战论"和"非战论"的讨论已经进入白热化状态。幸德秋水、堺利彦、内村鉴三等在《万朝报》上始倡非战论也是在那一年的 6 月，由"帝大七博士"发起的建言是同年 7 月。10 月，幸德秋水、堺利彦、内村鉴三他们从《万朝报》社辞职，翌月开始创办《平民新闻》报。和辻哲郎曾写道："我不知何由，开始订阅这份《平民新闻》报，而且一直坚持到他们两年后的 10 月停刊为止。"虽说如此，但其实，和辻当时赞同的立场，似乎是"战争不可避免论"(《自传试笔》，第十八卷第 302 页)。

多年后，和辻在他的《日本伦理思想史》中也曾提及此事。他写道："(明治)三十六年的时候，幸德、西川(光二郎)之外又加上堺枯川(利彦)、石川三四郎等人，开始出版

《平民新闻》。像我这样的一个中部地区城市里的初中生，连续一整年订阅了这份报纸，直到（明治）三十七年的秋天。"（第十三卷第456页）《日本伦理思想史》书中涉及个人回忆的地方很少，此处是其中之一；而且，在和辻哲郎的大部头著作中提及社会主义和幸德秋水名字的地方仅此一处。和辻此处的记述在具体年代上有误，本书对此暂不作讨论。

1906（明治三十九）年春天，和辻哲郎从姬路中学毕业，很快就到京城去了。在《自传试笔》中，有题为"半个世纪前的东京"一节，其中有多处对百年前的帝都风光进行了意味深长的记叙，我们在此略去不论。下面将要引用的一段是和辻哲郎在上野公园初次看见盛开的染井吉野樱时震惊不已的内心独白。他写道：

那种震惊，也许和被东京这个大都会的氛围迷住了心窍有关。一说到东京的樱花，我根本就顾不上和以前自己见过的山樱、彼岸樱去对比美丑，我当时恐怕是无条件地彻底迷醉其中了。樱花如果只有染井吉野樱这种豪华绚烂的身姿的话，那么本居宣长还会不会把敷岛的大和心咏叹为"朝阳里飘香的山樱花"呢？——我当时连这样的疑问都没想起来。我当时完全陷入了对那种豪华绚烂之美就是樱花之美的赞叹之中了。对这个问

50

题的反思是到多年以后才想起来的。的确，染井吉野樱这个樱花品种花朵繁盛，给人热烈奢华的感觉，但是，我总是觉得它在气质高雅方面有点欠缺。而吉野山中开放的山樱虽然稀疏冷清了不少，但在那稀疏之中能见到清秀、典雅，更进一步说，还弥漫着一丝幽玄之感。（中略）这样一想，我倒是对自己当日被染井吉野樱摄魂夺魄的呆状生出几分羞愧。（第十八卷第353—354页）

以上引文中省略部分的内容是再次论及本居宣长，是以与前面差不多的思路展开叙述的。老年的和辻哲郎对自己年轻时的感动很有些难为情，他对自己见什么、听什么都感到稀奇的年轻时代深感羞惭。这一方面是从地方迁居首都的人们都有的情形，一方面也是年轻人多少曾有过的类似感情。

2.　与鱼住折芦的相识

到京城不久，在东京商业学校（现一桥大学）上学的堂兄领和辻到神田的东京座剧场看了歌舞伎的表演（坪内逍遥的《杜鹃鸟孤城落月》和《本朝二十四孝》等），和辻立刻就被演出的魅力迷住了。这也是在4月份，他被染井吉野樱感动的那个月。在这个月里，还有一个对于和辻来说是命中注定的相识在等待着他。那就是他与鱼住折芦的初次会面。

　　鱼住折芦（影雄）是和辻哲郎的哥哥在姬路中学时比他高一级的学生，但他因对姬路中学不满提前离开学校到东京去了。鱼住后来也入了第一高等学校，当和辻到东京的时候，他已经是三年级学生了。和辻哲郎以前就听他哥哥说到过此人，当他也要到东京读书的时候，哥哥就趁机让哲郎拿上自己的信，介绍他和鱼住折芦成为朋友。"在华丽的染井吉野樱盛开的树下，观赏着同样华美的划艇比赛，心情兴奋，很有些飘飘然。然而，这样的心情几天后就被无情地击碎了。因为，就是在4月8日那天的下午，我见到了鱼住影雄君。"（第十八卷第358页）

　　在这次谈话中，鱼住折芦对他们所在的"一高"标榜"质实刚健、勤俭尚武"的气质和校风、对学校的寄宿制度（在一高学生中间也被认为是和"笼城主义"有关）等进行了猛烈抨击。此前一年鱼住曾在校友会杂志上发表了题为"从个人主义立场解释当今的校风问题并论全体寄宿制的废止"的长篇文章，因此遭到运动部成员们的批判，险些成为铁拳制裁的对象。在鱼住看来，像"一高"这类旧制高中里一些特有的现象，如故意在穿戴上弊衣破帽、发动夜袭（晚间突袭低年级学生的房间并使之一片狼藉）、狂热地挑动与外校的竞争比赛等，都是保守、反动的思想。"人们都以欧化主义为轻浮之风而排斥它，但欧化本身不能说是轻浮。在西欧的思想和伦理中，值得学习的地方非常多，所以充分学习那些内容并使之在自身人格发展中发挥作用，这样做就不能说是轻浮。轻浮是指缺乏上述这种理解与体会，只是无缘由地制造喧嚣的态度。"（第十八卷第 362 页）和辻哲郎被鱼住折芦充满激情的话语深深地吸引了。能够逃脱铁拳制裁，完全靠几个学兄和朋友相助。鱼住说："一高的生活中最有意义的地方是能够遇到一些那样的友人。"（第十八卷第 366—367 页）和辻的"一高"时光后来完全按照鱼住所说的发展开来。与和辻同一年入学的人中有天野贞祐、九鬼周造、儿岛喜久雄、大贯雪之助（即晶川，冈本香之子之兄）等人，与和辻同班的人有岩下壮一、户田贞三。——鱼住还给了和辻哲郎另一个具有决定意义的影响，那是关于和辻的发展方向和专业选择的问题。

3. 对哲学的兴趣——科倍尔、鱼住折芦、和辻哲郎

老年和辻在他的书中生动地再现了自己和鱼住折芦之间的对话。鱼住问："你将来打算读哪一科？"和辻答："文科。"当时的帝国大学里又细分为理科大学、法科大学、文科大学三部分，文科大学即是现在的文学部。

和辻继续写道："鱼住君听到后说，噢，挺有主见的嘛。接着又问，文科里面又打算选什么专业呢？"和辻当时似乎是回答说要选英语或英国文学。这是因为，那时和辻哲郎已经读过坪内逍遥写的《英国文学史》，尤其对 19 世纪英国诗人的

作品产生了共鸣，他甚至很快就考虑过研究莎士比亚。"然而，听到我的回答，鱼住立刻就干脆地说，那不行，你要重新考虑考虑。"（第十八卷第 368—369 页）

接着，折芦也就是鱼住影雄就以热烈的口吻开始滔滔不绝地讲述起那位尚未谋面的科倍尔先生的高尚品德以及哲学的意义。鱼住当时的雄辩口才让和辻哲郎下定了进入哲学专业的决心。

鱼住折芦进入大学以后，曾由阿部次郎带着去过科倍尔的家，接触到了科倍尔先生"应当去亲近、去仰慕的，像玲珑美玉一样的人格"。鱼住折芦还对科倍尔的情况介绍说："未见之时，我把他想成神，受教之后又像父亲一般仰慕他，而一旦出入先生的家之后"，科倍尔对有的学生"简直像对待自己的孩子似的"（《科倍尔老师》，第六卷第 31 页）。记录下这些内容的和辻哲郎自己后来也被科倍尔的学问和品德深深吸引。

然而，和辻的哲学之路并非从一开始就是一心一意的。虽然的确是"在鱼住的影响下进了哲学专业，但并没有什么具体目标"。"当时，各方面都在崇拜西方，我们这些人也是极度崇洋，对尼采等人很感兴趣，读了些书。无论别人在做什么、流行什么，我每天的生活里只有尼采。因为我自己不太去学校，也没好好学习，所以现在没有资格对同学们说'要好好学习！'"——这是和辻哲郎所著《伦理学》（上卷）出版那年

（1937 年），他的"伦理学概论"这门课开讲时对同学们说的（据胜部真长的记录）。

一进大学，和辻哲郎就和谷崎润一郎、大贯晶川、木村庄太等人一起参加了第二次《新思潮》的创刊工作，同时还向《昴》《三田文学》杂志投稿。和辻开始私淑夏目漱石也是在这一时期。关于这期间的情况，本节第 3 部分中还会论及。

二 空间与交通

1. "一高"学生的作文

让我们再次回到 1906 年的 9 月，和辻哲郎在英语法语两个专业共 80 名学生中以第一名的成绩考取了第一高等学校。他入学不久，新渡户稻造就接替狩野亨吉成为"一高"的校长。和许多"一高"学生一样，和辻哲郎也被新渡户稻造强烈地吸引了。

和辻哲郎在一高的《校友会杂志》上看似模仿鱼住折芦发表了题为"丧失了精神的校风"一文，还刊登过一篇题为"灵性本能主义"的论文。以下引文是后者的开头部分：

> 伫立在荒漠上的秋之原野。在众星环拱中，清澈的月光辉映着大地上的鲜花。花色或红或黄或紫，斑斓芬芳，装点着秋之原野。在花上月下，与潺湲的流水相配合，秋

之乐师极尽其能奏响那极为神秘的歌声。游子茫然伫立此境之时，胸中充满无量悲哀。（中略）穿过银座的大街。几十上百辆电车在电光石火的一刹那驶向远方。数百成千的男女，如同那些遮蔽埃及原野的蝗虫群一样移动着。问他们为何要这样步履匆匆，他们回答说是有事，再问为什么要有事，回答说我们在做生意，不是在玩。生意是为了钱，而钱是为了欲望。没有人满足于只是活着。一切的欲望都必须要满足，欲望变现是无限的。在无限的本能欲望面前，有限的"人的寿命"是无益的。银座的那些人都在做无益之行走吗？（第二十卷第 22 页）

上面的引文是蔑视"荣华街巷"（一高学生宿舍歌"呜呼，玉杯盛花"）的一高学生的典型作文，可算是标准的美文。这也是有意模仿夏目漱石《草枕》开头部分的一段文章（同上书，第 31 页），但本书要讨论的不是这些，我们要深入分析其他的问题。

2. 两种风景——和辻的空间·交通论的形成

和辻在这里瞠目的是"银座的大街"、大都会的风景、电车的往来、无数的人们行色匆匆的情景。那是与染井吉野樱在不同的意义上，同样也使出身于地方上的贫穷村庄的和辻哲郎在心底里感到震惊的场景。

后来，和辻哲郎提出了从"交通"和"通信"现象去解明人存在的空间性这一值得关注的思索。在他的空间论中，清晰地反映出一个离别农村、到都市求学的知识人的思考。或者说是，在他思想的某些地方甚至带有那种离别家乡来到人潮汹涌的城市中生活的人的惊诧神色。和辻的空间论是建立在他对两种因素进行重新关联与整合的基础之上的，这两种因素即是，他对村落中人们的来往情形的记忆和他对大城市的交通状况的观察。正如佐藤康邦也曾指出的，和辻的交通·空间论本身是很出色的思考。在那些思考之中，两种风景，即他出生和成长的村庄的景色与青年时期铭刻在他脑海中的都市风景，二者同等分量地发生着影响。对于这一点，我们需要稍加深入地进行思考。

3. 空间、交通、通信——来自村庄的原型

和辻主张："交通工具本质上是'道路'"，"即人们乘坐它们移动、互相交往、结合时的东西"。从交通工具本身是"交往的手段"这一点上说，它与"通信工具"具有同样意义。为何如此说？因为"通信部门本质上是'信儿'（音信）。是在静处的人们之间活动，使人们交往、结合之物。二者都是为促成'交往'发挥媒介作用的，所以也可以说'信儿'是'活动的道路'，道路是静止的'信儿'"。

交通是人与人关系的"空间性表达"，将交通的方式固

定下来的是"道"。交通是人与人之间互相产生关系的具体性姿态，使这种交通变得可能的正是在主体性意义上的"空间"。在既是具备主体性的延展，也是使人际关系变为可能的场域——空间之中，交通所创出的，也是形成交通并依靠交通来维持之物是"道路"。人们在相同的道路上移动，音信沟通、通信得以成立。所谓空间，是不能够与这样的交通、通信现象分割开来的。

在这里，和辻哲郎记起了村中小路的样子。"道路最原始的形态是在被踩踏的过程中自然形成的痕迹"。有路，也即是"人常常从那里经过，此事意味着那里已经有人的'交通'（交往沟通之意）"。它意味着的正是"历史性的已经建立起来的人的结合"。"我们今天依然可以通过村庄里的蜿蜒小路得见这种最为原始意义上的道路。无论是田间地头通向邻人的小径，还是乡里乡亲们互相往来时爱抄的近道，都是靠一群固定的人踩踏出来的道路；还有那通往有震慑邪恶、守护村民之功的神社的道路，通向墓地的道路，这些由全体村民世世代代行走其上、踩平踏实的道路，才是对村里人的日常性交往的表达。"（以上引自《伦理学》一，第 241—242 页）

4. "道路"的扩大——来自历史性视野的审视

"道路"表达着交通，即各种人的交往。道路的延长、路途的延展，即是人与人之间、部落与部落之间、共同体与共同体之间的关系本身的延长与扩大。在和辻关于道路也就是关于空间与交通的思考之中，进一步加上了历史性视野。

例如，在江户时代，"为徒步行走而设置的道路组织极为清楚地反映了当时的社会构造"。"以江户为中心的全国的街道组织、以各藩的城下町为中心的地方性街道组织，以及村落中小径的组织，这些组织安排都以各自的形式体现出当时的社会性整合的层级关系。"因此，"用以显示徒步行走所耗体力的里程，其实体现着社会的扩展范围和远近距离"。明治以后开始铺设铁路，此举对"这种远近关系"即几乎等同于人（间）的存在本身的空间进行了"根本性变革"。场所与场所之间、人各自存在的地方与地方之间的"远近已经不再是靠徒步的劳力来计算，而是主要根据时间与票价来衡量了"。事情还不止于此。"过去相隔一里[1]远的亲戚和现在离着十里远的亲戚都变成一样的远近了。"对于人来说，空间已经与这些交通联系的手段密不可分。"至于空中航线，那是更为直观的'道路'形态"的消失。可以说，飞机这种交通手段，是将空间直接地、瞬间地联系在一起，"是对道路的本质性意义，即'空间性联系'的最好体现"。

正如和辻哲郎所说，交通，无论是乡间小路还是空中航

---

[1] 此处的"里"是日本里。——译注

线，它使人与人联系在一起。这中间的变化过程与通信手段的演进是一样的："最原始的形态"是"自己走到对方面前进行对话，即采用'访问'形式"通报信息，后来就变成了传"信儿"的方式，再到后来就建立起了"邮政制度"，"电话"也出现了。接下来，通信进一步普遍化，它被称为"报道"。（以上引自《伦理学》一，第243—247页）

5. "被活过的空间"——源自都市风景

在和辻哲郎的交通论中曾述及"大城市中十字路口的景象"，他写道：

> 在那里，道路只是简单地交叉在一起，但是无数的行人、自行车、汽车、轻轨车等却像流水一样来来往往。那些人流车流是因为某种目的而去到某地的无数的"行进运动"复杂交织而成的"流"。选取其中的任何一个"行进运动"去观察，你都会发现它们之间有一个共同点，即它——眼前的"行进运动"是表达既有的间柄与可能性间柄二者统一的那个"点"。例如，骑自行车的小伙计是为了给顾客送货而飞奔、乘车的要员正在赶去开会的路上、卡车司机正在为工厂运送原材料等等，这些无数的运动都是要在被既有的间柄限定的同时，又要以此为起点去创出某种新的关系。也即是说，这些拥有方

向的运动全都体现着人与人之间关系的动态结构。(同上书，第277页)

和辻在此处引文中所表现的，是在实现了多种分工的经济组织中繁忙工作的人群的情况，是体现"人与人之间关系的动态结构"的都市中的一个场景。那是这位曾经的"一高"学生亲眼所见的"银座大街""荣华街巷"。

例如，"在由于罢工而使得街上看不到车的日子里，城里也要立刻改变'疾驰'这一行为的具体方式。这一点与感到腿麻时我们的主体性存在必须接受这一显著变化的情况完全一样"。身体的确是一个物，但它同时也是使人的行为成为可能的主体性工具。同样，交通和通信也是"主体性"的物(同上书，第248页)，对于人来说是"被扩大的身体"或"被活过的空间"。

和辻哲郎要直观性地阐明作为间柄的空间，在论述此问题时他写道："(人)以冷淡的态度显示'外'、以亲切的态度将外引入'内'。""内"与"外"的划分以空间形式在村庄中最为显著地表现出来。接着，和辻哲郎又说，空间是"多样化主体的关联方法，是消除那些单一状态的延展，使远近宽窄得以相互转换的辩证法式的延展。概言之，就是主体性人的'间柄'本身"(同上书，第236页)。能使物理性空间上的"远近宽窄"得以转换的装置，无疑就是指近代的交通与通信手段。和辻哲郎的空间·交通论将两者联系起来，使两种风景重合一处，总结出了应受到关注的思考。

三 告别短歌

1. 和辻哲郎的大学时代

1909（明治四十二）年，7月份从"一高"毕业的和辻哲郎9月份升入东京帝国大学文科大学哲学科学习。当时哲学研究室的主任教授是井上哲次郎。井上与和辻的性格完全不同，这一点很多人都知道。在那前一年，夏目漱石小说的主人公听了一堂课，课的开场白就是"炮声一响打破了浦贺的梦"（《三四郎》）。这句话其实是井上哲次郎每学期第一次上课时必用的固定"开讲词"，是小宫丰隆告诉漱石的。和辻哲郎恐怕也听到过这句开场白，而且还深感困惑吧。

和辻哲郎积极听讲的是大冢保治的"最近欧洲文艺史"、冈仓天心的"东洋巧艺史"。冈仓天心的讲课内容是以奈良药师寺的"三尊"为主题的，课上还说："如果同学中有没去看过的人，我从心里嫉妒他"，甚至宣称"如果我能再一次体会那种惊叹之情，我甚至会牺牲一切也在所不惜"（《回忆冈仓先生》，《面具与人格》，第十七卷第352页以后）。

当时的和辻哲郎十分热爱艺术，这种热爱也体现在他的文学创作之中。正如上文所述，和辻加入了《新思潮》的同人作者行列，他也处在《昴》和《三田文学》的周边。正如汤浅泰雄所指出的，这种情况意味着那时的和辻其实离由森鸥外到永井荷风再到谷崎润一郎这一谱系的"唯美派"作家们极近。下面只举一例加以说明。

戏曲作品《首级》在明治四十四年的《昴》杂志刊出。此剧描述了在战阵之中，女人们一边玩弄着无数死者的首级一边相互对话、谈论的情景，是一部给人以独特印象的戏曲作品。主人公面对着自己弟弟的首级大声独白。"保你性命的鲜红的热血尚未完全冷却，那热流的幽幽热气从我的乳房传遍了整个胸膛。""哦哦，冰凉的嘴唇。面颊和额头也变冷了。怎么这样冷啊？这么光滑的皮肤，你活着的时候在你的浑身上下也找不出这么光滑的地方。"（第二十卷第322—323页）

这个戏曲能看出受到了王尔德的影响，其中的尸骸与黑发、感官与死亡、黑暗与鲜血，这些主题在当时和辻的戏曲或小说作品中，都构成一种基调。从这些作品中还可以感知到，年轻的和辻迎合着世纪末的时代氛围，一切在他看来都是有些勉为其难的。有一次，谷崎润一郎把从和辻哲郎那里借走的王尔德小说还给他时说："嗯，这本书很有意思！不过，你没画线的地方比你画过线的部分更有意思！"——这是谷崎润一郎回忆录里很著名的一段，据说和辻因为这句话就放弃了当作家的念头。林达夫曾指出过，这段回忆只不过体现出谷崎润一郎的傲慢本性而已。不过，事实上，在表达王尔德的创作旨趣、表现嗜好尸体与鲜血的技巧方面，和辻终究不是谷崎润一郎的对手。

谷崎润一郎把和辻哲郎"当乡下人对待"（《青春物语》）。胜部真长有言为证，说是和辻哲郎后来谈起他过去认识的那些文学圈的熟人时，曾强烈地表达过对他们的厌恶之情。在汤浅泰雄的记忆中，"二战"结束后，太宰治投水自杀殉情，消息传来后研究室的学生们议论此事时，临近退休的和辻教授对此显示出"极不愉快的表情"。但另一方面，据河野与一回忆，曾有人指着那些成为《风土》一书的原型的论文对林达夫说："这些都是诗啊！"和辻本人对这个评价非常在意。无论如何，在和辻哲郎后来的作品中，的确能看出文学与诗的痕迹，因此，他的作品成为近代日本优秀散文中的典型范例。

和辻哲郎的确终其一生只是个"Aesthet"，即美的享受者。或者说他自己终究没能舍伦理而去。"Sollen（当为）在我自身之内。要丢弃 Sollen，我就必须丢弃我自己"——在 1918（大正七）年出版的《偶像再兴》的一篇文章里，和辻这样写道（《转向》，第十七卷第 22 页）。然而，在和辻哲郎作为一个伦理学家登上历史舞台之前，这位青年还将经历一些其他的事情。

2. 和辻哲郎的处女作

1912 年，日本由明治改元为大正。这一年的 7 月，和辻哲郎从东京帝国大学毕业。他的毕业论文是 "On Schopenhauer's Pessimism and Salvation Theory"（《叔本华的厌世主义及解脱论研究》）。据说和辻当时想写关于尼采的论文，但被井上哲次郎否定了。和辻哲郎尊敬并喜爱的科倍尔老师的专业之一是叔本华的哲学，而他以英语完成了论文，也许就是为能让科倍尔审阅自己的论文而有意为之。

毕业后的第二年，24 岁的和辻哲郎出版了《尼采研究》一书。两年后的 1915 年又出版了《索伦·克尔凯郭尔》，26 岁的和辻一举拥有了两部专著，开始跻身于新锐哲学研究者的行列。这两部著作是日本存在主义哲学研究史上的嚆矢之作。"此研究中出现的尼采，严格地说是我自己的尼采。我是要依据尼采、通过尼采来表达我自己"——和辻在《尼采研究》一书的《自序》中这样写道（第一卷第 8 页）。

3. 关于和辻哲郎的气质

为了介绍和辻哲郎充满青春气息的哲学性思考，这里引述一段他对尼采作品的阐释。尼采曾写道："当一个人对认识现实的方式突然感到惶惑，当他所根据的定理在任何情况下都似乎遇到例外时，他会感到多么可怕的惶恐。假如，在这惶恐以外，还加上当个性原则崩溃时，从人底心灵深处，甚至从性灵里，升起的这种狂喜的陶醉；那末，我们便可以洞见酒神狄奥尼索斯的本性。"（《悲剧的诞生》第一章，缪灵珠译，北京出版集团，2017 年）对于青年尼采的这一思考，和辻哲郎做出如下阐释：

尼采在《悲剧的出生》[1]的开头要论述这一原始艺术。艺术绝非从一开始就起源于主客对立的差异的世界。艺术最初只是醉欢中的狄奥尼索斯式的自发表达。音乐与舞蹈、陷入陶醉状态的人们——仅此而已。这里完全没有演员和观众的区别。狄奥尼索斯式的醉欢成为酒神赞歌、合唱与集体舞，进一步它又利用阿波罗式的幻影即人的知识使自己客观化，于是成为了更加丰富强烈的表达。此时，狄奥尼索斯要利用阿波罗的象征去讲述自身的"悲剧"诞生了。

从狭义上说，悲剧是最早的伟大的艺术。悲剧的表现方法变得复杂的同时，其表达效果也越来越显著。但是，剧作家与鉴赏者之间的间隙也开始萌发。首先显现出的区别是，在人性阶层中有能够轻易征服阿波罗式东西的存在与不能做到这一点的存在。这种区别也就是，

---

〔1〕 当时对尼采此著的日译名称。——译注

能够自己掌握运用这种表现方法的人与只能够感应其暗示的人之间的区别。本来，狄奥尼索斯式的人能够完全靠音乐和舞蹈表现自己，而其中特殊的能够靠悲剧表现自身的人仅限于少数"被吸引者"，其他的人是作为狄奥尼索斯式的观众只不过是在悲剧中再次发现自己而已。（第一卷第 203 页）

在上述引文中，和辻哲郎的确是在讲述自己。他把尼采的思考化为自己的东西去讲述自己的思考。而被讲述的，另一方面也是不可能成为创造者的自己，对于和辻来说，这也是一种彻底放弃。

和辻哲郎曾把他的《尼采研究》一书寄给夏目漱石，他在寄书的附信中为请求漱石允许他的寄赠，使用了近似情书的献媚之词，表达了他对夏目漱石的倾慕之情。此段轶事广为人知。

夏目漱石的回信说："我如今心系入道之事。即便是漠然之语，对于心系入道之人来说那也不是冷淡。没有人是以冷淡之情入道的。"（《追忆夏目先生》，《偶像再兴》，第十七卷第89 页）——夏目漱石已于 1910（明治四十三）年开始在《朝日新闻》报上连载《门》了。这部小说的主人公野中宗助站在禅寺门前，"他又听到'敲门没用，要自己打开进去'这样一个声音"。

　　和辻哲郎在《伦理学》中引用了"人与人之间没有桥梁"这句德国谚语（《伦理学》二，第 90 页）。这也是漱石在小说《行人》中引过的话。然而，和辻理解那个发出"你明白我的心思吗？"这样问题的"哥哥"的内心吗？"要么去死、要么发疯、要么入教。我的前途只有这三个！"和辻哲郎的面前曾有过这样的绝望吗？——和辻身处老年漱石的烦闷的周围。然而，那里，似乎也不是和辻哲郎这个人应该在的位置。

第二章 "回归"的伦理

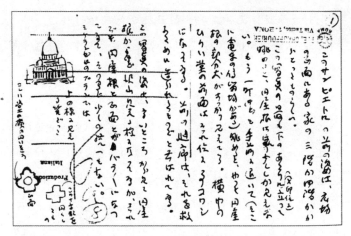

日期为昭和三（1928）年一月二十六日、自罗马发给妻子和辻照的明信片（背面的照片是圣保罗大教堂）。和辻哲郎有时还在明信片上插画图解。他几乎每天都 把自己的见闻写下来寄给妻子古代日本人在表达有志于认识的时候，常用"学知道""问道"这类表述。无论是要知的目标还是被知的内容，都是"道"而不是"知识"。"道"的具象性存在是人走的道路，即障碍已被去除、引导人不迷失地移动至目标的东西，正如人们说的"赶路"这种用法一样，它意味着动向本身，意味着正在移动前行之中。这个具象性道路的意味也被用以表述针对精神性目标的动向，以具象性的问道、走道的姿态去表现精神上的问道、行道。所以，"道"的最高意味是"人伦之道"及"开悟之道"中的"道"。（中略）不必赘言，知"道"不仅是知识性问题，而且是一个与实践紧密结合的问题。因此，正如学习绘画之道那样，"学道"是"模仿做法"之意。由上述思考可以顺理成章地推出结论："知"不是"被知之事"，而只能是"可知者"之意。

（《日语与哲学的问题》，《续日本精神史研究》，

第四卷第 518—519 页）

第一节　回　归

一　夫妇与信赖

1.　狂飙突进时代的结束

"明治"这一年号的最后一年（1912）的 6 月，在大学毕业前夕，和辻哲郎与高濑照结婚。和辻的父亲一开始反对他和这位资本家的长女订婚，但很快父亲就妥协了。6 月中旬，毕业终考结束后，和辻哲郎为了和父母商议婚礼的事回了一次老家。以此为标志，和辻哲郎的狂飙突进时期结束了。

大学毕业和结婚在同一年，转过年来，和辻出版了他的《尼采研究》。1915 年，他的第二部专著《索伦·克尔凯郭尔》也问世了。在第二部书中，青年和辻更进一步把自己与研究对象重合到一起。

"克尔凯郭尔厌恶感性，但同时他的感性又惊人地强大。"（第一卷第 451 页）和辻哲郎也一样，他有时就无法平衡自己过强的感受性。和辻哲郎认为，克尔凯郭尔也是"由于是个哲学家而无法成为一个纯粹的诗人，而且又由于是个诗人而无法成为一个纯粹的哲学家"（第一卷第485页）。当他这样总结自己的研究对象的特征的时候，这位年轻的哲学研究者在多大程度上预见到了自己的资质及其命运呢？

1916（大正五）年，当时身在鹄沼这个地方的和辻哲郎收到过阿部次郎从京城寄来的一封信，信中告知说宪兵来调查过和辻的情况。恐怕是升入研究生继续学业的和辻哲郎被认为有逃避征兵的嫌疑吧。妻子和辻照对收到此信后的感觉记述说："我们即刻感到被一只看不见的巨兽挤压似的，像是要被一只可怕的黑手攫住那样内心痛苦不堪。"和辻立刻拜托老家替他在原籍办了入伍手续，他本人也回到故乡。结果，他成为了"第二乙种步兵"。和辻当时在车中写给妻子的信中说："总之，阿照你完全不用担心。无论结果有多坏，与一生相比这些都算不了什么。""我昨晚越来越明显地感到，我是以对阿照的爱为中心活着的，这件事我自己十分清楚。如果我也像古代武士那样遇到公私不能两全的情况的话，那么，我肯定会抛弃君主和主人，只守着我的阿照。"

在和辻哲郎伦理学中，国家是"人伦性组织的人伦性组织"（《伦理学》三，第18页），"在人的共同体中，只有国家虽然有封闭性，但它是'公'本身"（《伦理学》三，第20页）。"只守着我的阿照"这样的做法在多年后的和辻思想中是不允许的。虽说如此，除去几场风波，以及下文将述及的一场不幸之外，在狂飙时代之后到来的夫妇生活，对于埋头写作的和辻来说，除去他自己兴起的一点波浪，大致上是一段能让心灵得到休息的时期。

2. 二人共同体

同样在《伦理学》中，和辻哲郎称夫妇为"二人共同体"，他关于作为人类伦理性组织第一阶段的家庭成员的考察，就立足于这个二人共同体无可比拟的重要意义。在《伦理学》中，和辻主张，二人共同体是要求夫妇双方在身心两方面都要"完全彻底地相互参与"的"我汝关系"（《伦理学》二，第 96 页），然后他写道：

当二人共同体建立在双方互相参与的基础上时，这种互相参与就渗透进二人的存在之中，成就一个共同性存在。一方的痛苦对另一方来说也是痛苦，一方的荣誉也是另一方的荣誉。存在的任何阴影都是对于二人的阴影，存在的所有细微角落都是由二人造就的。在这样的二人之间，"我"已经不可能存在于任何地方。即便如此，二人共同体中两者的"任性"并未消失。为了克服这种自我中心的任性，二人共同体中的理法必须要约束他们二者。然而，即使在二人之间出现了自我中心的任性行为，这也是出现在两者之间的情况，而绝非能够掩盖或是不允许对方参与的事情。如果某一方率性任意而为，那么另一方就会或消极或积极地参与其中。也就是说，另一方对任性之举要么生气，要么高兴。在亲密的"我汝"关系中经常能见到孩子式的吵架，这就是上述情况的表现。像那种表面听从同时又暗怀敌意的情况，根本就不存在亲密的我汝关系。(《伦理学》二，第97页)

这种"我汝关系"或二人共同体，似乎未必要限定为男女二人或法律上的婚姻关系。但和辻哲郎认为，本来的二人共同体只是指"男女间的存在之共同"，其考察几乎仅限于夫妇关系。他还说："因为共同存在的二人性是必然性的，以不允许第三者参与为其本质的二人共同体"只有男女之间的关系(《伦理学》二，第101页)。

3. 夫妇、信赖、真实

在和辻伦理学中，日常的事实与规范似乎总是相毗邻的，这一点作为他的伦理学的缺陷常遭指摘。尤其是在其关于二人共同体的论述中，这个问题似乎就更为突出。佐藤正英也指出，和辻伦理学中唯一一个明确提出的规范性主张是"信赖与真实"，而在关于这个问题的思考中，从某些方面说，他是以性爱关系为其思考原型的。

在和辻看来，信赖是一个时间性现象。因为信赖事关未来，信赖是要将不确定的未来提前把握掌中。信赖之所以有可能作为信赖得以成立，在和辻看来，那是由于过去的时间已经为信赖做了担保。于是，信赖就成了在负荷着过去的现在而要去确定未来的尝试。

　　信赖的现象不仅仅是相信其他人。信赖是在自他关系中对于不确定的未来预先采取决定性态度的问题。正因为这种事情是可能的，所以在人的存在中，我们背负的过去同时就会成为我们追求的未来。我们当下采取的行为是过去与未来的同一。也即是说，我们是在行为中归来。这些行为背负的过去即便终归是昨日的间柄也好，这种间柄无论是做过什么还是没做什么，但它毕竟是曾经成立的。如此看来，那种做过什么或是没做什么同样都只是归来的运动。（中略）所以，无论那是多么有限的人的存在，那种出自本来性又回归本来性的根源性方向是不会丧失的。我们走出来的那个老家就是未来前行的目的地。即是"本末究竟等"[1]。此处存在着我们对于不确定的未来预先采取决定性态度的最深层的根据。（第24—25页）

---

〔1〕　语出《法华经·方便品第二》。原文是："如是相，如是性，如是体，如是力，如是作，如是因，如是缘，如是果，如是报，如是本末究竟等，故知一心实相，悉是诸法。"——译法

4. 夫妻之间仅有的一次危机——阿部次郎事件

唯有信赖，是这种情况下的根本性道德。如果完全彻底地信赖对方，并且由此而使完美无缺的伦理得以实现的话，那么，就会要求人们进行"彻底地相互参与"。这样的"我汝关系"就是和辻哲郎认定的二人共同体的特征。

和辻哲郎夫妻之间曾经发生过仅有的一次危机。和辻在欧洲的时候，他的夫人曾和阿部次郎之间发生过一些事情——这些事情对外人来说也许是不足为奇的，是常会遇见的一些事，但对于当事者来说，却是十分深刻的问题。和辻哲郎始终没有怀疑妻子阿照的诚实，却因此事与阿部次郎这位他自年轻时就像对待兄长一样亲密无间的朋友绝交了。

正如庄子邦雄在重新研读有关当事者的证词后指出的，那段时间里和辻哲郎的应对也有些令人费解之处。甚至有时候，和辻像遗传了他祖父的癫痫爆发。对于和辻哲郎来说，信赖是人之为人的条件，这一点的根据应当是双方共同拥有的。所以他说"自古以来'背叛'是作为最令人憎恶的罪恶遭摒弃的"。这即是说，背叛行为是与"人的真实"相反的行为（第25—26页）。和辻对于自己的妻子没有失去信赖，他对亲密的朋友也同样近乎严苛地要求同样的"信赖"。不幸的事件也可以说是和辻的这种信赖观导致的结局。

二　走向日本古代

1. 回归的轨迹

1917 年 5 月，和辻哲郎与二三友人一起探访了奈良附近的古寺。他在当时的印象形成了后来的《古寺巡礼》（1919年）一书。他还从 1920 年开始在东洋大学担任日本伦理史课程的教学工作，这一点前面已经论及。

新婚不久的和辻家中遭遇到一个重大不幸，这就是与第一个孩子的死别。哲郎与阿照的儿子夏彦在 1921 年 6 月出生。此前的 1919 年，他们的第一个男孩死于难产。"出生的男孩，一点也没呼吸到这个世上的空气。"和辻对妻子说："咱们两个一起放弃吧。"一般认为，和辻本人也有证词，这场不幸是促成他回归日本古代的契机之一。翌年出版的《日本古代文化》一书中确有"奉于亡儿灵前"的献辞。在该书初版《序》中，他写道："由于一个人的死亡偶然唤起了我心中对于佛教的惊异，再有后来接连出现了我对飞鸟、奈良时代佛教美术的惊叹，这些都意想不到地把自己带回到了日本的过去。"（第三卷第 11 页）近年来，宫川敬之的研究也提醒，从这段论述来看，在和辻的心中，除去亡儿的影响，似乎还有其他因素，这种因素是我们应当了解掌握的。

和辻在他的第二部专著《索伦·克尔凯郭尔》《自序》中写道："我从未像最近这样痛切地意识到自己是日本人。"序文接下去继续这方面的论述，他说"最特殊的真正会成为普遍性的"（第一卷第411页）。这是和辻的一种觉悟。

和辻哲郎撰写《尼采研究》的前后，写过一些类似研究笔记的文字。这些笔记在他去世后被发现，后来编入第三次出版的全集别卷一之中。在这些笔记中，有一项的标题是"日本的'国民精神'的价值"（第42页以后部分）。仅从这个题目我们就能够确知，和辻对于日本思想史的兴趣很早就已经萌芽。

2.《日本古代文化》与单一民族神话

《日本古代文化》是和辻哲郎自己最喜爱，也是最有自信的一部著作，该书运用实证性史学研究的手法，主要是深入研讨津田左右吉的"记纪"批判[1]，另一方面也充分利用了当时考古学研究的成果，在此基础上，他依然指出《古事记》和《日本书纪》的价值。这一结论使得该书名声很大，广为人知。考古学的研究结果显示，一方面古层的文化一直是由西向东传播的；另一方面，"记纪"中记载的"东征"展现大和朝廷进行的统一国家的运动。和辻哲郎于是就把这两个视点整合起来提出他的假说，即在筑紫地方发展起来的铜铎铜剑文化圈，在3世纪以前将自己的势力向大和方面扩展，压倒了关东以下的铜

---

〔1〕 "记纪"批判是津田左右吉对《古事记》和《日本书纪》这两部日本最早的书面文献进行的批判性研究。通常以"记纪"简称这两部文献。——译注

铎文化圈。铜剑文化圈与铜铎文化圈的对比，曾一度风靡考古学界、国史学界。

然而，在把《日本古代文化》高度评价为和辻哲郎回归日本的里程碑之前，我们还需要注意另外一个问题。正如小熊英二指出的，除去他最早期的日本文化论，和辻哲郎后来一直都在强调日本族是"混合民族"。他写道："古代日本高度发达的文化是混血民族造就的。我们现在拥有的'日本人'这一概念，不能够直接等同于建造了法隆寺的这个民族。"（《古代日本人的混血状态》，1917年，第二卷第192页）在反复修改后最终定稿的《日本古代文化》中，和辻确认了这样一个情况，即"从包含有这样一些各色人种的历史时代到形成'日本民族'，其间所耗费的漫长岁月远比日本历史开启以来所经历的时间要长许多"。在该书中，他除了主张通过记纪传说读取"民族生成的历史"是不可能的这一点外，还将"构成了日本民族的主要部分"上溯至"新石器时代"（第三卷第22—23页）。由此，我们首先可以断言，和辻的日本文化论与日本战后构建起来的"单一民族神话"无缘。

3. 清明心的道德

如果从与和辻伦理学体系之间的关联这个角度重新考量《日本古代文化》这部论著，我们会发现其中的另外一个重要论点，那就是，书中把"清明之心"（《伦理学》二，第43页）从上古人们的价值意识中提炼出来了。

素盏命尊到天庭参事的时候，他说自己"我是心无邪"，闻听此言，天照大神问他："那我如何能够知道你的心是清而明的呢？"和辻在书中针对这一组对话论述道："明确地表示'清'的价值的概念是'清明心'。此处读作 KiYoKi–akaki 之心。清（kiyosa）同时也是明（akarusa），是指明朗性，是与黑暗（kurasa）相对的。没被污染的明朗之心是与肮脏阴暗之心相对立的，在上古人看来，这是根本性的价值区分。"（第三卷第 292 页）

和辻把神话看成"自然之子的神话"，他关注"在道德性评价中也可见到'对于自然性近乎无条件地肯定'"。在上古人的心中也存在着"善恶的彼岸"。和辻哲郎写道："这样的善恶的彼岸，对于那些企图依据神代史去建立'国民道德'的人来说是最为不利的。"这一视点，归根结底是对以井上哲次郎为代表的、当时流行的国民道德论的痛彻批判。（同上书，第 280—281 页）

对于清明心的关注出现在高度评价作为"自然之子"的上古人类的论述语境之中。丸山真男在讲义中提出"伦理意识的'原型'"是"生之乐观主义"，和辻也是这样把握的。"清明心"概念在和辻《伦理学》中论述"信赖"问题时被应用到了（《伦理学》二，第 43 页），到《尊皇思想及其传统》时，和辻哲郎更进一步将"全体性的权威"这一视点与"清明心"紧密结合起来进行了论述。他写道："在保'私'之心从没有看透这一点上来说，已经不是清澄而有混浊了，因此它不过是肮脏

之心、阴暗之心，如果它还进一步背叛全体性的权威，那么当
事人自身也只会有一种亏心负疚的、胆怯的、暗淡的心境。"
（第十四卷第 53 页）重视信赖——这依然是和辻哲郎思想中最
基本的伦理观。

4.《日本古代文化》的魅力

仔细思量，《日本古代文化》一书的魅力，不如说是来
自和辻哲郎文采斐然的表达。例如，他在论述"上古歌谣的
特质"时对"万叶和歌"与"记纪歌谣"进行了比较。和辻
先是评论说："《万叶集》中的诗人要么把感情倾注于自身凝
视自己内心，要么离开自身，把已被客观化的自然之美置于
与自身对立的自然之中加以品味。"（第三卷第 206 页）随后，
和辻论道：

此类上古时代的歌谣则可说是远心式的，诗歌中有
一种把咏者的中心情绪隐匿于和歌的各个组成部分之中
的幽趣。例如，被看作是望乡之歌的《古事记》（传之
二十八）中的一首短歌吟道：

（我已年迈体衰，恐怕无法再回到故乡）体魄强健的
人啊，（回到故乡）请把平群山里大橡树的树枝插上头。

这首和歌吟唱的无异是一个行将客死他乡的人思
念故土倭地的悲切之心，而且歌中强烈地表达了这种悲

哀。然而，从诗歌的表面看，它描述的是"体魄强健的人"以及只有这种人才能享受到的故乡山中初夏时的行乐。在新绿遍布的美好的平群山中，把刚长出嫩叶的橡树枝装饰在头上玩耍，这样有趣的情景，与悲哀的情绪关系不大，它可不像上文所引的风啊雨啊跟恋情的关系那么紧密。甚至可以说，它唤起了与悲哀之情正相反的闲适之情，此诗通过这样的手法让当下的悲哀自然而然地呈现了出来。因此，诗中大部分内容在咏叹平群的山里的行乐情景，但诗本身也并非将其作为风景来咏叹的。那样的景象由现在的悲哀触发而成，只是由于悲哀才被歌咏出来而已。很显然，这种吟咏是纯粹主观或纯粹客观都不可能咏出的那颗心中唱出的悲歌。（同上书，第207—208页）

和辻在上文中对记纪歌谣的分析方法与津田左右吉完全不同，甚至令人感到是为了对抗后者而采取了这种方法。津田是一味地要在记纪歌谣中寻找后代作伪以及再创作的痕迹，而和辻却力图要读解出暗含于文本之中的可能性。和辻哲郎依凭着记纪歌谣讲述上古时代人们的"感情"以及他们的"想象力"。和辻所展示的记纪的魅力，正是他自身想象力的魅力，是深入事物内部、让事物从自身深处自己发出声音，这种诗人式想象力所拥有的魅力。

不久以后，和辻哲郎有意识地放弃了上述这样的视线，就连文体也有意识地中途改变了。这位诗人哲学家开始尝试着为自己套上概念式表达方式的枷锁，这是他进入所谓学院派研究圈以后的变化了。

三　走向原始佛教

1. 藤冈藏六事件

1921（大正十）年，岩波书店创刊出版《思想》杂志。和辻哲郎与谷川彻三、林达夫一起成为该杂志的编辑。翌年，《思想》杂志编辑和辻哲郎引发了一起在学界十分著名的事件，那就是他指出了藤冈藏六译述海尔曼·柯亨（Herman Cohen）《纯粹认识的逻辑学》一书中的一些误译之处，由此引发了二人之间的争论。

藤冈把他的这本书做了绝版处理，原来已经内定他到东北帝国大学任教，但此事发生后，这个教职岗位也拒绝了他的求职申请。和辻哲郎的文章刊登在《思想》杂志的7月号，而该杂志自6月号至9月号连载了高桥里美的《论柯亨的"根源之批判"以及"根源之原理"》一文。东北帝国大学哲学科建立两年后的夏天，迎聘高桥为副教授。

无论如何，藤冈事件的结局都令人感到很不舒服，此处无须再深入探讨事件本身。出隆认为，当时担任东京帝大教授之职的桑木严翼对和辻很不满意。不管怎么解释，和辻都被看成是个"好事之徒"。和辻和藤冈二人究竟谁更有理，关于这个问题吉泽传二郎对照柯亨著作的原文研究了二者的争论内容。据吉泽判定，无论是从语言学上还是从哲学上说，和辻哲郎都具有正当性。在《面具与人格》的《跋》中，和辻曾写道："我在大正十二年关东大地震时有了一些感触，从此下定决心，凡是不必写出来的东西就坚决不写。"（第十七卷第 449 页）汤浅泰雄分析说，从和辻表达的这个决心来看，藤冈事件对他的影响比震灾带来的影响还要大。

2. 去京都——西田几多郎与和辻哲郎

从远处关注着"好事之徒"和辻哲郎的工作的是京都的西田几多郎。1923 年 9 月，关东大地震发生，翌年 3 月，阿部次郎赴任东北帝大（仙台市），和辻家住进阿部旧居，搬到了东京的中野地区。在此事的前前后后，西田、波多野精一、田边元接连接受京都帝大的邀请赴任京都。

1910（明治四十三）年，在京都帝大担任副教授的西田几多郎一方面与哲学史专业的朝永三十郎通力合作支撑哲学专业的教研工作，同时也在人事安排方面接连实现了几个颇为另类的操作，首先就是聘请波多野担任宗教学教授。西田几多郎的情谊深厚也是一个原因，总之在一个时期超越学阀的限界，各路英才齐聚到了京都帝大。和辻哲郎在一高时的同级同学九鬼周造不久也到了京都，并开始担任哲学史课程的教授。

下面是西田几多郎为向和辻报告教授会的情况而写的信，所署日期是 1924 年 5 月 29 日。"尊兄：您的事情昨日在教授会上投票了，在 20 余人的投票结果中，只有一个'否'，其余都是'可'，所以这样就以甚佳结果表决通过了。现在不能预备一个与您声望相称的位置恭迎尊兄大驾，甚为遗憾，但务请以纯真的享受学问、尽心为学之念出任此教职为盼。闪光者终究会得到人们的承认。"此处的"闪光者"一句，既是西田对和辻的期待，同时也让人推测到当时的教授会里很可能存在相互间的倾轧，调整这项人事安排的难度肯定会很大。

和辻去世后，人们发现了他学生时代的笔记，其中就有他对西田几多郎《善的研究》一书的记录。据和辻本人回忆，他"最早知道西田几多郎的名字是在明治四十二（1909）年九月前后"（"第一次听说西田几多郎的名字时"，第 23 卷第 277 页）。第二次世界大战后，和辻曾经一面引用西田的日记，一面记述说："先生在户籍上是 40 岁，但实际年龄是 38 岁。在那个年龄段的西田先生想到名利问题就烦闷不绝于心，这也没有什么不可思议的。实际上，那时的先生，没有享受到与他本身的力量相符合的待遇。"（同上书，第 281 页）在和西田差不多年龄的时期，和辻写下上面这些话，怕是他也联想到自己的景况吧。和辻哲郎就任京都帝国大学的讲师是在 1925（大正十四）年 3 月，他 36 岁的那年春天。

3.《沙门道元》

在多次发生摩擦、经历着复杂的人际关系方面的磨合的同时，1926（大正十五／昭和元）年 10 月和 11 月，和辻哲郎新著二册均由岩波书店出版了，它们是《日本精神史研究》和《原始基督教的文化史意义》。

在前一部著作中，尤其值得关注的业绩是论文《沙门道元》。道元此人作为一名出类拔萃的哲人获得世人认可，事实上全是由于和辻哲郎的研究论证。和辻的道元论对于我们思索和辻本人与佛教的关系具有重要意义。关于如何理解"佛性"的问题，和辻写道："他在《正法眼藏佛性》中首先考察了'一切众生、悉有佛性、如来常住、无有变异'这段涅槃经（卷 25《狮子吼菩萨品之一》）中的经文。（中略）这样，道元就坚持了诸法实相的思想。'山河大地皆为佛性之海'，意即山河大地本身即是'佛性海的形态'。见山河即是见佛性，见佛性即是见驴之腮、马之口。在这里，现象与本体的区别已全部消失了，也没有了世俗谛（在中国，此语被解释为在自然性态度之中的真理之义）与胜义谛或第一谛之间的区别。有的只是佛性。"（第四卷第 222—225 页。着重号为著者所加）

"自然性态度"一语（即胡塞尔现象学基本用语，natürliche Einstellung 的译词）的使用，体现出和辻哲郎在理解佛教方面的思想特质。在此我们需要探讨一下 1927 年 2 月（昭和改元不久）由岩波书店出版的和辻哲郎的博士论文《原始佛教的实践哲学》。由于后述的原因，此书出版时和辻尚未获得博士学位，他正式获得学位是在 1932 年。

4.《原始佛教的实践哲学》

进入明治时期以后，作为一门学问的佛教研究开始在日本各大高校及科研机构中展开。但在很长一段时期内，日本佛教研究在自古以来的"教学"传统与作为近代学问之一的佛教学研究之间摇摆不定。自 1876 年开始，南条文雄、高楠顺次郎、姊崎正治等人留学英、德、法，学习佛教学，将欧洲的研究成果介绍回了日本。依照下田正弘的整理与评价基准而言，和辻的《原始佛教的实践哲学》一书是"这类成果的代表，象征着当前的佛教学的方向"。该书不仅充分借鉴了以宇井伯寿为中心的日本国内的先驱性研究的最新成果，同时广泛吸收了欧洲学者对原始及初期佛教研究的成果，是一部划时代的佛教研究著作。

本文在此只能选介和辻哲郎书中对于"受"（汉译佛典中的用语）的感受性经验层面相关问题的分析。和辻首先确认"在无我的立场上，感之主体或主观是不允许存在的"这一点，接着写道：

即使"感受"成为法，我们具有经验性感受，"感受"自身也不应说是"我们的"。我们看见花感到高兴这一常识性经验只能靠被高兴地感受到的花与高兴地感受到了花这两方面结合才能成立。然而，"被高兴地感受到的花"只不过是一种特殊的颜色和形状存在于"乐受"之中而已。剔除这种感受之后凭空而想的单纯的颜色和形状完全是抽象的，不是具体性存在。只要是存在着的花，那必定是在"受"中存在的。因此，"高兴地感受到了花"这件事的意思不是以对与感受无关的颜色形状高兴这种主观性态度去面对，而是在"乐受"中的花的乐受本身之意。从花的角度说，是"花美"，从受的角度说是"花被感到美"，这种把客观与主观区分开来的表述方法实际上不过是指的同一件事。（中略）如果将超越了感受的主观差异性的客观世界与为客观世界着色的主观状态全部剔除的话，那么，"受"就不能解释为心理学上的感情。作为心理性存在的感情，虽然它可以被认为是对客观存在的花产生了美感的一种体验，但其实，与花的美丑无关，那已经是魅力的花朵了。（中略）具体来说即是，"美"这种花的存在方式与感到花很美的体验是一个事。将此事抽象地区分成客观性与主观性这两方面时，才会有作为心理性存在物的感情。所以，"受"不是

这种存在物，它必须是更为根本性的，是一切存在物的
"法"。如果要站在"无受者"这一无我的立场上去思考
受容性的话，只能作如是之解。（第五卷第 123—124 页）

和辻哲郎的上述佛教解释显然也有依据新康德派的范畴
论进行论述的地方，它还给人极强的逻辑主义的风格印象。针
对这一点，和辻与东京帝国大学教授木村泰贤之间甚至发生
了争论。然而通过上述引文可知，和辻围绕着非常细致隐秘的
感觉层面的现象进行了优异的现象学式的分析。在《和辻哲郎
全集》第 19 卷中，收录了首次面世的他在京都大学时的讲稿
《佛教伦理思想史》，从中也可以窥知，和辻的佛教研究（某种
意义上说超过了他的主要代表作《伦理学》）展现了他超群的
哲学感觉。虽说如此，但是自从经验降落至感觉层面、内在于
经验的褶皱的时刻起，经验本身的常识性解释就已经解体，而
恢复经验自身的丰富与色彩的具体操作延伸至《伦理学》一
书，成为和辻哲郎的基本哲学方法。

《原始佛教的实践哲学》是和辻哲郎进入学院派哲学界后出
版的第一部著作，如前所述，这也是他的博士论文。1927（昭
和二）年，和辻向京都帝大文学部教授会提交了这篇论文，希
望以此来申请文学博士的学位。对于和辻论文的审查时间特别
长，超乎寻常。据高坂正显记述，印度哲学专业的榊亮三郎强

硬地反对授予和辻学位也是使审查拖延的一个原因。除去对和辻的外语能力有疑问之外，和辻批判过木村、过分倚重宇井的学说作为自己的立论依据，这些也都是反对授予学位的理由之一。最终和辻获得学位是在 1932 年，榊亮教授退休之后。

第二节　出　国

一　从"风土论"出发

1.《风土》的视点

在向大学的系教授会提交博士学位申请论文的同一年，即 1927 年，和辻哲郎受文部省派遣将赴德国留学 3 年。和辻即将经历他人生中第一次海外长居生活，纵观他的一生，除去后来曾在 1933 年短期出差"满洲国"等地外，这次欧洲之行其实也成了他生涯中最后的海外长住经历。和辻哲郎乘坐的海轮从日本神户港出发，途经上海、香港、新加坡、科隆坡，穿越阿拉伯海驶向欧洲。此次航行经历诞生了被世人看成和辻代表作的《风土》一书。下面我们只讨论《风土》开头部分表述的方法论问题，尤其是那些落脚在经验层面的、与和辻的思考特质相关的论点。

《风土》正文的一开始写道："我们所说的风土是对某一地方的气候、气象、地质、地力、地形、景观等的总称。古时候也被称为水土。"这里被称为"风土"的东西为什么不可以称之为"自然"？风土为什么要被作为"风土"问题来考察？——和辻首先列举了这些完全可以理解的疑问。（第八卷第7页）

从对上述疑问的解答中，我们一方面可以见到作为经验哲学家和辻的姿态；另一方面，我们还能够重新发现作为文化哲学家的和辻的广阔视域。

例如，"我们感到冷"是怎样一回事呢？是不是人主观性地认知"寒气"这一外在性客观性存在的姿态呢？并非如此。"我们在感觉寒冷之中发现寒气。"（同上书，第8页）"这样看来，主观与客观的区别，即各自单独存立的'我们'与'寒气'之别是一种误解。"（同上书，第9页）和辻又写道：

> 我们感到寒冷，即我们已来到寒冷中。所以感到寒冷一事让我们在寒冷之中寻见了自己。然而，此事也不是我们把自己置于寒冷中，然后这个被置于寒冷中的自己是作为彼处的一个存在物被觉见的。刚一觉察到冷，我们自身就已经来到寒冷之中。因此，最根本性的"在我以外"之物不是寒气这类"物"或"对象"，而是我们自身。"到外面去"是我们自身结构的根本性规定，意向性也正是在此基础上的。感到寒冷是意向性体验，但在

此我们觉见那个已经走到屋外也即来到寒冷之中的我。
（同上书，第10页）

《原始佛教的实践哲学》中对感觉层面的分析有胡塞尔现象学的影子。上述引文中对于"意向性体验"的论述也是同样。而"'到外面去'是我们自身结构的根本性规定"这一表述的前后语境中更可见到海德格尔《存在与时间》的浓厚影响。海氏该书面世后不久，和辻哲郎就在柏林读到了它。

上面的问题尚未结束。和辻继续写道："体验寒冷的是我们，而不单单是我一个人。我们共同感到同样的寒冷。正因为如此，我们才能够把表达寒冷的言语用于日常寒暄。"（同上书，第10页）虽说如此，然而，为什么风土要被称为"风土"？或者说，不可以称其为"自然"的理由究竟是什么？《风土》继续着关于"寒冷"的分析。

2. 自然与文化——风土的意义

寒冷不是独立存在着，就那样被人体验的。"它是在与温暖、炎热的关联中，在与风、雨、阳光等等的关联中让人去体验的。"（同上书，第11页）寒冷，它同时也是社会性、历史性以及文化性的现象。

"说起寒风是'落山风'或'干冷风'；而春风则是吹落树花的'散花风'或是拂过水面的轻风。"也就是说，这些都不单纯是自然现象，而是被文化浸染过的社会性体现。人们对"散花风"生悲，在天旱成灾时"会理解内心委顿的我们自己"。"这样的自我了解不是对作为感受寒暑的'主观'的我，或是作为喜欢花的'主观'的我进行理解这回事。"那么，究竟发生了什么呢？

和辻的阐述是："感到寒冷时，我们会紧缩身体、多穿衣服、靠近火炉。不只这些，我们更操心的是给孩子们加衣服、把老人扶到炉火旁。"关心自己，更关心他者。更进一步，"为了能够买衣买炭而去劳动"。在与寒冷的关联中，人就是这样进入到人与人之间的关系中的。同样的情形，在所谓"自然的淫威"方面也被论及了。那里的问题也是对抗自然的"共同手段"。"风土中的自我了解体现为对这些手段的发现，这不是去理解'主观'。"（以上引文均引自第11—12页）

和辻论述的"风土"即是这样"在根本上作为间柄的我们"（同上书，10页）。风土的具体的扩展也就是文化自身，不过它是在与自然的交涉中，与他者一起被历史地创造出来的文化本身。

和辻哲郎在《古寺巡礼》中曾论及阿加陀村（Ajanta）的壁画"有一种独特的色调"。在他看来，"色彩的明丽和浓淡搭配与我们习惯的东西极不相同"。和辻因此就已经断言这是"热带国家风物反映"。他说："气温高而且极度干燥的透明的空气、没有湿气的新鲜色彩——肯定是这些造就出了那种色调。"（第二卷第 11 页）从一幅壁画仿制品的色调联想到了它产生的风土，和辻哲郎的这种感受性确非凡庸之物。

围绕风土的视线也体现在和辻的其他诸多作品之中。不久，在和辻伦理学体系中风土论将被吸收进他的国家论之中。关于这个问题的相关情况在后面的第三章将有机会重新探讨。

3. 户坂润对和辻的批判

当和辻哲郎留学欧洲后回国之时，户坂润是京都的一名学生。有个时期，户坂总试图挑起与和辻之间的争论。二三年后，当户坂要离开京都大学去东京的时候，在京都河源町举办过一个欢送会，在教师之中，只有和辻一人出席了这次活动。——这是高坂正显的回忆。

1935（昭和十）年，户坂在《日本意识形态论》第一编"对日本主义的批判及其原则"中，对"文献学"式哲学进行了整体性批判。户坂在书中先是对文献学和解释学本身的历史进行了言简意赅又透彻明晰的概括总结，然后指出，狄尔泰的哲学最终"也不过是解释哲学"。确认了此事后他写道："除去这一点的话，那么狄尔泰的哲学实在是很现实而健全的，因此甚至或许可以说这一点反而是得益于文献学的方法。——然而文献学的、解释学的哲学如果脱离开历史记述这一特殊形态，那就会丧失其相应的地盘，一举上西天。M. 海德格尔的

解释学性质现象学正相当于这类学问。"在户坂看来，"和辻氏
的《作为人间之学的伦理学》是从文献学角度进行的人间学演
绎"，它是"从海德格尔的人间学中彻底去除现象学的残渣，
将其解释学（＝文献学）纯粹化的产物"。

　　两年后，户坂润通过引用和辻对"寒冷"的分析批判说：
"和辻博士所说的风土，要言之，那不过是被赋予了人间学化
解释的自然，或者说，它不过是自然的人间学化的替代品"
（《和辻博士·风土·日本》，收录于《作为世界之一环的日
本》）。在对和辻的批判中，恰恰暴露出户坂润自身在理解唯物
史观方面的局限性，以及他在理解马克思"被历史化的自然"
这一思想时的不足之处。关于户坂润对和辻思想批判的涉及范
围问题将在本节第三部分再次回顾，关于和辻的马克思理解将
在下节讨论。

二　康德解释

1. 游欧经历的遗产

　　据和辻哲郎的亲人们回忆，他是一个很喜欢居家生活的
人，所以当他接到命令要赴欧洲留学之时，他似乎并不太乐
意。等到真的出国后，他也的确是患上了严重的思乡病。父亲
瑞太郎的去世也是一个原因，他终于向文部省提交了"提前回
国申请书"，于1928年7月没等到留学期满就提早回国了。

虽说如此，和辻的欧洲留学也绝非毫无益处，其中著名的成果就是前文提到的《风土》一书。他的视线所及，绝非一个普通游客。比方他说"欧洲没有杂草"（第八卷第 64 页），地中海没有"海岸边的咸腥味"（第八卷第 67 页），正如市仓宏祐所言，这些脍炙人口的观察记录只能出自和辻这位远渡而来的文化哲学家之手。和辻哲郎还喜爱歌剧，畅游过意大利。后者的成果在多年以后结集成为《意大利古寺巡礼》（1950 年）。他还深深感到："的确像人们常说的那样，文艺复兴时期的绘画必须要到佛罗伦萨来看！"（第八卷第370 页）

另外，还有一项不太引人注意的成果，欧洲留学可说是此项成果得以诞生的决定性机缘。它就是论文《康德哲学中的"人格"与"人性"》。此文还涉及了海德格尔的康德解读，而这部分内容依据的是尚未正式出版的海德格尔的讲课笔记。

和辻此论篇幅宏大，在他有关西方哲学家的专题性论著中是最为优秀的作品。下面集中考察一下这篇论文。

2. 对谬误推理的解释

和辻哲郎一方面强烈地意识到海德格尔的论述，同时也展示了自己的解释方向。他说："如果人格是存在之物，人性或人格性是其存在论性质的规定，那么，把人性视为自身目的即同时把人格或人视为自身目的性的存在者。"(《人格与人性》，第九卷第 324 页）关于人格乃至人这种存在者的存在状态（ontisch）的规定与其存在论（ontologisch）的规定之间的关联，必须要按照康德本人的文本去解读。和辻的论文首先提出这个问题，然后考察了《纯粹理性批判》第一版中的"谬误推理"（paralogismus）论。

和辻在这篇论文中要讨论的问题是"超越论的人格性"概念。"我思"，超越论的人格性（transzendentale Persönlichkeit）是使对于对象的认识成为可能的条件，由于其自身不是成为对象之物，所以作为对象是"无"。另外，成为对象的"我""客体我"自身是一个对象，即不过是"物"而已。"此物处在超越论的人格性之时，它成为人格。"（同上书，第 333 页）

人格与人格性的这种"结合"是必须探问的。康德称之为"在时间中的自觉"。和辻写道："时间在自我之中的情况，则自我是统觉我，自我在时间之中的情况，则自我是客体我。两者决然不同。而且，人格以时间为介质使两者归于统一。"由此，可以说"时间中的自觉"是"展示超越论的人格性是怎样成为人格的东西"（第 333—334 页）。

以上是针对康德理论哲学中最难以理解的几处中的一处，和辻给出的明晰的解释。另外，还应当注意到，作为"无"的"我"在和辻的论述里已被改称为"空"。在和辻的理解中，这个超越论的人格性同时就是康德所说的"知性",即人的理知性或"知性"。知性是"无差别性、非存在性的。人的知性必须是这种无差别性、非存在性。我们作为超越论的人格性所要去把握的正是这一点"(第336—337页)。正由于人是人格,换言之,人得以成为人格的场域即超越论的人格性,从对象上说是"无",也即是空。

3. 和辻哲郎康德解释的特征

作为对谬误推理论的解释,上述和辻哲郎的康德论开头部分的这段论述即便是从世界范围来看,在当时也处于领先水平。和辻解释的独特性在论文后来的展开部分体现得更为明显。例如,该论文的第三节题为"身体的问题",他写道:"然而超越论的人格性不仅是时间,它在自己内部还拥有空间。与在时间中是同样的,为什么'空间中的自觉'没有被论及呢?"(第341页)——和辻自己提出了这个问题。但是,本书在此无法进行深入的探讨。

我们尚需注意和辻的另一个论点。他先确认:"超越论的人格性无异于人性即道德的人格性"(第352页),接着又针对康德著名的绝对命令之一"汝当为故汝能为"论述道:"这是指出有限的理性者身上有着无限的自发性。"(第360页)在康德那里,唯有"道德的人格性"才是"本来性自身"(第362页)。

　　和辻认为，康德哲学中以人格为自身目的，这是作为纯粹意志的结构进行分析的，在确认了这一点的基础上，他写道："如上所述人格的自身目的性是作为如自律自由等的纯粹意志的结构被展开的。""然而，我认为康德最为强调的还有另外一个主张。"对于康德来说，人格性是"人格的主体性根基"。在和辻看来，主体性根基自身"不是对象性的'有'之物"。康德苦于对这一点的恰当表述。康德所说的"本来性自我""本体人"莫若说是"作为一切现实性的主体性根源的'空'"（第383—384页）。——存在不是存在者。存在是作为存在者的无。"本来性自我"从对象上说也是无。那不就是否定自身的否定性，是空吗？和辻写道：

　　　　在这里，对于人格的承认是从对于如汝之人格、他人之人格这样的个别性人格的承认开始的。康德尽力要说明的是，像这样的人格是基于什么成为人格的这一问题，而不是基于什么而具有个别性的这一问题。对于他来说，个别性是不言自明之事，这是因为人格与现象我即客体我不可分割地联系在一起。被经验者的我与同样的汝或彼对立着，这些都是个别性的。然而，这些客体我对康德来说是"物"，是与事物没有本质性差异的"物"。将这种"物"从事物区别出来，赋予其作为人格之尊严的正是人性，如此，由于这个人性属于与现象界不同的秩序中，所以单一性、复多性、全体性这样的范畴是不适用的。（第385—386页）

4. 康德解释的彼岸

和辻哲郎在确认了上一节问题的基础上主张，人性"既非个别性又非全体性。人性虽然是使个别性人格成为人格之物，而且所有人格都是平等无差别的。吾之人格中的人格性与汝之人格中的人性之间绝不会有任何差别。人性必须是全然地自他不二"。（第386页）

正如金子武藏在《和辻哲郎全集》的解说文章中对和辻此文所指出的，和辻的这种理解"作为对康德哲学的解释残留有问题"。虽说如此，和辻的康德论依然有其光彩。例如，他对"谬误推理"的解释超出了当时康德解释的普遍水平，这是因为他探明了康德第一批判背后的形而上学主题与他的第二批判之间的联系。这项工作是和辻本人独立完成的，与海因茨（Heimsoeth Heinz）等人的研究没有联系。

和辻康德论的结尾部分已经不再是康德自己的思考，当和辻把本来性自我认定为"空"之时，他的思考已经远远跳出了康德的哲学性问题的圈子，这是他在钻研领会了康德之后表达出的自己的伦理学思考。

　　在正式进入和辻伦理学之前，下节还有必要先考察一下和辻哲郎对日本语的理解问题。

三　关注和辻哲郎的日语论

1. "日语与哲学的问题"

　　时光拉回到 1929 年，从欧洲回国不久的和辻哲郎此年中在《哲学研究》上发表了题为"日语对存在的理解"的论文。该文后来在 1935（昭和十）年经修改加工后以"日语与哲学"的标题被收进《续日本精神史研究》一书。当时的和辻正处在逐渐展开其自身原创性思考的阶段，本文是宣示他的"文体方法"形成的一篇论稿。

　　和辻在该论文开头交代了他的写作目的："小论拟尝试运用日语这一特殊的语言对民族精神的根本性方面做出解释，进行精神方面的考察。"（第四卷第 506 页）他还认为："海德格尔以其惊人的缜密对 Dasein［实存。和辻在他的《伦理学》中称之为'现有'］进行了存在论分析，并在此基础上对语言结构的存在论生存论进行了整体清理，但是，此时的海德格尔全然没有关注到语言因民族而不同这一点。"（第四卷第 507 页）——问题是，此种看法在他与海德格尔的对决中也有体现。这一种观点也与《风土》的立场相结合，一直贯穿到了《伦理学》的论题设定之中。在和辻看来，日语的特质是什么呢？

和辻首先注意到一个事实,即"以纯粹的日语写成的文艺类、历史类读物十分丰富,足以向其他民族夸耀,但是用纯粹的日语写成的论述学问式思想的书却极为缺乏"(第509页)。何为纯粹的日语? 只这一点就是个大问题,虽说如此,在和辻看来,"日常用语与学术性概念差距很大,与艺术性表达很亲近,这样的一种语言其实依然还是以比较朴素的状态保持着语言的纯粹形态"(第512页)。和辻在文中还指出日本的日常语言中"用来区别'物'的表达不严密""对于关系的表达"的单纯性等问题,然后写道:

> 以上所列情况也可以解释成在日语实践活动中包含着对于存在的丰富的了解,这些用法就是其证据。例如,语言中缺乏复数形式这一点,作为对于人间存在的领会,相反可以认为这是能深度贴近事态的表达。人具有个人性和社会性双重性质,故而不应以数值计量。"年轻人[若い衆]"这个词既可以指一个年轻人又意味着年轻人的群体,这只能说明语言忠实地表达着事情的状态,而不是语言不发达的证据。同样,一般地说如果表示"物"的名词的原型存在于表示"人"的名词之中,那么这类名词就没有复数,这也是根据上面的原理。树木原本也是可以有一棵可以有复数的。如果

只表达其中的一方面，那就没有忠实于树木本质。（第514页）

在日本的语言中，似乎的确是在分节能力方面很有限。但从另一方面也可以说"这反而保存了对于真实存在的领会"（第514页），和辻在这篇论文中确认了这一点，而这一论点又在他的《伦理学》中得以反复论证。他说："'伙伴'是群体，同时也说一个伙伴。'郎党'也是团体，同时，属于其中的个人也被称为郎党。朋友、兵队、青年团、同伙等等都是这种情况。人的存在，就是部分中有全体、全体中又有部分，上述这类用法直接显示出这一点。所以，表述人之全体性、具有'世间'（よのなか）之意的'人间'一词最终被用来表述在世间之人的意思，这绝非特异之例。"（《伦理学》一，第27—28页）

2. "知""道"之事

当"认识""知识"这类词语重新登上历史舞台之前，生活在日本列岛上的人们没有与之对应的词语。不仅如此，"古时候的日本人表达自己要追求知识这一想法的时候，用类似'学习知晓道''问道'这样的表达方式"。"不必说，这里的知晓'道'不单是一个知识上的问题，而是与实践紧密结合在一起的。"（参见本章最前面的引用部分）"知"原本就不是单单与认识或知识相关的行为。"知在古代用法中意味着如'司''领'

这类实践性统治活动。"（第四卷第519页）在和辻眼中的日语，尤其具有实践哲学性质。——和辻哲郎的伦理学本身就是以"道"的意象为原型的思考，他对日语的认识中必定包含这一点。正如相良亨和菅野觉明已经指出的，在此意义上说，和辻伦理学又是处在伊藤仁斋为代表的江户儒学传统的延长线上。

"知"（日语发音 shiru）还有"著"（ichijirushii）之义，与形容词"显"（shirushi）相关。例如，人们形容梅花的香气是"暗中香显"。和辻写道："'被知之事'不是属于梅香自身之事，而是属于以感官与梅香交集的我们自身即'知者'。因此，梅花香气尽管不是主观性存在物，但'知者'（shirumono）通过'知之这件事'（shirukoto），即通过把握此事而显露出来了。我们'拥有'物品是'有'，这即是说'所有物'是'有处之物'。此处梅香的例子也体现出这一点。"（第502页）如此一来，"存在"的意思、"有"事的意思终于成为问题。

3. "有"事的意思

"有（日语假名写作'ぁる'，读音为 aru）山"。山可能高可能低，但眼前的山是（日语写作"である"，读音为 dearu）高山。是（である）限定着"有"（がぁる）。和辻哲郎表达了上述意思后继续论述道：

　　那么，被"是"（である）所限定的"有"（がぁる）

是何意？"我有空闲"是我拥有闲暇之意。我有事情、我对读书有兴趣、我有食欲，等等，我们日常中无数次地运用这类表达。全都是拥有的意思。此外，院中有树、镇上有家、山上有岩石，等等，这些是由上面一类表达发展而来的。是院子里拥有树、镇子拥有家。但是，严格说来，采取像"拥有"这类关系方式的是人而不是院子或镇子。是人拥有院子，那座院子里有树；人建造镇子，镇子里有家。正因为如此，就是"在某处（日语ある）之物"是所有物。

即便是对于那些离我们最远的东西——比如星星也是可以这样说的。如果说星星是人的所有物，乍一听或许会令人感到奇异。但是，诚如费尔巴哈一语道破的那样，有星星这件事是人们拥有了星星才会生出的事态。对于动物来说没有星星。（中略）

由上文可见，总的来说，"有物"是人拥有之意。那样一来，"有"（がある）被限定为"是"，这正是人要限定其拥有的方式。院中有树，是棵漂亮的树——当我们这样说的时候，就是对"人在院中对树的拥有"通过以"美"这个词语去表达的方式加以限定。换言之，是以爱好赏玩赞美的方式拥有。由此看来，"有"（がある）和"是"（である）都属于人的存在，"是"（である）乃对其存在方式之限定的表达。（第548—549页）

把"存在"这一哲学一般的基础性问题归结到"所有"的论点之中，将理论哲学的问题转化成了实践哲学性质的问题。这样，和辻伦理学就不单单是作为伦理学体系，而是作为近代日本的哲学体系出现了。

在《日语与哲学》这篇论文的结尾处，和辻哲郎深情道白："日语不是不适合进行哲学思索的语言。而且，它是尚未进行过哲学思索的处女。以日语进行思索的哲学家啊，请快些诞生！"（第551页）可以说，和辻在他的《伦理学》中的确是运用日语进行思考的。

4. 日语论的陷阱——回归的伦理

户坂润在《日本意识形态论》一书的"日本伦理学与人间学"一章中针对和辻哲郎的方法写道："无论是'伦理'还是'人间''存在'，这些都是作为日语的那种意义，因此，这样被解释的伦理本身、人间本身、存在本身就不单纯是日语中的那些词语了，它们必然成为了日本的伦理、人、存在等等的基准。"所以，"如果是又进一步以'伦理'这一国语词的语义性解释去解释'伦理'这个只能用国语进行表达之物的话，那么，不仅是伦理这个日语词，而是伦理本身的日本性将陷入同义反复式的结论之中"。

上文的论述看似非常朴素，但其中包含了相当本质性的批判，即以日语思考的伦理，其自身就将回归日本的伦理。正如柳田国男的思想被认为是"一国民俗学"的形成而遭到质疑（子安宣邦）那样，在和辻这里，"一国伦理学"的形成也将成为问题，接受质疑。

在日本的日常用语中，重叠着各种各样有意义的直观。这一点在其他的一切语言中也是同样。如果说做哲学就是参与到古希腊以来的普遍性思考的水准中去的话，那么，用日语做哲学甚至可以说是"消除"日语的固有性。对用日语做哲学这一尝试过于看重的话，那又反而是对于用德语去重复希腊式思考这种黑格尔或海德格尔式的意向之"模仿"。对于这一点，港道隆做了周详的分析来揭示其中原委，对此中情况，和辻哲郎又在多大程度上意识到了呢？

第三节　伦　理

一　接近马克思

1. 时代转机

和辻哲郎受聘京都帝大是在 1925 年春天。此后的 10 年中，他以京都为家。最初，和辻住在左京区鹿谷，不久后迁居若王子神苑。他离开新绿满目时节的古都是在 1934（昭和九）年 6 月，7 月就任东京帝国大学文学部教授，担任伦理学第一讲座教员。

"在京都住了十个年头后，我们又搬回东京来，那是6月末，树木正是枝繁叶茂的时候。可是我却觉得东京树叶的绿色污浊不爽，难以忍受。"（《京都的四季》，《被埋没的日本》，第三卷第320页）这些是和辻多年后写下的。

和辻哲郎返回东大任教的1934年前后，是这个国家的转折之年。以1932年10月的"热海事件"为契机，当时有1500名日本共产党党员遭到检举揭发。翌年的1933（昭和八）年2月，小林多喜二遭到刑讯逼供，以至于被虐杀而死；同年6月，日共中央委员佐野学、锅山贞亲公开发表"转向声明"[1]，此后，"转向者"不计其数。从这一年起，大学里对自由主义思想的管制也严格起来。5月份，京都大学的泷川幸辰因其刑法理论多有犯上之嫌，被校方勒令停职，发生了所谓"泷川事件"。美浓部达吉的"天皇机关说事件"（又名"国体明征事件"）发生在1935年，这年9月，美浓部辞去了贵族院议员的职务。

上述事件的背后是有支撑的，其代表性理论表述即是蓑田胸喜的《原理日本》。那以后，蓑田还与许多压制思想的事件有牵连，如矢内原忠熊笔祸事件（1937年12月）、大内兵卫等的人民战线事件（1938年2月）、河合荣治郎事件（1938年

---

〔1〕日语"转向"指放弃原来的立场，不完全等同于"叛变"。——译注

10月），以及1940年的津田左右吉起诉事件等。和辻在津田的法庭上是辩护方的证人，由此，蓑田在《原理日本》2月号上发表《和辻哲郎氏的想法》一文；接着，在《国民评论》10月号上吉村贞司也发表一篇题为"打击和辻哲郎的不敬思想"的文章，对和辻的攻击从此正式开始。——日本战败前夕，蓑田回到故乡熊本县八代郡，后因精神异常于1946年2月20日自杀身亡。

2. 从《日语与哲学的问题》到《作为人间之学的伦理学》

在移居东京的那年3月，和辻哲郎在岩波书店出版了《作为人间之学的伦理学》一书。正如他在该书《序》中所交代的，此书的原型是大约三年前出版的"岩波讲座·哲学"书系中的《伦理学》，但是，"整体上都进行了重新思考，重新架构了叙述框架"（岩波文库版，第5页）。这是一部宣告和辻哲学的视角与方法的著述，是以和辻主张的"人间之学"规定伦理学的一部著作。

《作为人间之学的伦理学》由《作为人间之学的伦理学的意义》及《作为人间之学的伦理学的方法》两章构成。在第一章中，和辻回顾了亚里士多德以降的康德、柯亨、黑格尔、费尔巴哈和马克思的人学思想。以下重点关注和辻对马克思相关思想的认识。

上一小节结尾处我们讨论了和辻论文《日语与哲学的问

题》，在此文中他已做过如下论述：

> 语言本质的根本性显现不是仅依靠对 Dasein（此在）整体结构的理解就能获得的，还需要理解这一 Dasein 被嵌入的那个社会存在之整体结构。但是，脱离社会的肌体去考察社会存在的结构，那就与语言的差异和民族的精神特性无缘了。只有认识到社会存在的场所性质才能够使这些问题得以正确地解决。而为通向这种场所性质提供通道的是被称为风土或水土的现象。靠这种现象捕捉到社会肌体之后，海德格尔所说的与所谓工具的关联才开始拥有具体意义。当人与 besorgend（在意）地遇到的"合用之物"（海德格尔所说的 Zuhandenes）发生关联，其"为何""以何"才会被社会存在的场所性质所限定。例如太阳、山、河、草木、原野等等的"工具"并非永远都以同样的性质、同样的功用被关联起来。阳光有时灼热，有时只能让人感到些微暖意；山野有时被茂盛的植被覆盖，有时又干燥无比，只有形同尸骸的岩石与沙砾，那里存在的"以何"显然大异。（第四卷第 508 页）

和辻哲郎一边对马克思和洪堡给予了高度评价，一边首先提出了上述主张。以上引文中著者加着重点强调的部分还可使读者见到，此主张与当时正在展开的西田、田边的社会存在论之间也有联系，这段时期和辻哲郎与西田几多郎、田边元之间的关联本身也是围绕着对马克思的理解这个中心问题的。

3. 和辻哲郎对马克思的理解——作为"间柄"的"物质"

在《作为人间之学的伦理学》中，和辻首先循例探讨了马克思批判费尔巴哈思想的意义。费氏的确是关注了"类的概念，我与汝的共同形态的概念"问题，但他把从每个个体抽象出来的"类"看成"人的本质"。这就使人的本质被看成内在于每个人之中的抽象物。对此，和辻与马克思一起说："没有孤立存在的人。人总是社会关系中存有。所以人的本质就是社会关系的总和。"（第 166 页）

和辻哲郎认为，"马克思唯物史观的根本命题"就是"把'人间存在'置于人的意识的根基的思想"（第 168 页）。"人间存在"，在这里就是"间柄"。和辻论道：

> 如果是这样，规定意识的"物质"作为人间存在已经包含了自他之间的实践性关联，作为人之间柄（关系）的组织。它意味着自他之间有相互理解，还有为了进行生活和生产对于自然界的技术性理解。当然，从人的存在先于意识这一点来说，此处的理解是先于意识的实践性理解，即包含能使人之间建立起一定关系的行为

在内的理解。总之，人的存在中充满着能够作为意识进行反思的直接的理解。所以，人的存在是在意识以前已经生产着相互理解式共同生活的主体性存在。人们把这种人的存在称为"物质"是造成误解的根源，因为"物质"一词容易让人误以为人的存在单纯是客体性存在物。马克思提到过"将社会过程拒之门外的抽象的自然科学式唯物论"，此处的 Materie 的确是"物质"。但马克思不同，他是针对思维即形式的"实质"，是作为实质的人间存在。因此，马克思自身就对这种意义上的人间存在与单纯客体性的有、自然科学性质的自然进行了严格的区分。这同时也是对历史与自然、人与动物的区分。（169—170 页）

4. 自然、间柄、风土

和辻哲郎认为，马克思所说的存在实质上就是"关系"，其内容与和辻自己说的"间柄"是一致的。更进一步，在马克思论述的自然（尤其是"被历史化的自然"）之中，他自己思考的"风土"也得到了承认。

和辻哲郎《作为人间之学的伦理学》一书的献辞是"敬献给西田几多郎先生"。西田本人在 1929 年曾吟咏一首和歌："夜已入深沉，又在讨论马克思，辗转难入眠。"这首短歌所附的说明词是："近日屡有马克思主义者来访，共论马克思。"在西田周围，当时发生的最大异常变化就是三木清开始接近马克思主义这件事。——西田本人对马克思的理解也达到了知其本质的程度。但是在西田几多郎的论文中马克思的名字未曾出现过。和辻也勾销了马克思的名字，这完全是由于他从马克思那里学到了太多的新视角。

二　"伦理"的含义

1. 对于"伦理"的探问、对于语言的探问

和辻哲郎在《作为人间之学的伦理学》开篇不久就探讨了"伦理"这个词的含义。他写道：

> 站在出发点上，我们面前就是"伦理是什么"这个问题。不过，这个问题本身意味着什么呢？这一问题被以语言表达出来。作为我们共通的问题得以共同讨论——这一点是在出发点上唯一确实的事情。我们在探问的是被以伦理这个词表达的事情的意味。如此一来，这个词语就既不是我们创造出来的，也不是由于伦理学这门学问的必要性而产生出来的东西。它同一般的语言一样，也是作为历史性·社会性的"生"之体现，先于我们的提问客观存在着的。(第10页)

提问是以词语表达的。只要是依靠词语来表达的，那么，被探问的问题就已经是"共通的问题"。词语是"历史性·社会性的'生'之体现"，那本来就是先于一切提问地"客观存在着"。认清那个先于提问事先就妥当地存在着的基础，此项操作就是对提问自身的回答。

和辻哲郎认为，"伦这个汉语词原本是'伙伴'的意思"。孟子所说的父子、君臣、夫妇、长幼、朋友，即"人伦五常就是人类共同存在状态中的五个'常'，即五个不变之事"。那就是"规定""型"，"人们通行之道"。因此，伦是人之间关系本身，同时又是"秩序"、存在方式（第10—12页）。此事换言为"伦理"，其意涵没有任何变化，因为"理是'道理'，是'条理'的意思"。（第16页）

由上文可知，伦理是人之间的关系，是它的条理。那么，"人"是什么？"人这个词语如今含混地被等同于欧洲语言中的 anthrōpos（希腊语"人"）、homo（拉丁语）、man（英语）、mensch（德语）。"然而，日语的"人"（写作"人间"）原本是"世上""世间"之意。本来是"人之间""世间"之意的"人间"这个词语变成了只表示人的意思，不然，说这是由于"人在人际关系中方能成为人，所以作为人，它已经体现着人的全体性，即人之间的关系"。日语"人间"一词即是"社会同时又是个人"（第18—20页）。

2. "人""世人""我"

像上文那样想来，"人"这个词语自身也与那些与之相对应的欧洲语言有不同的含义。和辻的研究方法是以语言的被使用方式为线索，努力揭示出其背后存在的直观。下面就引用一段最能体现这一方法的论述。

然而，精密地考察"人"这个词语就可以发现，它与 anthrōpos 和 homo 有不同的意思。这个不同的意思就是"人"特别是写作假名"ひと"（Hito）的时候，它还指与自己相对的"他人"。拿"人（家）"东西这句话，不是指拿取 anthrōpos 之物，而是盗取"他人"所有物的意思；说"人我一起"的时候，不是指我与 Mensch 被放在一起，而是取"自他一起"之意。但是，更进一步，他人的意思也可以拓展为不确定的世人之意。"人说"一语与 mansagt 相同，是说世人之意。在这种用法上，"人"之意已经接近于人世间之意了。例如说"让人听见不好"，这是担心自己在外界的名声。这种情况下的"人"从表示相对于自己的他者之意发展为表示世间之意，但同时，这个用法中并没有丧失自己对于他者同样是"人（家）"的意思。就像我们对笑话自己的人说："别把人当傻瓜看！"这种语义就来自我们理解到自己对于他者来说也是他者。当我们要排斥别人对自己的干扰时会说："别管人家的事！"这里与"不要插手其他人的事"意思是相通的，实际就是让不要插手对"汝"来说是他人的"我"的事。在这种表达中同时就包含着一种理解，即对于自己是他者之人，对于他自身也是"我"。如此看来，"人"这个词包含有自己、他人、世人等意思的同时，甚至也暗示出了人世间的意思。（第20—21页）

"世上"一词既有"社会"的意思，"还包含着遵从古老的传统处于某个场所、不断推移之物的意思"。所谓"世上"是"行为性关联"。它具有作为行为性关联的广度，而且"是必定要移易之物"。如此一来，"人世间"或"社会上"这样的词语也就同时包含有"社会的空间性、时间性，也即风土性历史性这样的性质"——人既是个体的人，同时也是人与人的关系。从个体人的侧面说，这是"人（间）的个人性"；从同时也是人与人之间的关系这一另外的侧面说，那又是"人（间）的社会性"。"人的存在是以上这两种性质的统一。这既是作为行为性关联的共同形态，并且其行为性关联是作为个人的行为被实现的。"（第37—38页）

人这一存在"从根基上是行为性关联的动态统一"。和辻哲郎的伦理学也因此成为"作为'人间'之学的伦理学"（第50页）。

3. 他者性及其消除

在和辻伦理学体系的出发点中，他者性被包含其中，也被隐藏于其中。"伦理"一词，既是这一点的体现，又是其痕迹。

"伦理"一词的确不是"我们创造出来的"。它也不是植根于和辻要依据的纯粹的日语中的词汇。因为正如和辻哲郎本人也确认过的，"伦"和"理"原本都是汉语。和辻想要以"伦理"这个词语本身为线索重新打造伦理概念，这就正如子安宣邦指出的那样，和辻"一边追寻着旧汉语词'伦理'的他者性痕迹，一边将这些痕迹消除了"。问题还不止于此。在"间柄"升华为"全体性"的地方，他者性也被消除了。

和辻哲郎在《伦理学》中更进一步地规定了人之存在的"二重结构"。他说："仔细认识这个二重结构，可以发现它就是否定的运动。"一方面，行为中的"个人"只作为"对人的全体性的否定"而产生；另一方面，"人之全体性都是在对个别性的否定中得以成立"。和辻认为，"这两个否定构成了人的二重性"。并且，这两者的否定是"一个运动"。"然而，说人的存在从根源上是否定的运动，这即是说人存在的根源即是否定本身，即是绝对的否定性。个人和全体的真相都是'空'，如此一来，那个空就是绝对的全体性。"和辻哲郎由此导出他的结论："人伦的根本原理中包藏有两个契机，这一点是很清楚了。它们是，第一，与全体相对的、作为他者的个人的确立。此处有自觉的第一步。没有个人的自觉就没有人伦。另一个，就是将个人抛弃于全体之中。超个人的意志或全体意志的强制实际上就是此事。无此抛弃也就没有人伦。"（《伦理学》一，第39—41页）

同样强调"人与人之间"的"伦理"的宇都宫芳明认为，在和辻哲郎上述的规定中"集中了和辻有关人之存在的根本思想"。那么，我们从上述文本中究竟能读出怎样的根本性思考呢？

人的存在之"个与全的二重构造是依靠二重的否定运动得到开示的，这二重否定即是个通过对全的否定而建立，全通过对个的否定而回归全"。这一否定运动并且是被和辻命名为"空"的"绝对否定性""本来性绝对的全体性"去实现其自身的运动。和辻首先"把人与人之间的问题转换为个与全的问题。他是把人存在的根本构造作为人之中的个与全的二重构造进行阐明的"。然而，宇都宫继续评判说："人与人之间首先不是个与个之间的问题吗？个与全的构图不是反倒将个与个之间产生的种种问题完全颠覆了吗？"

4. "回归"与伦理性

学者关根清三曾结合上述宇都宫的观点指出，和辻伦理学是标榜了个人与个人的"间柄"的伦理吗？这一点尚有商榷的余地。在和辻的规定中，原本"人就不是作为个与个的关系，而是作为个与社会、个与全体的关系来被把握的"。虽说如此，"间柄"是"人与人之间"，是在"间"处得以成立的关系，这个论点本身毫不动摇，正如宇都宫所认定的。——"间柄"概念在和辻伦理学体系的原理性潜能中，其首要的是"关系"概念、"生成"概念，是预见到连续不断地发生与消解的动态概念装置。在和辻看来，"'存'是在所有瞬间都可能转为'亡'之物，即是对时间做出了本质性规定的'存亡'之'存'"（《伦理学》一，第37页）。他又说，即便是那种由于打了声招呼而形成的交集，也含有导致关系破裂的隐患（《伦理学》一，第364页）。在和辻伦理学体系中，关系很快会成为实体，生成变为存在。

以宇都宫芳明的论述为代表的类似评价后来仍不断反复出现。例如，酒井直树一方面认为："对于和辻来说，伦理性是回归，是人的本来性＝起源性状态的复活"，同时又认定：宇都宫看到和辻伦理学中以"全"为上的一面，这说明他也就认定了和辻理论中"社会性"欠缺的一面。酒井写道："和辻主张'信赖建立在关系基础上'，而投机交织于所有社会关系中，和辻的上述看法是彻底无视这类必要的非决定性因素的主张。"然而，"从根本上看，作为艾曼纽尔·列维纳斯所说'他者的超越'，在所有的'间柄'中都交织着非决定性"。

列维纳斯曾论述过将无限收敛于全体性之中、将"他"消解于"同"之中的暴力的问题。酒井直树在和辻伦理学体系中觉见了这种暴力。另一位学者高桥哲哉则表述为，和辻伦理学是"以'回归'作为'民族'的'本来性自我'为其法则的'民族的哲学'"。

关于这一论点，必须在更加具体的层面上将其认识清楚。后面的第三章第 2 节将联系和辻伦理学体系中的国家与历史的问题，再度探讨目前这一系列主题的相关问题。在和辻哲郎的伦理学思考中有两大主题应受到关注，下面将继续追踪他本人关于这两大主题的论述。

三 关系和身体

1. 对"我思故我在"命题的批判

在《作为人间之学的伦理学》一书中，和辻的哲学立场得以申明。《伦理学》一书的《序言》中宣称："本书依据著者在上一部著作《作为人间之学的伦理学》中所表明的立场，尝试体系性地论述作为人的存在之理法的伦理。"(《伦理学》第 5 页)。该书《绪论》开篇重申了著者的观点："尝试把伦理学作为'人间'之学加以规定的首要意义就在于，要把伦理从纯属个人意识的问题这一当今的谬误中解脱出来。"原本，"伦理问题不是发生在孤立的个人意识之中，而是在人与人之间。所以伦理学是'人间'之学。如果不是将其作为人与人之间的问题看待，那就无法真正解决行为的善恶问题、义务问题、责任问题、道德问题"（《伦理学》第 19—20 页）。——和辻认为的"当今的谬误"的始作俑者即是笛卡儿的"我思故我在"（Cogito, ergo sum）。和辻认为笛卡尔的这一命题中包含着一个错误。为什么呢？

笛卡尔探求"学问"的可靠基础，最终提出了"我思"的观点。果真如此的话，那么，笛卡尔对于不确实之物的怀疑、对于确实可靠之物的追问本身就已经是对"学"之"问"。换言之，那种追问"是作为具有历史性社会性的学者之间的探问而出现的，不是站在独我的立场上提出的。如此一来，在我是可靠的这一事实之前，那些探问何为确实之物的学者间的关系又必须是确实的。因此，作为学者的他人、学者的伙伴等才成为'我在'的前提。即笛卡尔的探问本质上也是'人间'之探问"，是在人与人之间才获成立的探问（《作为人间之学的伦理学》，第 188—189 页）。

笛卡尔提问："在学问上的确实之物为何？"即便是对于确实可靠性的探问，也已经是"作为实践性行为性关联的社会"即"人际关系"在先了（《伦理学》一，第 187 页）。"当我们把自己的怀疑化为语言之时，那怀疑已经是共同的怀疑"（《伦理学》一，189 页）。

和辻哲郎在他的《伦理学》中论述道："写下'只有我是

确实可靠'这件事本身就是矛盾的。书写是语言的文字化表达，而语言只能有待于一起活着、一起交谈的对手才会发育起来。"（《伦理学》一，第 67 页）书写总是以与阅读的他者、读者相关，以普遍地与他者的关系为前提的。甚至当写下"只有这个我是确实可靠"这样的句子时，也是在针对那些具有可能性的他者。

说或写"我思故我在"这样可能仅有一次的行为也是语言活动，只要使用符号，就已经进入了具有重复可能性的层面。就连"我思故我在"的命题也是因其重复可能性而具有意义，颠倒"思"与"在"的先后顺序反倒成就了普遍真理性。——不仅如此，和辻还认为"问"总是人的"问"。"作为'人'之学的伦理学的方法"问题在《伦理学》中重新被提出并获得了再次的说明。

2. "问" 之意

"在方法问题上我们首先必须要考虑的是，总体来说，学问即'问之事'已属于人的存在之中的事。"为什么？和辻哲郎探讨了"问"这个词的词源性意义。"'问'即是访之义"，即是"访人""问那人的安否"之事。在这种情况下，"问安否就是问那个人的存在状态，故而就是问那个人。这种对间柄的体现是'问'的根源性意义"。"被问的'事'发生在提问者与被问者之间，故而'问'的共时性存在于间柄中。"学问也是同样。"学问是探求性间柄。要被探求的'事'公共地存在于人的间柄之中。换言之,'问'从根本上说是'人之问'。"(《伦理学》一,第48—49页)。

和辻关于"问"本身的探问方式,也深受海德格尔影响。另一方面,使被问之事归于"共同"之中的手法,也是充分吸收卡尔·洛维特(Karl Löwith,1897—1973)对海德格尔批判的结果——这是学者滨井修近年重新分析研究后得出的结论。还有一个问题是和辻本人也关注到的,那就是还可以追溯至狄尔泰的解释学方法,比较和探讨它们二者之间的影响关系及其异同点。在此我们暂不讨论和辻分析的背景因素,而对其实际分析论述内容加以考察,具体而言,即和辻哲郎关于身体问题的思考。

3. 关系与身体

他者与我自身总是处于关系之中,朝向他者的关系对于此我是无可回避的。问任何事,总是在与他者一起问,所谓"问",就是"人(间)"之问。虽说如此,他者与我,毕竟各自携有自己的身体,这也还是相互被隔离的存在。"人(间)"即便是同时具有人与人之间的意味,人毕竟首先是"一个拥有肉体,并以衣蔽体往来世间之人",在这个意义上说,不就是"个个之人"吗?和辻给自己重新设定了这样的问题。因此,现在"为了从最单纯的思考开始下面的探讨,首先考察一下单个的肉体吧"(《伦理学》一，第91页)。

此处要讨论的"单个的肉体"是"像生理学中所说的那样一个有机体"，与一个"生理学对象"并无二致。我们"生病时要去看医生"，就能证明这一点。然而，这一事实是否就意味着我们每个人在日常生活中真正地把身体"当作生理学上的肉体来对待"呢？（《伦理学》一，第91—92页）

并非如此。例如，迎面碰到的熟人的"点头"并非单纯是"生理学上的肉体运动"。还有，当我们看到"朋友高喊着自己的名字跑了过来"，我们不认为只是见到了人的"肌肉激烈运动和声带的振动之类的情形"。在日常的生活中，成为问题的身体"与其说是一种生理学过程不如说是对实践性关联的表达"。事实上，"当我们去求职时，用人单位负责人的点头或摇头，从生理学上区分二者也许毫无意义，但是这两个动作的实践性意义都很重大"（《伦理学》一，第92页）。——要想把身体"当成是纯粹的生理学对象对待"，其实，反倒需要有特殊的手续和状态，例如"医生在手术台上就是这样做的"。而且，即便是在手术台的状态下，"对于家人来说，那也是'父母亲'或'孩子'在接受手术，而不单纯是肉体在承受手术刀。所以，常会有守候在手术台前的家属晕倒在现场"（《伦理学》一，第92—93页）。

人与人，不是因身体被分离隔断的，反而是靠身体联结在一起的。他者的身体动作是他者的表达，而我去理解那种表达，或者说是要试着去理解。"主体性存在物的表达，作为具体资格中的人的肉体"并非像生理性肉体那样相互隔绝。"不能认为母亲与婴儿是全然独立的两个个体。婴儿在肉体上寻求母亲，母亲的乳房朝着婴儿涨鼓起来。若硬将她们二人拉开，她们就会有激烈的反应，奋力追求对方。要把这样的肉体一分为二，自古就被比喻成'硬劈活树、棒打鸳鸯'了。而且，这种身体性联系，大凡存在与他者的关系的地方都可见到。因此，如果乘坐轻轨到相距较远的地方去见某人的话，那就是自己的肉体被引力牵引而移动过去的。那时，如果知道友人的肉体不在那里的话，这种引力就不起作用。"如果说与他者之间的关系因各自身体的区别而被切断的话，那么上述现象就无法理解，甚至根本就不会发生（《伦理学》一，第94—96页）。

4. 身体、感觉、语言

那么，身体性感觉又是怎样的呢？和辻哲郎论述道：

　　关于肉体，人们常说肉体性感觉具有非共同性。他人感到疼痛时，我们即便能够与之共同体味精神上的苦楚，也无法共同体验疼痛本身。他人的脚痛不是自己的脚痛。一般来说，他人的肉体性感觉在自己的肉体上是感觉不到的。但如果因此而说肉体性感觉的"共苦"这件事完全不存在，那也是错误的。例如，一起站在烈日下时大家都会觉得热。寒风吹来时我们都会感到冷。（中略）因此，都觉得热的人们有可能同时说出："好热！"或者某个人说热的时候马上就会有其他人响应。冷热的寒暄问候这类事情如果没有上述感觉上的共同体验，那也是不会有的。肉体性感觉的差异只有限定在类似的共同性基础之上才能体现出来。若非如此，认为肉体性感觉完全是非共同性存在的话，那又如何能生成表达那些情形的共通的语言呢？（《伦理学》一，第96—97页）

在拥有身体这方面，人也依然是"人间"。人与人，是所谓"间身体性地"存在着，互相关联，在与他者的这种关系之中也诞生出了语言。不只如此，例如品尝食物时的味觉、穿衣时的皮肤触感，如果这些感觉是纯粹的个体性感觉的话，那么"共同的饮食、服饰的流行风尚这类现象就难以解释"。一起品尝糖果时，我们是在"品尝同一种甜味"。"在品尝同一种味道这一现象的基础上，自古以来'共同的饮食'一直在发挥着重要的社会性作用。"（《伦理学》一，第115—116页）

5. 作为"指向他者的关系"的"伦理"

回到起点，"在日常的实践性关联中，'我意识到'是指什么呢"？笛卡尔说的"我思"即意识作用覆盖了见、触、想象、怀疑、洞察、肯定、否定、欲、不欲、爱、憎等的全部。"像这样日常性地我见汝，怀疑汝，或者爱汝。即是'我意识到汝'的具体表现。"此事也不是仅限于同亲密他者之间的关系。例如，"轻轨车中有许多乘客，此状况就全面地规定着正在车厢内的我的意识"（《伦理学》一，第106—107页）。在此时此地假装周围的一切与自己无关的做法，反而是种高度意识性的、指向他者的关系。甚至连无视他者的做法也恰恰体现出与他者之间的关系，而非其他。因为我们不能够无视小石子。

"见"之事是已经以他者的存在为前提了。或者说，如果我所见的对象是他者的话，那么，他者就已非单纯的视觉对象，而是同时也在回望着我的对手，我之看的作用又会被对方回望，这种可能性业已被规定。"相互看见、凝视、仇视、扫视、惊惶地望着、假装没看见、识破等等的'看法'，全都昭示着：所有的看见的作用都是已被对方的看之作用所限定的。那不是单向性作用而是相互作用的关联。"一般地"被称之为见之作用的东西只不过是将间柄性契机从行为中排除出去，作为个人性意识作用加以抽象化之物"（《伦理学》一，第55页）。——人在关系之中作为关系存在着。与他者的关系这件事本身，对于"我是我"这件事来说是不可回避的，我不能够总是与他者无关（对他者不感兴趣）。正是此事，才是"伦理"的始源性意义。

人的确是有时候会被迫处于"孤独"状态。"失去家人而成为孤独者"即为一例。虽说如此,"缺损之物相反会强烈地展现其存在"。例如,"孩子的丧亡会让一切东西都化为展现其存在之物。不仅是这个孩子留下的相关物品全都在展现他的存在,就连那些在孩子在世时觉得与他无关的东西,比方说轻轨车、汽车、雪、雨、犬、马等,总之,那个逝去的孩子曾经感兴趣的、曾与那个孩子的存在发生过关联的所有东西都成了让人想起他的诱因"(125页)。

研读至此,我们似能看到妹妹早亡,又痛失儿子的著者和辻哲郎自己的身影隐约其中。他者甚至可以用他的"不在"将其显现于我们面前。与他者的关系,即便那个他者已是"非在",依然在将世界作为当下存在的世界构建着。世界自身,在此种意义上说是"人间"性的,又是伦理性的。仅从这一点来看,对于和辻哲郎来说,伦理学就是第一哲学。

第三章　在时代大潮中

昭和十八年前后，在银座滨作。后排自左至右依次是岩波茂雄、和辻哲郎、武见太郎，前排自左至右依次是铃木大拙、牧野伸显、西田几多郎

从"亲子的间柄"角度看，如今这个正在长大成人、即将长成一个健壮青年的孩子，曾经作为一个婴儿接受着那时都还年轻的父母的慈爱呵护，尤其是母亲那万千次的搂抱、爱抚和哺育；他也曾作为幼儿、作为少年，日夜接受着父母的深情厚爱；他的健康成长、可爱言行，又使父母从中获得了满足——这类事情不可胜数。正是这样的过去，依然活在当下。（中略）不仅如此，由于这个过去是主体之间相互关联的过去，它作为拥有主体性扩展范围之物，必然包含着在环境方面的表达。例如，这个青年作为婴儿得到母亲慈祥之爱的时候是在林间一所烟熏火燎的老房子里。那个家的院子里有鱼池，池塘中有鲤鱼。身为一个少年，他每天去上学的小路蜿蜒在山脚下的小河两岸，春天夹岸的樱花美丽盛开，如此这般，像这样的场景也同样是数量众多、不计其数的。就是这些，把这个"亲子的间柄"作为特定之物加以限定了。由此可见，仅仅是一个亲子的关联，就是由无数过去的斧凿雕琢出的现在的这种形态。

（《伦理学》三，第106—108页）

第一节　时　代

一　思考的脉络

1. 西田的回应

1936（昭和十一）年2月26日，皇道派青年军官发起兵变，枪杀内大臣斋藤实、藏相（即财政大臣——译注）高桥是清等人后，占领永田町一带地区。翌年即昭和十二年6月，近卫文麿组阁，7月中日战争爆发，8月北一辉被处以极刑。时代的车轮裹挟着不安的空气，令人恐怖地转动起来。

1937（昭和十二）年4月，和辻哲郎的《伦理学》上卷由岩波书店出版发行。勤于书信的西田几多郎收到和辻赠书后马上寄出明信片回复道："感谢惠赠大作《伦理学》上卷，并为学界收获此杰作致以庆贺。"（标注日期是5月5日）此话是富有西田特色的公允之语。两周后，西田又在给和辻的回信中写道：

来信收悉。上次接到赠书后未及时交流，抱歉。我

131

认为尊兄关于伦理学的想法很有趣（只是作为一项哲学工作，有必要深究其背后的历史实在并以此奠定其基础）。我认为，作为历史性存在的人性存在是自我矛盾的存在，"当为"也是由于"我"作为历史性世界的个体、作为具有创造性的世界之中的创造性要素存在于此。（中略）"日常性世界"过去被认为是无意义的，但"历史性现实的世界"是日常性世界，由此出发能够思考真的具体性世界。可以认为，日常性世界虽是极为肤浅的世界，但同时，它实质上也是能触及"绝对"的最深刻的世界。

关于"解释"，我赞同你的意见。不仅是马克思主义者，所有局限在"对象认识"的立场上的人，他们似乎都只认为"解释"仅是意义世界的事情；而表达也被看成只是了解的对象，不要像以往那样采取自然科学式的对象认识的立场去看待实在，而是今后必须要深入分析历史性实在其本身，以新的实在的范畴去思考实在。

"只是作为一项哲学工作，有必要深究其背后的历史实在并以此奠定其基础"，这一陈述的背后显然是有所保留的，那就是西田自己的思考："如果我们在我们的最深层考虑的绝对的他者是汝的话，那么，应当说将我们作为对象加以限定的既不是像一般性的自我那样的存在，也不是像自然那样的东西，而必须是如同历史那样的东西。"——此处引自西田论文《我与汝》，该文在1932 年首发，后又收入同年出版的论文集《无的自觉性限定》。"历史性现实的世界是制作的世界、创造的世界。所谓制作就是我们'制物'，而'物'既是由我们制作之物，同时它又作为完全自立之物反过来推动我们。不仅如此，我们制物的活动作用本身原本就是来自物的世界。"——1938 年 3 月，《伦理学》上卷出版的第二年，西田几多郎在题为"人性的存在"一文的开头写下了这段话（收入《哲学论文集　第三》）。——西田是在他自己的关注范围内阅读了和辻伦理学体系的原理论部分。为理解和辻伦理学出炉的思想脉络，下面有必要最低限度地了解一下当时（即昭和十年代）以西田几多郎为中心的京都学派思考圈的情况。

2. 关于西田几多郎的《逻辑与生命》

昭和十一（1936）年夏天，西田几多郎开始在《思想》杂志上连载《逻辑与生命》一文（收入《哲学论文集　第二》），此文在昭和十年代的京都学派思考圈中占据中心地位。

《逻辑与生命》起首论道："我认为，要思考逻辑是什么的问题，不能从已经完成的形式入手，应当从它的生成情况去思考。'逻辑'是在历史性世界中生成的，应当说它是一种'形成作用'这样的东西。"在属于同一时期的西田的论文中，那些使人感到气势逼人的长篇大论也在重复他的几个观点。下面引用一段典型的论述：

　　人在历史性世界中作为作业性要素使用工具来制作物品。物自身是独立性存在，是被看之物。反过来，它又是限定我们之物。我们的身体也不是从内里被看见的，而是从外部被看见的。是从物的世界被看见的。不仅如此，还是被物的世界生出的。我被我的双亲生出来，我的双亲又分别被他们的双亲生出。我们的身体性自身是种族性地形成的。但是，我们不单纯是生物性地被生出来的，我们的身体不单纯是生物性的。而且，虽然这样说，我并不是说我们自身是超越身体的存在物。相反地，我要说我们的身体是逻各斯性质的。没有身体就没有自身，我们的身体不仅具有生物性功能，还拥有逻各斯性质的功能。我们的身体性自我不仅仅由生物性"种"生出，而且由历史性"种"生出。所以也可以认为，我们作为历史性世界的作业性要素，不只是把物作为工具来拥有，也把生物性身体作为工具来拥有。不，"把物作为工具拥有"一事，同时也是把所谓的身体作为工具拥有。

　　人为了创造"历史"，首先必须使人活着成为可能。所以人必须使充饥解渴成为可能。因此，当我们探问历史之际，"第一个需要确认的事实就是这些个人的肉体组织以及由此产生的个人对其他自然的关系"——《德意志意识形态》的著者们如是说。

《德意志意识形态》确立了马克思主义的历史唯物主义理论体系，和辻哲郎从此书获得了不少灵感。西田几多郎也一样，从前面的引文可以看出，他从马克思和恩格斯的思考中摄取了多种营养。

田边元在《思想》杂志上发表《回应对"种的逻辑"的批评》、在《哲学研究》上发表《阐明"种的逻辑"之意义》是在 1937（昭和十二）年，此时田边元"种的逻辑"的构想已经充分成熟。西田几多郎的兴趣反映出他与这位年轻的多年盟友之间的对话与暗斗。事情还不止于此。那些曾经环绕在西田周围的人们，在那个时节都开始发展各自的思想了。而那些思考的基轴又都与身体和历史相关。无论人们与西田之间的关系是远是近、对西田的反抗是强是弱，其实，大家都没有离开"逻辑与生命"这个思考圈。

3. 京都学派的人间学构想——关于三木清

和辻哲郎的"作为人间之学的伦理学"这一构想本身，就是与昭和十年代京都学派对人学问题的兴趣互有交叉的。到1938（昭和十三）年，这一兴趣和动向也催生出高山岩男的《哲学性人学》一书。本小节着重考察一下三木清的相关情况。

三木清著《哲学性人间学》一书起笔于 1933 年，经多次辍笔又继续这样的反复后，到 1937 年 3 月前后他终于放弃了完成此书的想法。在已完成的此书的最后一部分中，三木清尝试挑战和辻伦理学。

三木清在直接论及卡尔·洛维特（Karl Löwith）的"人格＝作用"的观点后做了下面的阐述。此时在三木清头脑中闪现的，与其说是洛维特的思想，不如说是和辻伦理学的主张。他写道："人是社会上或者说是世间之物，而且作为'格人'（指发挥某种作用的人）是在与他人的关系中成为人的，能够考虑到这一点就能摆脱个人主义的谬误——即便如此，单靠这一点仍然未必能明了个人、社会以及二者间关系的意义。首先，如果说是在与他人的关系中成为人的，那么，这种情况下的社会的意义是什么呢？（中略）社会不单纯是人与人之间的关系，相反，在人与人的关系的基部，并使这种关系得以成立之物就是社会。""人与人之间的关系被社会规定着。如果只从'间柄'方面去看待社会的话，那就容易使这种'间柄'，特别是人与人之间的身份等级关系绝对化。"（《哲学性人间学》草稿）

在三木清的人学构想中，其首要论点也是身体。"在人学中我们的立场是行为性自觉的立场。这不是把人从身体中抽象出去，而是要主体地社会地去把握人。""这不只是说身体不单纯是我的私有物，而是身体即我。""通常身体被看成工具。但是，身体不单纯是工具，相反地，工具要追随身体并接受其评判。"（同上书）

西田几多郎的《逻辑与生命》一文发表后，西田思想的影响显著增加。但是三木清在继承西田的逻辑的基础上，还想以他自己的方式向前推进一步。这就是他的"社会性身体"论。

他说："身体从一开始就不单纯是个人性身体。被看成人之存在的基础的自然也有身体的意味，可以被看成社会性身体。我们是因身体而被限定为个体的，同时我们也是以身体为媒介而归入我们存在的根基之社会的。身体在此种意义上具有辩证法的性质。例如，被看成民族之基础的像血脉、土地这类的存在，它原本就不是指客体性自然，相反，它意味着主体性自然性之物、社会性身体性之物、情念（pathos）之物。"（同上书）

4. 民族这块"绊脚石"

我们有必要关注"像血脉、土地这类的存在"这一表述。后来，高山岩男的《世界史的哲学》（1942）开始提出以天皇家族为"国民的大宗家"的"血缘统一性"。无论是三木的思考还是和辻的思考，他们都没能逃出整个时代的倾向。

和辻哲郎在战前版《伦理学》（中卷）中写道，不会因为"文化的发达"导致"'血脉相连'这种意识消失灭绝。即便今后自然科学的发展否定了遗传与血缘的关系，人们依然会说血脉相连。因此，语言的共同范围通常会被作为一个血统上的统一范围来理解"。"可以说，文化的传播能够平和地进行的范围就是土地和血脉共同的范围。荷马史诗最初流传的地中海沿岸就是使用希腊语的、都相信自己是海拉苏（Hellas，古希腊人对自己国土的称呼。——译注）一族的那些人们的居住地。像这样，文化共同体形成了一定的封闭性。我们称之为'民族'。

137

前文中我们把语音及其他文化的共同的最大范围称为'民族'，而'民族'的意义可以规定为如上所述的'由共同的血脉和土地限定而成的文化共同体'。"（《伦理学》二，第 443 页，参照注释内容）

和辻哲郎《伦理学》（中卷）在"二战"结束后改订重印，在改订版中，和辻将"共同的土地和血脉"改写为"共同的土地和语言"。但是，"文化共同体与民族联系在一起"这一基本出发点并无大的变化。户坂润一直坚持批判和辻哲郎思想，他在营养不良的痛苦中、在难耐的酷暑中命丧长野刑务所。时间是日本宣告战败投降的六天前，1945 年 8 月 9 日。三木清在战败投降的这年 3 月遭检举逮捕，9 月 26 日死于羁押他的丰多摩拘留所。户坂润和三木清二人都没能得到反思过往、修改旧稿的时间和机会。

二　时代的课题

1．"日本精神"

1941（昭和十六）年 12 月，太平洋战争爆发。就在这个月，津田左右吉因《神代史的研究》等论著被指控违反出版法，为了给津田辩护，和辻哲郎站上法庭。第二年即 1942 年 6 月，和辻出版了他的《伦理学》（中卷）。8 月，波多野精一致信和辻（标注日期是 1942 年 8 月 18 日）"获赠大著（《伦理学》中卷），我抱着极大的兴趣和感动连日拜读，今日阅毕。（中略）从各方面说，遇到如此杰作是我近年少有的，佩服之情自不待言，更是从心里为我国文化的未来感到无比欣喜"。

波多野在上面这封信的结尾处还写道："大暑过后体内所积疲劳易发出，请多保重。您是肩负学界重任之躯，尤当珍重。"这结尾的一句话令人感到波多野对和辻当时的处境之艰难是有所了解的。

让我们再次把时光拉回到1931（昭和六）年。是年9月，日本关东军在奉天以北的柳条湖炸毁南满铁路，"九一八事变"爆发。翌年1月，也是关东军出兵上海，制造了"一·二八事变"。同年3月，伪满洲国成立。1933年，和辻哲郎因公出差至"满洲国"和中华民国，费时共16天。在日本国内，1931年发生了"三月事件""十月事件"，第二年又发生了"血盟团事件"，5月15日犬养毅遭暗杀，至此，"政党政治"已告终结。

和辻哲郎起笔撰写《日本精神》一文是在1934年，虽说此文显而易见地回响着时代的声音，但他还是在论文起首写道："'日本精神'是当下的流行词之一。然而，这个词意味着什么呢？这一点其实并不甚明了。"（《续日本精神史研究》，第四卷第281页）

时代的思潮一方面呼号着"东亚""日本精神"，鼓吹狂热的膨胀主义。和辻哲郎也承认"对日本精神的鼓吹被看成是保守反动的"（同上书，第294页）。但另一方面，他也认为仅仅依靠抽象的启蒙主义又无力对抗这样的狂热主义。甚至连已经显著退潮的马克思主义，在日本也已化为启蒙思想的形态之一，马克思主义"再次与启蒙主义者一起坠入同样的抽象性之中"（同上书，第306页）。

2. "崇拜外国"的"传统"

无论如何，在和辻哲郎看来，"只是理解过去的传统还不能令人预测新的创造。与此同时还必须发挥创造力。但是，必须要明白地承认，这种创造性力量的作用总是以某种方式受到过去的制约，无法摆脱。所以，虽说只要是新创造就不可预测，但面向未来去实现使命，这就与对已有精神的把握之间存在本质的关联"。接下来，和辻又说："如果日本民族在将来的世界史中担当某种有意义的任务的话，那么，无论到那时这个国家与如今的日本有怎样的差异，它都不会与日本过去的传统毫不相干。"（同上书，第303页）

课题的设定看来似乎仍是"时局性"的东西。但和辻哲郎本人的回答却是出人意外的谨慎，其中内含着对时局的批判。和辻当作"日本式特性"提出的是"崇拜外国"这一项，而且是肯定意义上的崇拜外国。下面要引述的，是在《日本古代文化》之后的、具有对和辻自己的研究加以总结之意的一节，很有特点。

　　我们无论怎样追溯自己国家的文化，都不可能找到一个丝毫不崇拜外国的时代。如果勉强找寻的话，那就是纯粹的石器时代，但我们却无法谈论石器时代的"文化"。日本文化的黎明期是在铜铧、铜剑和铜铎的时代。这些铜铧或铜铎（至少是那些巨大的铜铧）等铜器已经明确显示出它们带有宗教性意义。与其说是它们的实用性功能受到了尊崇，莫若说它们是作为外来的高层次文化的象征，与宗教性权威结合在一起了。在接下来的一个时代的古坟遗物中发现的支那铜镜和铁剑等物，更加明显地体现出这一点。只有等到这个时代，日本国民才第一次通过某种"祭祀活动"发现了"统一"。

　　佛教传入以后，在宗教、艺术、学问、政治等所有方面，不必说日本都在崇拜外国。（中略）更进一步，距我们很近的明治维新以后的时期也是崇拜外国的。完全可以说，现代日本的进步都来自对外国的崇拜。（下略）

　　这种特性显示出，日本民族对于优秀的文化极为敏感，并且还努力要把感受到的东西学到手的谦虚态度。（同上书，第 307—308 页）

学者黑住真近年来重新关注到和辻的上述论文，他指出，"日本精神"对于当时的和辻哲郎来说"是修辞性的'赌注之言'"。在黑住真看来，和辻的期待在十年后变成了失望。第二次世界大战结束后出版的《锁国 日本的悲剧》（1950）一书可说是和辻哲郎的失意成就的作品。

3. 关于论文《现代日本与町人根性[1]》

"九一八事变"爆发前夜，和辻哲郎开始执笔写作论文《现代日本与町人根性》。第二年即 1932 年春天开始，该文在《思想》杂志上连载三个月，在 1935（昭和十）年收入《续日本精神史研究》时著者又加以修订，可见这是一篇有重要意义的论文。

在《现代日本与町人根性》一文写作并发表的过程中，1932 年，因中华民国的控告，李顿调查团被派遣至伪满洲国。1933（昭和八）年 2 月，国联大会以 42 票赞成、日本 1 票反对的结果，通过了接受《李顿调查团报告书》的决议，要求日本从"满洲"撤兵。日本代表松冈洋右当场退会以示抗议，3月，日本宣布退出国际联盟。1934 年 12 月，日本向有关各国通报他们将放弃《限制海军军备条约》（华盛顿海军条约）的决定，1936 年 1 月，日本甚至退出了《世界裁军条约》。2月，上文已经提及的"二二六事件"爆发。

在《现代日本与町人根性》一文中，和辻哲郎在桑巴特

---

〔1〕 "根性"指人所具有的某种明显而稳定的特质。——译注

（Werner Sombart）和列宁思想的基础上展示了他自己的理解，即：中日甲午战争、日俄战争之时，日本尚不是帝国主义国家，因此，这两次战争都不是帝国主义战争。"日本胆敢进行日清战争（即中日甲午战争，下同。——译注）之时，无论在何种意义上它都没有跨入资本主义的帝国主义阶段。"（第四卷第430页）在那时候，当然还没有卡特尔和托拉斯，就连股份有限公司还没有充分发展起来。关于日俄战争，他也说"日本并不是要加入瓜分支那的运动，而是要阻止这一运动"（同上书，第440页）。从这个意义上说，和辻哲郎认为，甲午、日俄两场战争具有固有的世界史性质的意义。——和辻对于明治时期这两场战争的看法当否，在此暂不深究。我们要讨论的问题在后面。转机出现在第一次世界大战之中。

4. 帝国主义战争与"大义"之丧失

"最近二十年里日本的飞跃，可以认为是日本人的一项功绩"——和辻哲郎由此展开他的论述。"但是，我们还必须注意到，这一时期日本的飞跃已经没有像日清、日俄两次战役那样具有重大的世界史意义了。"之所以这样说，是因为这些发展都是"与欧美一样的，是为了资源、为了输出资本、为了在经济领域中的扩张而需要殖民地"，因此，是日本"自己加入到帝国主义竞争中去的"。在这个国家中，早已不存在"解放东亚"的大义名分。"此事只要看看日本人在世界战争和谈会

议上对'人种平等'问题是多么的冷淡就可以明白了。"（同上书，第445—446页）

和辻哲郎在当时的想法是，危机"不是存在于要打倒资本主义的思想中，而是存在于资本主义精神自身之中"。资本主义精神是"布尔乔亚精神"，"布尔乔亚精神正是'町人根性'。现今的日本正受到'町人根性'的统治。危机就在这一点上"（同上书，第449页）。"必须消除这些危机。这即是说必须打破町人根性的统治。"（同上书，第500页）自江户时期到明治初期的布尔乔亚精神，正是随着资本主义精神的消长而来的——这是和辻哲郎后来得出的结论。

应当关注的要点有两个，一是写作《现代日本与町人根性》时的和辻哲郎，他认为由帝国主义国家发动的帝国主义性质的战争是有悖人伦之事。以第一次世界大战为界，和辻认为日本是"自己加入到帝国主义竞争中去的"，所以在1935年的阶段，和辻对于日本的膨胀主义动向依然是持批判态度的；对于日本发动的那场战争的"道义性"问题，和辻哲郎至少是持怀疑态度的。

5. 对"町人根性"的批判与"经济性组织"论

第二个应当关注的要点是，和辻哲郎对于"町人根性"的批判与他在《伦理学》中探讨的"经济性组织"问题的根本出发点是一脉相通的。和辻在《伦理学》中对"近代产业的命运"论述如下。

　　这种命运，正如常被人们论及的，它是带来了最近一百五十年的所谓"经济时代"的命运。只看重商品的功利性、采取自由竞争的立场——这一点不只是战胜古老的生产方式的办法，而且也是刺激商品生产本身并使之发展的办法。商品生产者首先必须忍耐这种竞争以确保自身利益，否则就无法延续自己的生存。因此人们拼命地热衷于增进效率，努力增大功利性。这种努力带来了机器的发展、大工厂的经营。人们称这一大趋势为"营利成为绝对目的"。更精确地说，是"把营利看成绝对目的"这一"看法"获得了胜利。于是，营利行为因此而摆脱了所有人伦方面的束缚以及它仅仅被当作生活手段的地位，它自身成了应受追捧之物。但是，即便如此，"营利"仍不甘于仅仅停留在人伦性意义之外的处境。由于营利是终极目的，所以凡是对自己有效用的东西全都作为手段去使用。只要是有效用的，人伦方面的东西也难免被手段化。正直是最上策。老实正直地卖货最终会盈利。利他主义也是同样。替需求者的利益打算，这是在竞争中取胜的秘诀。如此可知，这些都教育人们：道德是在争取营利方面最有效的手段。(《伦理学》二，第324—325页)

和辻伦理学认为："这样的经济时代不只是丧失了经济社会的人伦性意义的时代，还是更进一步颠倒了人伦性意义的时代。"（同上书，第 325 页）和辻做出如此评价的思想深处一定有他对于经济问题的独特思考，以下我们将另辟一节较深入地了解这方面的情况。

三 经济性组织

1. 经济现象的"模型"——依据马林诺夫斯基的报告

和辻哲郎在论述关于"经济性组织"的问题时，首先阐述了"经济"这一概念的多义性。Economy（经济）的原义是"家政"，和辻哲郎的经济论也从"家人"开始。为了思考"更为广泛的生产关系和分配关系"，更加广泛的人际关系就成为问题。实际上，和辻伦理学的"地缘共同体"论是在他论述完亲族关系之后展开的。在此基础上，和辻哲郎将"作为人伦组织的生产关系、分配关系"当作"经济性组织"加以论述（同上书，第 284—285 页）。

和辻在讨论经济组织时采用的经济现象的普遍"模型"即典型样板（同上书，第 285 页）是马林诺夫斯基的观察结论。和辻一方面依据《西太平洋上的航海者》一书的内容，另一方面展示了他自己的见解。与今天的经济人类学的见解对照来看，其中必有可供质疑之处，但此处按照和辻的整理确认如下。

　　仅依据马林诺夫斯基对特罗布里恩德群岛土著居民的观察，可得出以下几点结论。

　　第一，"在未开化民族中劳动没有价值"这种旧观念应被否定。在赫尔德和康德的争论中，二者也都是以这种旧观念为前提的，但现在这一前提本身已成问题。特罗布里恩德群岛"有丰富的天然资源，不是特别需要为衣食住而劳动"。虽说如此，但据马林诺夫斯基的观察报告来看，土著居民"艰苦地劳动着"。在他们那里，劳动不是由"直接的需要"造成的、难以逃避的苦行。例如作为主食的红薯"超出实际需要地被大量"生产出来。而为了那项生产所用的劳动力不是最低限度的必须劳动力，而是耗费了"远比这些多得多的劳动力"。这些多余的劳动力一方面用于生产"过剩的产品"，另一方面用在满足"审美目的"，即"把田地整修得整齐划一、建造精致结实的院墙、建起用来堆放红薯的结实高大的塔楼"等（同上书，第285—286页）。

　　第二，"经济学教科书"所主张的那种"原始经济人的概念"将被否定。被假想为出发点的"经济人"（homo economicus）或"经济傻瓜"根本不存在。"特罗布里恩德群岛土著居民靠着非常复杂的社会性、传统性动机从事劳动。他们的目标不是为满足直接的需要"，甚至可以说劳动"是以自身为目的的"。富余的产品成为给自己的姐妹（或母亲）及其孩子们的礼物，或者是"给酋长的贡品"。他们追求的目标不是利益，而是依据传统的部族价值基准的"评价"（同上书，第287—288页）。

第三，"由于生活必需品匮乏而举行的不定期、无特别仪式和规则的物物交换"——这种对"原始商业"的旧有认识应被否定。马林诺夫斯基发现，对于那些参与"库拉"活动的土著来说，"所有即是给予"。以给予、赠予活动为目标进行劳动，从而获得所有物。库拉"并不是基于'欲望'进行的活动，甚至应当说是为了部族间的社交"而进行的，即作为交流而进行的活动（同上书，第291—292页）。那么，马林诺夫斯基报告的、引起了和辻关注的库拉交易究竟是什么呢？

2. 关于库拉交易

首先，库拉交易的特征是"以非生活必需品为中心的活动"。库拉圈内的人们历经艰险抵达遥远的海岛后，他们与岛上的"库拉伙伴"们交换的主要是"贝壳制成的臂镯和项圈"。而这些臂镯和项圈多数情况下甚至已经丧失了作为装饰品的意义，只是些有清晰的来源、承载着历史的"宝物"，所以人们"只是为拥有而拥有"，只是为赠予而赠予。第二点，库拉交易对于特罗布里恩德群岛土著居民来说是极为"重大的仪式"，是遵照严格的仪礼规程进行的。第三，库拉是"严格的仪式性赠答，不是所谓的物物交换"。交换之时，礼物的价值全由当事者自行决定。虽说如此，他们"努力一定要使回礼的价值高于收到的库拉物品的价值"。虽然"库拉"采取的是交换或交易的形式，但本质上它是一种赠予的连环（同上书，第293—296页）。要言之，在库拉圈中，"依靠无用性宝物获得的'共同存在'远比靠有用的物质而获得的'共同存在'重大得多"（同上书，第298页）。

　　具有上述特征的库拉现象，将原始贸易的意义展示无遗。人们站在与衣食住的欲望全然不同的立场上去追求与衣食住性质迥异的财富。在那里，父祖口口相传的神话故事依然有生命并发挥着作用，传统的法规、巫术式的仪礼以现实性的力量支配着人们。在那样的世界中，承载着可以生死与共的深刻含义和重大价值的宝物将人们引入了超越部族的活跃的交往活动之中。然而，那些宝物在实用性方面是全无意义的，除了人们对宝物的承认这一点以外，根本无从发现其价值的基础。如此看来，正是由于这些宝物表现了超部族性的共同意识，它们才成为宝物。果然可以这样理解的话，那么就会明白，围绕这种宝物而进行的库拉活动为什么能够在语言风俗迥异的不同部族之间培养起高度的相互信赖、名誉意识和廉耻感。超部族的存在之共同性比部族内部的存在的共同性具有更大的意义。所以他们才会以超越得失的道义性热情从事库拉活动，使之成为他们重大的文化事业。（同上书，第 296—297 页）

3. 普遍的经济现象的意义

和辻伦理学体系尝试着要依据上述原型去解释普遍的经济现象，下面对此问题做一简单梳理。

近代以来的经济学认为，"经济活动追求的是满足人们欲望的物质生产，所以人们在此项活动中结成的生产关系也不过是为进行这种生产的手段而已"。据马林诺夫斯基的报告得以确认的是，"在经济活动中结成的人际关系作为人伦组织保有其自身的意义，而对欲望的满足只是为了实现组织自身存在的媒介"。在和辻哲郎看来，库拉交易的原型改变了以往经济学中的那些当然性前提，它使得"欲望的满足和人际关系二者的地位"，即二者的上下关系发生了逆转（同上书，第 299—300 页）。

特罗布里恩德群岛的土著居民将自己付出"劳动"生产得来的红薯赠予自己的姐妹（或母亲）的家庭。使这种赠予成为可能的劳动，虽然确与"满足食欲"有关联，但他们并"不是为满足姐妹及其孩子的食欲而劳动的"。不仅如此，就连"食用"那些红薯也不是"单纯为了满足食欲"，而是"和平的家庭团聚"之呈现（同上书，第301页）。这样的结构，即便是在商品经济已很发达的情况下，其本质也是不变的。

和辻哲郎对此也表达了他自己的主张。他说："以食品为例来思考一下吧。"某物是"食品"，那是因为此物"能够使人的食欲得到满足"。食品具有满足人们食欲的使用价值，它有可能与具有其他使用价值的物品进行交换，通常它能够与货币进行交换。在原始社会中，食品（如红薯）能成为赠予的对象，"不是因为它具有作为物质的种种性质，而是因为赠予者将那种具有社会性意义的自身的劳动凝结于此物之中了"。这一点在商品经济的社会中也是同样的。换言之，在资本制的生产中，农业劳动者也同样是"把他的劳动凝结于"食品中的。由此，劳动者间接地为满足其他人的欲望服务，"通过其劳动担负起对于社会的任务"。所不同的只是，人们之间的"互相服务"是借助商品，或说是借助作为商品之商品的货币成为可能的（同上书，第305—306页）。

作为商品的食品，最终将到达各自的"厨房"。"到达厨房的食品还不能马上满足人们的食欲，还必须经过烹饪这最后一道加工。"通过这最后的劳动，作为商品的食品才最终作为"食物"现身餐桌，此时根据不同情况，它有可能成为"合家团圆"、全家人高兴的因素。"这即是说，作为商品的食品一旦抵达满足食欲的阶段，它就不是商品了。"（同上书，第307—

309 页）这难道与特罗布里恩德群岛居民的红薯不是一回事吗？"由此看来，不仅从生产者一方，就是从被生产出的财富这一方面来看，原始经济与近代经济之间也不存在本质性差异。经济组织是以财富为媒介的人伦性组织。如此，这一组织中的经济活动的追求目标就不是满足欲望本身，而是通过满足欲望而获得的人伦性合一。"（同上书，第 301 页）经济也是共同性的一种表现形式。

4. 战胜"经济人"

虽说如此，"以'经济人'为前提的经济学"（同上书，第 302 页）在某种意义上说是有效的。即如果把有用性看成经济的本质，那么，对于只追求功利性的经济组织来说它就是有效的。换言之，作为确然地构筑起了现实世界的一个组成部分的"看法"（同上书，第 321 页），它在实际生活中具有效力。然而，对和辻来说，"这种'看法'的胜利实际上是欧洲近世发生的特殊现象，不是普遍性的人类社会的现象"（同上书，第 322 页）。如果借黑格尔之言的话，那不过就是作为欲望体系的"人伦丧失状态"（同上书，第 327 页）。

和辻哲郎还论述了"经济组织"中的"现代危机"。借用论文《现代日本与町人根性》中的用语，那正是"资本主义精神本身"的"布尔乔亚精神""町人根性"带来的危机。关于克服布尔乔亚精神的问题，和辻哲郎是在主张必须进行"经济上的文艺复兴"这一脉络中论及此问题的，是"近时热议的统制经济"问题（同上书，第329页）。"统制经济"是指"近卫（文麿）新体制"推行过程中实施的经济政策。

顺便申明，和辻哲郎在"二战"后改订《伦理学》中卷（"第三章　人伦组织"全部收入）时并未将"统制经济"一语删除。在当下的经济组织中发生了"价值的逆转"。那种"如果承认逆转观的话，就是承认经济时代的经济观中丧失了人伦性意义，要通过恢复其人伦意义还经济以本来面目，这项工作必须担负把被颠倒的价值秩序重新颠倒回来的意义。在固守那种颠倒的立场的人看来，这是对目前秩序的颠覆。但是，统制经济不以这种颠覆为前提就不能够得到充分实现。那实际上不是颠覆，而是向原有秩序的复归，而且是将近代的技术进步作为真正的文化的提升来发挥其作用的途径"（同上书，第338—339页）。——由此可知，和辻是支持在战时动员体制中由"革新官僚"主导的经济政策的。在那种意义上，和辻的立场很接近与"昭和研究会"为伍的三木清。虽说如此，其他的解读也并非不可能。

青年马克思曾写过类似的话：我在自己进行的生产中将自己的自然及其固有性对象化，因此在活动期间享受个性化的生命发现；另外，因为观察对象，逐渐地，我会知道自己的人格性成了对象性的力量，对此我会感到喜悦。更进一步，你通过享受和使用我的产品，我会直接意识到以下的事实并体验到喜悦，即在自己的劳动中使人性的欲求得到满足，而由于使人性本质对象化了，为他者的人性本质的欲求提供了与之相符的对象物——我知晓这一切的喜悦（据《穆勒评注》）。这是青年马克思以他的思考编织出的梦想。

和辻哲郎的经济组织论多半是一种梦想，这与马克思的梦想离得不算太远。他在《作为人间之学的伦理学》中写道："甚至可以说，马克思的工作就是对黑格尔以布尔乔亚社会为'人伦的丧失状态'这一判断的更详细的论证。"（同上书，第178页）——但是，二者依然是不同的。在马克思的思想中有而在和辻哲郎那里欠缺的，不只是对于资本制性质的生产关系的缜密分析，还缺少"国家消亡"这一在清醒中怀抱之梦想。之所以如此断言，是因为可以看到，和辻哲郎甚至让国家背负了过多、过重的课题。围绕这个议题，我们还应当进一步回顾历史。

第二节　国　家

一　日本的命运

1. 论文《文化创造工作参与者的立场》

在北京西南郊外卢沟桥附近，训练中的日本军队以听到

一声枪响为由，悍然袭击中国军队，此事发生在 1937（昭和
十二）年 7 月 7 日。一开始，这场战争被称为"北支事变"，
但后来战线扩大至上海，遂成为一场全面战争。同年 8 月，这
场战争被改称为"支那事变"，标志着"日中战争"从此全面
爆发。

昭和十二年，在《思想》杂志 9 月号上，和辻哲郎发表题
为"文化创造工作参与者的立场"的文章。就在同年 6 月，近
卫文麿组阁。卢沟桥事变爆发后的同年 9 月，近卫内阁开始推
行"国民精神总动员运动"。

和辻在上述这篇论文的开头写道："政治性或军事性的大
事件发生时，常听说那些从事学问或艺术工作的人们受到刺激
而兴奋得'无法工作'。这似乎使人感到，这些工作的意义在
平日里被充分认可，但临到事件面前其意义就突然丧失了。然
而，事件越重大，越要警惕这种使人迷失自身之工作任务的兴
奋。"（《面具与人格》，第十七卷第 441 页）针对当时知识人中
间蔓延的浮躁动摇的气氛，和辻哲郎做出以上警戒后开陈了他
的如下主张。

"日本在近代世界文明中是一个地位极为特殊的国家。20
世纪的进程中，无论早晚，基于这一特殊地位的日本将展开悲
壮的命运。或者说也许这种展开已经在进行之中。"（同上书，
第 441 页）在和辻看来，日本近代的地位之所以特殊，是由于

日本人"虽是长期受到印度文化和中国文化养育的黄种人，但是仅在半个世纪的短时间内，它就赶上了近代欧洲文明的步伐，显示出在产业和军事领域所具有的不逊色于一流文明国家的能力"，"对近代欧洲人的坚定自信造成了不安的动摇和威胁"（同上书，第442页）。所以和辻认为，对于欧美人来说，"如果要护卫近代文明的方向，那么，危险的日本就必须遭到压制"（同上书，第443页）。基于这种判断，和辻对"日本的命运"论述道：

> 如果说日本的命运在兹，那么，在日本从事学问或艺术的人们的工作必须成为这一具有世界史性质的重大运动的重要契机。只要古代东方的高贵文化不是必须死亡绝灭之物，那么，要使这一活着的传统保持下去的日本人的工作就将同时肩负着在世界文化中发扬这一高贵传统的任务。而且，这项任务只有在综合希腊文化的潮流的基础上才能够得以实现。只有如此，才能够使维持世界史的全部优秀文化的精神获得新的统一。只有被赋予了这项世界史性质的任务，日本人才有发展的权利，以及更进一步地打倒并清除这一前进道路上所有障碍物的权利。在此意义上说，从事文化创造的人们的任务极为艰巨。那是一项远远超越了自身生活利害等问题的具

有世界史性质的任务。要拼上性命去努力的地方不是只有战场。（同上书，第 444 页）

对于和辻哲郎来说，上述引文可说是有些夸张之词，"只要古代东方的高贵文化不是必须死亡绝灭之物"的表述、"打倒并清除这一前进道路上所有障碍物的权利"的断言、"要拼上性命去努力的地方不是只有战场"这样略显激昂的结束语，这些都体现着和辻哲郎当时的思想。公平地看，这表明一贯冷静的和辻哲郎正处于"兴奋"状态。

整个时代在激烈地动荡着。在那样的时代中，和辻应对时局的姿态也在一点一点地发生着变化。每一个节点上的情况未必明了，其动机也不甚分明。家永三郎通过将和辻哲郎与西田几多郎、田边元等人进行比较后评价说，和辻"没有经历过认真的苦闷思索，只是把自己掌握的逻辑操作的手法简单地加以应用"，"是明显的随波逐流"。然而，此番评论也只不过是家永三郎本人的个人性表达，显示出论者家永与和辻之间的隔膜。

2. "东西文化的综合"

在和辻伦理学的最终形态——日本战败后出版的《伦理学》下卷中，和辻认识到，人类历史的总体动向是朝着"形成'一个世界'"而进行的运动。在他看来，世界史的第一个时期肇始于"世界帝国的形成"运动，近年来以"欧洲人进军全世界的形式"接续了这一课题。在和辻看来，当今"诸国民应当做什么的问题，主要是围绕'一个世界'这一课题而存在的"（《伦理学》四，第233页）。对于重视风土的和辻伦理学来说，原本"一个世界"就不是依靠形成"同一的文化"而实现的（同上书，第316—317页）。莫若说，应当是"国民性存在在其个性中承担着尊严与价值"（同上书，第320页）。

和辻所指的具体内容是什么呢？"要综合东西文化的号子声早已响起，但实际成果至今未见，甚至连号子声也即将老去。然而，综合之中才有日本国民的新的创造之路，这一判断依然正确。印度和支那的古老文化已浸润于我们存在的最深处，这既带给我们难以摆脱的制约，同时也是欧美人所没有的有利之处。只要在此基础上果敢地吸取牧场文化和沙漠文化，就有希望获得欧美人无法拥有的独特的创造成果。"（同上书，第327页）——这是和辻哲郎在日本战败四年后的发言，虽说在表述方面有些差异，但可以说，和辻论文《文化创造工作参与者的立场》所取的视角在他的《伦理学》的"国民性当为论"中也得到了继承。"综合东西文化的号子声"本身也许就是日本的近代化进程迎来破灭结局的根源所在。和辻哲郎恐怕终生都未曾想到过这一点。

3. 参与到"战时体制"当中

从发表论文《文化创造工作参与者的立场》到日本宣告战

败，这期间和辻没有发表什么与时局直接相关的文章。他作为东京帝国大学教授在授课、写作自己的代表作方面倾注了更多的体力精力。在胜部真长记录的和辻在研究室里的轻松发言或是写给长子夏彦的私信中，和辻对当时的时局有所言及，但那些内容并没有需要在此特别关注之处。然而，作为一名"大学之人"，他却在1938年以后参与了一些与学术、思想政策相关的决策。之所以与这样的决策过程发生一定的联系，是因为自1937年12月起，和辻与西田几多郎、田边元一起成为文部省教学局的顾问。

西田几多郎是在1928（昭和三）年按照户籍登记的年龄从京都大学退休的。1935（昭和十）年前后开始，文部省希望西田能出山协助工作。西田当时无心参与，所以他就提出需要和辻、田边二人协助的附加条件。

西园寺公望的秘书原田熊雄是西田在学习院大学任教授时教过的学生。而首相近卫文麿在京都大学上学时，西田也曾教过他。昭和十二年六月，当近卫内阁第一次上台时，西田还曾致信原田熊雄。在对现状的认识方面，当时和辻哲郎的立场应当与西田比较接近（信上标明书写日期为6月23日）。

西田几多郎写道："关于近卫君的事情，即便近卫内阁不能够做出多少事情去回应世人对这届内阁的期待，希望他至少能留下一些评价——近卫内阁朝着这个方向（世人期望的方向）

努力过。因为如果像现在这样只是充当军部傀儡的话，那就有很多人能干这个差，甚至谁都可以干了。"接着，西田又对文教政策表达了自己的苦衷。"以前文部省的做法是全盘西化得太过头，所以现在又要以固陋的所谓日本主义者为中心行事了。未来要走向世界的日本的文化教育应该怎样做？关于此事缺乏明确的方针。"——西田比较清楚问题的症结。仅从文教政策的变化上就可以看到，后来的局势真是朝着西田担忧的方向走下去了。文教政策只不过是从属于更大的政治和军事政策的。

在那一年的 10 月，近卫文麿更换了文部大臣，木户幸一入阁。西田几多郎曾拜托原田熊雄做中间人介绍他与木户见面，为拜访这位文部大臣他还专门到文部省去过。第二年，1938（昭和十三）年，木户辞职，继任者是荒木贞夫陆军大将。1939 年，近卫内阁第一次总辞职，西田也书面提出辞去他的顾问一职。和辻哲郎本人在那之后依然保持着与文部省的关系，其结果是，一部分右翼和军部的人开始对他进行攻击。《帝国新报》上飞舞着"埋葬国贼和辻哲郎"的标题。但从更后来的结局看，右翼分子的这种执拗的反击，反而是在"二战"结束后救了和辻。

4. 日美开战与战前版《伦理学》中卷

1941（昭和十六）年 12 月 8 日，日本突袭珍珠港，拉开了太平洋战争的序幕。日美开战数日后，东京大学文学部的毕业考试提前举行。古川哲史曾记述，那天和辻哲郎在黑板上写下的考题是"论述大东亚战争的世界史意义"。

据古川哲史记忆，考场的学生们见到这个考题后一起发出了"哇"的欢呼声。正如市仓宏祐冷静地补充所言，发出欢呼声的人很可能都是些不学之人。

战争爆发半年后，1942 年 6 月《伦理学》中卷出版。这个被称为"战前版"的版本中，正如人们经常指出的，其中反映了日美开战对和辻思考的影响。下面的引文是和辻关于作为文化共同体的民族这一问题的论述。

　　必须承认，自称讨厌民族的封闭性、站在人类的立场上的那些人，通常都是发挥民族性主我主义最甚之人。这是由于，他们把自己民族的特性看成是绝对的，不承认一切其他民族的特殊性，要将全人类强行圈进唯一的一种民族特性中去。这就是他们所说的"人类的立场"。将某种特殊的民族神扩展成为整个人类的神。把某种特殊的民族语言作为世界通用语言令其通行。那些人会说这样一来民族的封闭性就被打破了，但其实，这实际上筑起了最顽固的封闭性。为何这样说？因为这种封闭性在与异民族之间的竞争中得到了锻炼，所以它具有了即便将异民族收入自己的怀抱之中依然不易被打破的坚韧性。相反地，那种尊

161

重文化共同体的封闭性、尊敬民族个性的立场反倒真正能够接近人类的共同理想。为什么？因为这一立场不把自己民族的特性看成绝对的，所以就会承认所有民族的特殊性并使之各得其所。那种具有普遍性的、以全人类为同胞的理想，不是靠简单粗暴地否认民族个性去获得实现的，相反是要通过真正当作个性去实现它而达到的。（《伦理学》二，第 444 页，参照注释内容）

在战前版《伦理学》中卷里，我们还可以看到著者对于盎格鲁－撒克逊，尤其是针对美利坚合众国的敌意。"英国的统一是站在利害的共同性这一点上的，没有任何表现其全体性的东西。"他进一步对 Pax Americana（美国主导的和平）加以批判并提出自己的主张："如果为了这样的和平就要使许多民族国家的形成受到阻碍，那么，我们与其说要获得它，莫若说应该诅咒这样的和平。"（《伦理学》三，第 33 页，参照注释内容）

"战前版"《伦理学》中卷还论述道："国防对国家来说是必需的，这同时意味着，对于国家来说战争是必至的。人们说国家在战争中形成、在战争中成长，事实上，不进行战争的国家根本不曾在地球上出现过。所以，反过来也可以说，能否进行战争是鉴定其是否为国家的试金石。"（《伦理学》三，第 33 页，参照注释内容）

在战后改订版《伦理学》中卷里，和辻哲郎接受了颁布新宪法、建立联合国的做法，也表达了他对于"国防"和"战争"之终结的预期以及对于"新的世界国家"的希望（同上书，第50—51页）。虽说如此，但在现行版本的该书中，"国防作为对国家这一人伦组织的防卫，是对人伦之道的护持"——和辻的这一基本视角没有变化。

对问题的分析不能只停留在考虑战前版《伦理学》中卷与时局的关联这一点上，还必须探问和辻伦理学预设了怎样的国家论。

二 国家与战争

1. "美化战争的哲学"？

的确，和辻哲郎在《伦理学》中卷（战前版）写下了如下的内容。以下引文出自"全集版"。

> 同样地，国家的防卫也不是为了守护个人的幸福免遭外敌威胁，而是为了国家自身的防卫，因此它是对于人伦性组织的把持，是对人伦之道的防护。从这一点来看，国防不是手段，其自身具有人伦性意义。如前所述，在已沦为"算计型社会"的国家以武力侵略世界各地的时代，难以数计的众多民族国家遭到了破坏，其中有不

少国家作为一个人伦性组织已极为完备。这种防卫乏力的情况同时也反映出那个国家在人伦性方面的贫弱。（中略）保卫国家就是保卫人伦之道，为此可以动员一切的能力、一切的努力。（第十一卷第 428—429 页）

以上引文的语境被限定在大航海时代欧洲人"发现"世界的时节，但更为追根溯源地看，还能够体会到，这其中也包含了和辻哲郎对于曾被历史的暴力蹂躏的所有文明的悲伤之情。然而，和辻《伦理学》中卷的这一段内容也难免被解读为"国家至上主义、美化战争的哲学"（家永三郎）。第二次世界大战以后，和辻本人在社会舆论方面一直被看成支持天皇制度的保守派发言人，与此相联系，对于和辻伦理学的政治性批判也不计其数。

在本小节中，我们将不去深研那些政治性批判本身的内容，而是首先确认国家在和辻伦理学体系中的定位这一问题，然后在下一小节中探讨和辻伦理学的另外一个侧面。通过这两个步骤，和辻伦理学体系"是在何种意义上的国家哲学"这一点也将不言自明。以下考察的是和辻不曾改变的思考基轴，所以基本上使用目前通行的《伦理学》文本作为文献依据。

2. 从地缘共同体到文化共同体、从民族到国家

和辻哲郎在对"地缘共同体"进行思考时首先写道："亲

族是超越家人的共同体，但这依然是以血缘关系为基础的。"
血缘关系扩大出去即是"兄弟关系"，由于兄弟关系（和辻称
为"同胞共同体"）原来是个"开放性间柄"，所以依靠血缘维
系的共同体也会超越"家人的封闭性"扩展开来。更进一步，
"正如兄弟间的友爱常被转用来表达广义的人性之爱那样，兄
弟式的关系也有可能在没有血缘基础的地方被建立起来"。使
这种关系得以成立的根基就已经不是血缘关系。"代替这种血
缘关系的，不外乎一个是土地的共同性，另一个是文化的共同
性或精神的共同性。"在和辻看来，"地缘共同体"就是基于前
者即土地的共同之物（《伦理学》二，第247页）。

　　地缘共同体，只要它是以"土地的共同性"为基础的，它
就能够成为比家人更为广泛的经济性组织的基础。因为大地是
典型的生产手段。同样的地缘共同体，当它被扩展为以"文化
的共同性或精神的共同性"为基础之物时，那也就是文化共同
体的最小单位。那么，在文化与精神的共同性中，最为重要的
因素又是什么？和辻哲郎认为，是"语言"。他说，这是因为
"在所有文物中，离人们最近、最具普遍性的东西是语言"（同
上书，第363页）。

　　在和辻的文化共同体论中，语言被赋予了特殊的地位。对
于文化来说，在某种意义上说，语言是全部，语言活动给出了
一切的文化活动的原型。和辻认为，只有共同的语言才是文化

的，也是民族的基础。

和辻哲郎区分了"文化财富和经济财富"，认为后者是"为享用而被分给众人之物，而且通过享用会消减之物"。但前者与此不同，它是"不分割而供全体人享用的，而且通过享用不但不会消减，相反会增加其价值"（同上书，第440页）。文化财富是"不分割"而分散的，即传播是文化的本质性要素。然而，传播也是有局限的。划定此界限的是"土地和语言的共同性"（同上书，第443页），换言之，即民族。

文化与文化的对立，作为其自身，未必会形成暴力性对抗关系。民族与民族的对立，其自身也不是引发那些难以避免的暴力流血惨祸的根源。的确，不同民族间"以血还血"的争斗频发，但另外，异民族长期并存共处一国之内的情况也是有可能成为常态的。升级至战争的对立究竟是在何处孕育的呢？这只能是在国家这一共同体的层面才有的事情。

3. 国家是什么?

国家是什么？国家是在何种场景中成立起来的共同体？和辻哲郎的回答很明确。国家是因为与其他国家对立而成为国家的。他写道：

> 无论是在多么原始的时代，也无论是在多么遥远隔绝的地方的国家，只要是达到了用一个具体的人物去表

达它的统一的阶段，那么，这个国家一定承认其他国家的存在，并以某种方式介入了两国之间的交往。至此，我们不得不承认作为"国家之间"的场景。（下略）

上述情形更清楚地得以展现的是那些记录和传说。（中略）过去的记录和传承给人的印象是，它们讲述的只是王者及其周围的少数人的事情，不把国家中实质上占多数的民众放在眼里。这样的情况表明记录者尚无把国家行动当作这种性质的行动加以把握的能力。即便在这一阶段，记录和传承材料中也认真记下了王与王之间的各种关系。恐怕在所有民族的王者事迹中的大半部分都是与其他国家之间的交往关系。其中像王与王之间的会盟、交欢、互相憎恨等事情，即便完全是作为个人性关系被描述出来的，那被昭示出的也是国家与国家之间的交往关系。换言之，在国家开始有记录与传承之时，其实，这个国家已经在超出国家范围的场景之中活动着了。

在这样的场景之中，国家形成历史。因此可以说，历史就是国家的自我意识。对自己的认识必定要以他人为媒介，国家为了获得自我意识也必须等待与其他国家之间的交往。这样获得的自我意识作为"历史性自觉"形成历史。（《伦理学》三，第136—137页）

一方面，国家通过被历史性地讲述而是国家。此时，"古老的记录和传承材料"所传达的是"王与王之间的各种关系"，就是"与其他国家之间的交往关系"。国家的确是靠着在"记录和传承材料"中被讲述而"成为"一个国家的。但是，那些故事已经是在超出国家范围的"场景"中被讲述的。另一方面，更具有决定性意义的是"国家仅仅对于其他的国家才是一个国家"。——所以，对于一个国家来说，至少在可能性上说，战争是不可避免的。民族与民族能够在同一国境线内共存。但当一个民族和另外的民族开始决定性地对立之时，这一个国家已经在走向崩溃。

4. 国家与战争

所谓国家，或许是"幻想式共同体""虚幻的共同体形式"（马克思/恩格斯语），更极端地说是"共同幻想"（吉本隆明语）。但是，在此之前，国家在国与国之"间"成立，在与其他的国家之间、在与其他国家的对立中得以形成。至于国家这一共同性的单位自身开始要求对自己进行幻想是在那之后的事情。——从可能性上说，国家使得朝向战争的准备内在于其自身。国家是朝向战争的可能设计。

如前所述，和辻伦理学的现行文本是在"二战"结束后经修订确认下来的。然而，现行文本中依然保留了和辻关于"国防"的"人伦性意义"的论述（《伦理学》三，第48页）。战前版《伦理学》中的论述已足够清晰，现再次引用如下："国防对国家来说是必需的，这同时意味着，对于国家来说战争是必至的。人们说国家在战争中形成、在战争中成长，事实上，不进行战争的国家根本不曾在地球上出现过。""国防与战争的现象"一方面确实显示了"国家的封闭性"，另一方面，"这一现象典型地体现出国家与国家之间的关联"，"国家从一开始就是与其他国家对立之国家"（同上书，参照第33页注）。

上述认识在和辻哲郎的其他语境中也是大同小异。如今，柄谷行人在承续马克思思考的同时强调指出，与商品交换一样，国家也不是诞生于共同体内部。国家产生于共同体与共同体之间。即便有时看似由共同体生成的国家，实际上也是由于在其外部已有"国家"存在，针对共同体外部的这些国家，共同体自身形成其国家。和辻在赋予战争暴力以伦理学学理上的正当性的语境中表达出的认识，也可以重新解读如下：他揭露了国家自身的暴力性，与解除这一暴力性的思想课题相关联，他关注切断"回归之法"（高桥哲哉语）[1]。因此，有必要重新确认和辻国家论中向自身"回归"、退回到同义反复处的那个

[1]　"回归之法"是高桥哲哉《逆光的逻各斯——现代哲学与语境》（未来社，1992年）一书中作者使用的专有名词，此处的"法"不仅指成文法，也包含秩序、规则等。——译者

"归着点"本身。

5. "回归"之地

所谓国家，在人伦组织论中，和辻哲郎也将其定位为"人伦性组织的人伦性组织"（同上书，第18页）。国家对一切"人伦组织的轮廓"都"以强力加以强制"，即依"法"加以强制（同上书，第24页）。法之力原本"是神圣之力而非腕力，并且比腕力还要强大"。因为那是"生杀予夺的全体性之力"（同上书，第26页）。"国家之力的根源是全体性之权威。全体性不是因为力量强大而拥有权威，而是因为有权威才力量强大；同样，国家法律不是由于力量强大才成为法，而是由于它是法律才拥有强大的力量。丧失威力的法律已经失去它作为法的本质，即它已不再是法。"（同上书，第28页）在这里，权威给权威自身、法律也为其自身准备并提供正统性。情况还不止于此。

国家是"人伦性组织的人伦性组织"，因为它是统领一切共同体的共同体，或者说是被认为如此的。"国家就是这样一种人伦体系，它统合保证、统一组织那种以私人性存在为媒介去实现共同性的人伦运动。"国家把一切私人性东西都转换为"公有性"的东西。"将最典型的私人性存在之男女二人共同体通过婚姻制度转化为公有性存在的就是国家。"（同上书，第18页）

和辻哲郎在此展开的论述，可以说几乎都是同义反复。正因为目前的论点是同义反复（tautology），所以同时显示出和辻思考的"回归"之地。即当下的国家作为国家存在、法作为法是妥当的。——国家，从可能性上说是最大的暴力。所以国家的废除将会是永远的白日梦。那么，在和辻的国家论中，难道没有为阻断这种"回归之法"准备任何路径吗？这是一个尚需进一步探讨的问题。

6. 国家的起源与解体

和辻哲郎曾简单地论述过国家的起源问题。在这一论述中，和辻宽广的历史想象力得以展现，从这一点上说，其论述本身就颇具深意。现引述如下。

从事狩猎的部族必须有非常广大的地域，但是他们迫切关心的对象是四处活动的动物，而不是土地。对于在同一地域狩猎的其他部族，他们既无法防备，也不必防备。对于他们来说，最重要的是散居在广阔地域中的本部族成员之间密切的组织，而不是和土地相关的组织。这种情况对于从事游牧的部族来说也是同样的。经营畜牧业看起来远比尚处在狩猎阶段的人们进步和文明，但是，赶着畜群逐草而居的生活，虽说与上述狩猎部族一样也需要广阔的地域，但是他们关心的对象是牧草而不是土地。（中略）与之相比，学会了农耕技术的部族，即使早在保持图腾氏族组织阶段，他们已经实现了附着于

土地的生活，如果说在那种原始社会组织中已包含有土地组织的话，那我们就可以认为已经存在着国家的雏形。（中略）

要像这样将国家的形成与对土地的限定结合在一起，作为人类存在之契机的土地即通过人类活动而形成的土地，只依靠家人、村落或文化共同体的立场等，那就不能够充分得以实现，只能期待一种更为强大的存在，即能将无数个这样的共同体统一起来使之成为人伦性组织的国家的出现。我们能够找到遗迹的最古老的国家是在底格里斯河、幼发拉底河以及尼罗河沿岸地区形成的，（中略）这样的大河沿岸地区逐渐转化成为与自然状态时全然旨趣不同的"被组织起来的土地"。这样的工作只有国家能够做得成，反过来说，正是由于能够做成这样的工作，国家才得以形成。因此，国家把"被组织起来的土地"视为自身固有之物，开始具有排他性领有意识。（同上书，第256—259页）

如果是现在，我们有可能通过参照各类不同民族的资料，思考排除国家因素的共同体的存在方式；也有可能将游牧这一生存方式的意义置于消解"所有"这一普遍性范式中加以思考。认为国家是"人伦性组织的人伦性组织"的和辻的历史想象力正在构想一种超越国家的文化共同体，然而此事却半途止步了。以后的和辻哲郎的伦理学基本上是以国土的种种不同样态重新将风土分类，开始将国家的历史普遍化为人类存在的历史。而和辻自身的论述受到各种限制是在所难免的，虽说如此，和辻伦理学中依然散见需要回味的论点。下面一小节将追踪这方面的内容。

三　纪年与国境

1. 和辻的时间论

和辻哲郎在《伦理学》中展现了颇有意味的时间论。对于和辻来说，空间不是物。或者说，不是"有更为根源性的'空间'这种'物'"，而是"有作为'人间'之存在结构的'空间性'"。同样，"不是有根源性的'时间'这种'物'，而是有'人间'存在的时间性"（《伦理学》一，第286页）。——和辻在此基础上进一步描述了由"人间"的存在如何产生出所谓的时间这一结构。为描述这一结构，现将和辻的论述引用如下。

> 最为常识性地被使用的"时"的概念，意味着背负过去走向未来的人与人之间关系的不同的瞬间。就像出生时、成年时、结婚时、死时，或者更为日常性的见面时、分手时、离家时这类情况。这类"时"是不能被计

量的时间，是在人与人的关系中存在的各种各样的"时机""机会"。（中略）但是，从这样的"时"当中，我们能够找出一些在日常生活中反复出现最多的"时"，即那些尽可能地消除了命运性危机的"时"。如晨起时、用餐时、就寝时，或者更为重要的时候，如播种时、收获时。（中略）这些"时"往小里说是"时刻"，往大里说是"季节"。时刻是公共性的，所以人们以钟声或号声、笛声表示它。季节也同样，人们以仪式或节日来表示。像这样的时刻或季节从一开始就是被计量的，最原始的计量标准是太阳和月亮的状况。这些时刻或季节都不是与人之间的关系无关的均质流逝的时间。（中略）

像上述作为时机的"时"、具有公共性的"时刻"和"季节"、为某事必须要等到某时，这个等待过程的"间"隔以及谈论"某王某年"时，这些时间都不是均质流逝的。从这些情形中剥离"人间关系"，仅仅抽象地依据太阳历、太阴历或钟表去测定时，作为自然时间的时间才得以成立。（同上书，第287—290页）

学者真木悠介认为，追踪从"具体时间"向"抽象时间"推移的过程能够探知某种动向的缘起。"时之间"从原初状态看，它同时也是人与人之间。

现在尚不存在的"人间"关系，为了让它成为同时并且也是事先存在的"人间"关系，就不能使过去消失，而是必须反复出现在当下。在和辻的思想体系中，支撑这种时间观的，是去除了"命运性危机"后的、具有反复可能性的"公共性"时、时-刻、时-间。——和辻的时间论是为其信赖论提供基础的思想。关于这一点不再赘述。下面要讨论的是另外一个问题，即时间论在国家论的语境中是怎样重新成为主题的。

2. 王权——给时间分节、编写历史者

和辻哲郎关于"人间存在的历史性"的考察，从对在"亲子间柄"之间流动又停顿的时间之流的考察开始（见本章开头的引用部分）。和辻还以村落共同体的历史性为主题讨论了"作为青年团的共同的过去"（请参照第一章第二节末尾的引用部分）。从中我们一方面可以看到和辻思考的特质是，拒绝普遍化，要为那些包含各自记忆的经验赋予普遍性意义。另一方面，我们可以看到，正如野家启一所主张的，"作为物语的历史"由此被编纂出来一样，那正是时间累积出来的原初风景之一。

然而，那样累积而成的时间究竟是靠什么去丈量的呢？一句话，是靠日历。果真如此的话，那么，编制日历、对累积的时间加以划分这项工作正是赋予时间以单位，在最强大的意义上编织出他们自己的历史。在和辻看来，这种支配时

175

间、将时间进行分节处理、编就历史者正是王权，通常说就是国家。——和辻伦理学一方面以人的存在的历史性作为自己思考的主题，同时他又重新追踪"时间成为纪年的过程"(《伦理学》三，第 121 页)。下面确认他在这方面的论述。

时间首先是各自的"时机"，例如"家人聚在一起用餐'时'，村民们一起到田野出工'时'，信徒们聚集礼拜'时'，等等"。那些"时"对于人们的共同体的生存来说是使"一定的节律"成为可能的东西，"最为原初的与节律深切相关之事是昼夜的交替"。因为，昼夜即光明与黑暗的交替，是划分活动与休息的节奏自身的现象。"然而，这个昼夜的节律是被月亮盈亏的节律包括其中的。"夜晚不只是黑暗。月光将各种各样的阴影和微光给予了夜自身。所以，有些人"把每一个月圆之夜当成节日"庆祝。赋予人类存在以基本节律的这一月亮的节律，更是被"季节循环的节律"包含在其中的。由季节的循环往复，生出了"年"这一时间计算单位。

"时"就这样"被日、月、年统一而获得了一定的序列"。这个"年"本身是通过什么被计量、被赋予秩序的呢？"对天体的观察无论多么精密，也不能够给出一年的固有位置。""计算年的基准"本身在"天体运动"中原本就是不存在的（以上，见《伦理学》三，第 121—123 页）。

从个人方面来看，每一个人都能根据自己的"诞生之年"

算出自己的年龄。所以，"年龄通常被称为'年'"。但是，人不可能自己开始对自己的年岁计数。"在这里掌握着计数年龄的主体性统一，实际上正是家人共同体。"至此，"公共性纪年"并未建立起来。例如，也存在"以教祖的死或生为基准的教团内部的纪年"。但这也是"模拟其他的纪年方式"而确立起来的，其自身并非纪年。有可能使"纪年"自身得以成立的"只有作为更高层次上的人伦性组织的国家"（同上书，第123—125页）。"纪年只有在国家统一的情况下才成为可能。没有这个纪年，历史就不成立。"（同上书，第127页）所以，对于和辻来说，历史，从最高意义上说即是由国家修史，是国家的历史。

3. 靠历史叙述成就的国家

在不需要文字的部落中，例如在努埃尔（Nuer）人那里，"历史"被意识到是有"固定纵深"的东西。从眼前的时代上溯，最多不过十代或十二代人的"深度"会被人们意识到，一旦超过这个年代，历史就与神话混淆一处了。神话之所以是神话，是因为它不与"谱系"相接续，它与现在的联系被割断了。虽说如此，也并非不存在"无文字社会的历史"（川田顺造语）。拥有文字的社会和没有文字的共同体之间的差异，只是它们回溯的时间的纵深不同而已。或者说，只是历史的"厚重"程度不同而已。神话直接现身当下，历史借助记录现身眼前。记录的有无会使神话对当下的影响面不同。

和辻还说："年年生又死的年之神，永远都是当年，它没有年龄"，"在对这种神的信仰同在的共同体中，在作为'往昔'被把握的东西中，无限的过去不分先后顺序地被并列在一起"（《伦理学》三，第124页）。果真如此的话，那么"与纪年密切相关的像编年史这类记录或传承对于历史来说同样是不可或缺的。那类记录和传承也是只有在国家统一的状况下才建立起来的"（同上书，第127页）。因此，我们可以再度说：所谓历史，就是国家的历史。

如前所引，过去的"记录或传承中也认真记下了王与王之间的各种关系"。那些"王与王之间的会盟、交欢、互相憎恨等事情，即便是完全作为个人性关系被记述下来的，那被昭示出的也就是国家与国家之间的交往关系"。我们需要再次确认：国家是通过被叙述而成为一个国家的，只是针对着其他的国家才是国家。

4. 风景——土地的一个共同形态

下面思考另一个问题，即在和辻国家论中，风土论被国土论所吸纳，我们需要确认其具体状况。

和辻伦理学在讨论了人间存在的历史性这一问题后，重新论述了"风土性"。下面将对此做简要的回顾。

将土地一般性地单纯"作为自然现象加以把握以前，它是作为主体性人间之存在的契机而实践性地被了解的"。"土地是旱地，是山林，或者是自有土地，是租用地，它不是单纯的自然物。"（《伦理学》三，第237—238页）和辻哲郎继续写道：

　　像上面这样的性质比起常识所理解的，是远为根深蒂固的东西。例如一块旱地，即便把这是某人的私有地或者某人的耕地这种性质舍弃不顾，那是人存在的契机这一点丝毫不变。水田里稻谷飘香，旱地里麦浪翻滚，这样的景象是人类劳动的结果，绝非天然状态。水稻原产于印度，小麦出产于伊朗高原，这类事实体现出远比地缘共同体广泛得多的人与人之间的关联。在此暂不深究此事，但应该清楚，像水稻和小麦，它们原本只不过是一种植物而已，却能够压倒群芳占据整片农田，并且在广阔的平原上一望无际地铺展开来，这不是天然的现象，完全是人间存在的现象。人为了展现这种光景，从那无人知晓的远古时代起就历经种种辛劳，直至今日依然在继续着操劳，不敢有任何懈怠。因为如果农田抛荒一两年，那么地上的光景就会完全不同。这样一想，我们就不得不说，丰收的稻田或麦地都会由于人的懈怠而崩溃，这些都是极为人工性的东西。（《伦理学》三，第238—239页）

还不只是水稻和小麦。环抱着田地的，"有山地和丘陵，还有森林"（同上书，第 240 页）。人们或是在耕地周边，或是在山林中种植树木，营造风景。风景因着人们增种进来的色彩鲜明的草木而变得生动起来。这样的风景一方面是极为人工化的，而且也是不可能在某个人的时间中实现出来的事情。柳田国男曾经想通过种植杏树改变风景，但后来失败了。正如柳田基于自己的失败经验所说的，风景因它的起源被忘却而成为风景。"土地与树木之间的因缘远比我们更深更紧密，因此也就更为缓慢。"人只会"梦想着遥远的结果"（柳田国男语）。如此一来，"田地首先就是共同存在的表现"。"只有（从风景中）把'我们'分离出来，风景才成为风景。"（《伦理学》三，第243 页）风景表现的"存在的共同"是"远比通常被意识到的要意味深长"（同上书，第 243—244 页）。因为在风景中，镌刻着个人的手触及不到的历史性。

5. 国境——使风土成为国土

这种"自然环境"，或者应称之为风景，"实际上有着多种多样的内容"。因为风景在其"具体性场面"中"全部都是一个一个的共同体固有的东西"。"正如墙角的一个小摆设对于这家里的人来说具有特殊意义那样，原野的角落处的一棵小树对这个村子里的人来说是个不容挪动的标志物。"正如世世代代住在某个风景区内的人给予它们专有名称一样，特殊地"承载着意义的物象"铺满大地，所以"仅隔着一座山一条河，风景也会有明显差异"。那是"复杂无比的织锦"，有着无限多样的图案。"因此，人们如果没有一个对这种多样性能起统率作用的统一的观点，那就不能够对人存在的具体场面获得自觉。"赋予这种自觉的是"国家"。在"国家的自觉"层面上，风景成为风土，"人间存在的具体性场面，是作为'风土'呈现出自身"（同上书，第 254—255 页）。国家为风土和风景画定轮廓，风土与国土重合为一。但是，为什么必须要有自觉？对此不可能有答案。或者说，回答只是问题的重复循环。

和辻哲郎在《风土》中以直观性、诗化的语言记述的有关风土的各种内容，在他的伦理学体系中却与"国土或领土的概念"（同上书，第 255 页）更为紧密地结合起来。与此同时，在风景中读取细微的差异、饱含对细微之物的关注的风土论，令人感到已经改变了其本身的性质。国境，阻挡了投向细节的视线。

6. 由停战到战后

如上所述，和辻伦理学就是这样将历史收敛为修史，将风土重构为国土。看来，似乎只有国家在支配着时间与空间本身。然而，现实的情况是，在和辻哲郎写作《伦理学》的过程中，他自己的国家所领有的空间却在不断丧失、败落。日本的近代，终于在 1945 年 8 月迎来了悲惨的结局。

和辻哲郎自 1941（昭和十六）年 2 月至 1944 年 2 月，参加了"思想恳谈会",参与了有关确立战时体制问题的讨论。"思想恳谈会"是海军调查课的智囊组织之一。和辻哲郎自1945年1月开始又和加濑俊一、山本有三等人一起组织成立"三年会",目的是在预料到日本战败的前提下提出有关战后处理问题的意见。"思想恳谈会"是为对抗东条英机内阁而进行的海军稳健派的活动之一。"三年会"是通过山本有三直通首相近卫文麿的。和辻哲郎在1944年由筑摩书房出版了《日本的臣道·美国的国民性》一书。"日本的臣道"这部分的雏形是1943(昭和十八)年4月他在海军大学演讲时的讲稿。就在前一年,日军在中途岛战役中大败,随后日美军队就在南太平洋群岛地区激烈交锋,展开殊死搏斗。和辻哲郎对自己的评价是,他在整个"二战"时期都是属于反政府势力的。战后,对于那些要追究他战争责任的声讨,他都一概予以驳斥。

1945(昭和二十)年6月7日,西田几多郎在镰仓去世。出席葬礼的山内得立写下一段话:"四周充满了分外紧张的空气,虽说是6月的炎夏,但依然感到恶寒浸身。我不禁想到,随着先生的逝去,日本这个国家会不会也行将灭亡啊。我禁不住感到脚下的一切都在崩塌似的孤单无助。"京都学派实际上也要与大日本帝国的兴亡共命运了。

在北镰仓的东庆寺举行西田几多郎的葬礼,和辻哲郎也赶来了。8月15日,日本无条件投降,至此,第二次世界大战结束。对于日本来说，自"九一八事变"开始长达十五年的战争，在损失了三百万国民的生命后，终于结束了。

第三节　战　后

一　天皇问题

1. 丸山真男的回忆

日本政治思想史研究者丸山真男曾经听过和辻哲郎的日本伦理思想史的课。丸山自己的日本政治思想史课程中，很明显地带有和辻思想史的影子。虽说如此，从正式发表的言论来看，丸山真男对和辻思想的评价总体上说是很严厉的。尤其是对和辻发表在《思想》杂志1944年2月号上的《美国的国民性》一文，他酷评道："那文章太过分了！是当时的《思想》的耻辱！"

丸山真男在他的《回顾谈》中描写过如下的情景，那是在第二次世界大战后的东京大学宪法研究委员会上发生的事情。

关于天皇论，有几个人都提出对"天皇是国民统合的象征"这一点不太理解。最拥护象征论的是和辻老师。他说，这不就很好吗？有人问象征是什么呢？和辻老师还解释了"象征"的意思。他说，象征就是表示全体，也可以不必是天皇的具体人格。听罢，宫泽（俊义）说，那就邪门儿了！如果把大旗插到中间写上"天皇"二字，那也能成为象征吗？和辻老师听后先是一愣，接着说，嗯嗯，可以的。

广为人知的是，"二战"后的和辻哲郎拥护象征天皇制，并为此展开了系统的论述。1947 年，和辻在刚创刊不久的《世界》杂志 3 月号上发表《就国体变更论问题乞教于佐佐木博士》一文，开启了与佐佐木惣一之间的论争，这场论争一直持续到第二年。附带而言，丸山真男的《超国家主义的逻辑与心理》一文在前一年的《世界》杂志 5 月号上已经刊出，从论坛大趋势的角度来说，此时已是丸山真男的时代而不是和辻哲郎的时代了。

和辻哲郎的象征天皇制拥护论是他自"二战"前开始思考此问题的延长，在这个问题上不存在"二战"后发生"转向"的问题。这一情况在日本学界其实也是得到广泛认知的，为慎重起见，在下一小节中对此问题做一整体确认。

2.《尊皇思想及其传统》

1943（昭和十八）年，和辻哲郎出版《尊皇思想及其传统》一书。书中收录了他三年前发表在《岩波讲座·伦理学》中题为"尊皇思想及其传统"的同名论文以及发表在《思想》杂志上的，有关江户时代尊皇思想的三篇论文。此书的中心部分就是后来的《日本伦理思想史》上卷（1952年刊行）的原型。

《尊皇思想及其传统》一书由两部分构成，前篇"尊皇思想的渊源"主要依据记纪神话论述了天皇统治的正统性，后篇是讨论其历史性展开的"尊皇思想的传统"。结合本节讨论的内容，下面主要聚焦和辻该著"前篇"的内容。

在《尊皇思想及其传统》中，和辻哲郎首先关注到，在日本上代时期的文献中，天皇已经被称为神。和辻把被看作神的天皇与其他文化圈的诸神比较后说："这个神完全是由于神圣而成为神的，而不是像耶和华或宙斯那样发挥超自然超人力之力量的神。"天皇不能致雨、不会兴风，也不会治愈民众的疾病。所以说，天皇不是所谓的超越之神。"如此看来，很显然，天皇不是操控自然现象或支配人类命运的神。"（第十四卷，第26—27页）

接下来，和辻哲郎论述"上代时期神的意义"，提出了他著名的"神的分类"，即"祭祀之神、祭祀的同时被祭祀之神、单纯被祭祀之神、要求祭祀的作祟之神"（第十四卷，第26—27页）。此处的第二种"祭祀的同时被祭祀之神"是在神代史中主要出场的皇祖神；第三种"单纯被祭祀之神"是在神代史上只被提到名字的神。最后一种"要求祭祀的作祟之神"最终虽然被从神代史中排除出去了，却在神话故事中流传下来。上述第一种"祭祀之神"就是作为"现人神"的天皇。在和辻看来，"祭祀之神"要比"被祭祀之神"更为神圣。而且这一点成为了天皇具有神圣性的根据。为什么？关于这个问题，学者木村纯二曾做过详细的考察。下面概述其主要脉络。

3. 和辻哲郎的天照大神观

和辻哲郎认为，日本上古时代的人们把"神"看成"不定"之物，而不是具备形态的对象性存在。然而，不确定的绝对者的神之命令通过特定的存在现身当下的世界。和辻哲郎以记纪神话中记述的神宫皇后远征新罗的一个场景为例子，论述道："最初神发出命令之时，是作为不定之众神的命令降于人类。"但是，和辻接着说："发出命令之神虽是不定，但其命令显现之处却被极为特殊地限定着。"（第十四卷，第28—29页）总之，最终的结论是，这一被特殊限定的"场所"正是天皇。关于这其中的逻辑关系，在和辻哲郎的"天照大神"观中有充分的体现。

在和辻看来，"被祭祀之神自己也是祭祀之神，最为显著地展示这一点的是神代史的主神天照大御神的故事"。"天照大神不是像要求祭祀的神那样通过作祟显现自己的意志，也不是像绝对的神·究极的神那样以自己的意志支配一切"，而是"在每个具体的行动决定之际在天安河原召集八百万诸神，作思金神，进行考量"。要言之，这是说"天照大神被表现为依

照神意并去实现神意之神，而不是自己去创造历史的神"（第
十四卷，第30—31页）。只要承认天照大神是天皇家的祖先，
那么，天照大神的上述特性就在一定程度上反映了和辻哲郎的
天皇观本身。

不仅如此，和辻哲郎还特别关注到，祭祀是日本古代国家
决定政治意志时的手续步骤。他写道：

> 作为以上考察的补充，最后还需要涉及一个问题。
> 即，祭祀本身正是对全体性的自觉的一种形态。
> 关于这一点，最显著的体现是作为祭祀的形式之一
> 被叙述的"太占"之事。此活动是要烧灼鹿的肩胛骨并靠
> 观察其火坼进行占卜，然而正像后世所做的，这不是私人
> 性的占卜，而是作为一项团体性官方仪式举行的。（中略）
> "太占"之事在我们看来，它只能是团体性意志的显现。
> 因为鹿骨上因火烤而形成的裂纹，虽然在现代物理学中依
> 然是个有趣的问题，但这是极具"偶然性"的东西。从这
> 种偶然性的裂纹中窥见神意或确认吉凶之兆，这些完全是
> "亲见者"的解释，而不是那些裂纹本身客观地承担的意
> 义。而且，也不是"亲见者"们以自己的主观性解释去读
> 解"太占"之意的。那是他们自身难以操控的、来自外部
> 的权威命令。（中略）如上所述，它既是亲见者自身的解

释，同时对亲见者进行外部施压的正是**其团体的解释、其团体的意志**。（第十四卷，第 42—43 页）

4. 作为"现人神"的天皇

解释火坼裂纹，这是身为祭司的天皇的工作。虽然如此，却并不允许祭司＝天皇按自己的需要进行任意的"主观性解释"。太占的结果，虽说靠亲见者的解释而存在，但这是"其团体的解释、其团体的意志""对亲见者进行外部施压"的结果。果真如此的话，那么，神意就是团体的、共同体的意志。——"将太占中显现的**全体意志**作为自己的意志去实现的是通晓祭事的皇祖神或天皇"。但对于天皇来说，那也是"神的意志"，不是"自己的意志"（第 43 页）。古人把天皇称为"现人神"也是由于他的这种作用，对于全体性的体现正是其"神圣性"的根据。

在这一点上，和辻哲郎的天皇观在"二战"前和战后没有摇摆。与当时的社会动向对照看来，战前的和辻天皇观自有其合理之处。下面继续对此问题略加分析。

二 文化和语言

1. 王权的原型——作为人民主权的王权

至少可以说，和辻哲郎的天皇论与他同时代的狂热主义是可以划清界限的。针对本书前一节结尾处所引文本，苅部直认为，这是"1935（昭和十）年因国体明征运动的兴起而被埋葬的天皇机关说之逻辑的继续"。在苅部直看来，面对官僚与军方的一元统治，那些发言是表现和辻哲郎进行抵抗的内容。

如果从前文所引和辻著作中甚至读解出与"天皇机关说"之间的联系，那就有过度解读之嫌。但另一方面，作为"不定之物本身"的绝对者要以某种"通道"为媒介现身人间，这一通道为何必须是天皇呢？关于这一点赖住光子曾指出问题的所在。想来，和辻的天皇论本身并没有回答这个问题。

和辻哲郎说"将太占中显现的全体意志作为自己的意志去实现的是通晓祭事的皇祖神或天皇"，此论或许与和辻有关原始王权的思考有相通之处，下面围绕这一点加以确认。和辻在他的《伦理学》中写道：

> 民族的全体性被当作神圣之物加以把握的原始性阶段，这个民族的组织作为人伦性组织将要形成具有国家性质的存在时，必定会有具有神性的"王"出现。这一现象正是弗雷泽《金枝——巫术与宗教之研究》一书将其作为人类共有的现象加以论证的。在我们能够探索到的有限范围内，所有原始集团内都已经形成了巫师这种职业阶层，这些人分化为治病巫师、降雨巫师等的同时，

其中最强大者获得酋长的地位。随着巫术逐渐被宗教驱逐，巫术性功能大幅隐退，而变成履行作为祭司的神圣义务了。这就是神圣之王的成立。（中略）在这一阶段，神圣之王作为由原始集团发展成为国家的这种活的全体性之代表，他是从集团自身内部被推挤出的存在，不是从外部统治这一集团的存在。（中略）在这一点上说，王其实是集团意志的奴隶。最露骨地体现了这一点的就是以王为牺牲的风俗。由此可见，在这个阶段，"王为主权者"与主权在这个原始国家的人民之王全体意志中，二者毫无差别。（《伦理学》三，第33—35页）

和辻哲郎本身是众多明治人物中的普通一位，从个人角度来说，他也是对天皇抱有难以否定的尊崇之情。但从结构上看，他的天皇论与他自身展开的原始王权论终究是很难区分开的。

2. 文化的问题

在和辻哲郎看来，如果说天皇制与一般的王权政治之间存在不同点的话，那就是，天皇最终不是政治统治者而是文化的主宰者。这是和辻哲郎拥护象征天皇制时的思考背景。那么，文化是什么？在国家论的语境中我们没有述及这个论点，下面对此问题重新加以探讨。

在《伦理学》中，和辻文化论的起点是关注"文化意味着制作生产和被制作的产品两者"这一点。和辻之所以尤其关注制作劳动，是因为那种劳作本身作为"人间的活动"就"已经具有间柄性结构"了。

举个简单的例子。比如制作陶器，具体说来就是"用黏土做出瓶的形状"这样一种活动。考虑这一活动时，只把它看成"与黏土材料和瓶的形状之间的关系"是不够的。"那里存在着的制作者和制作劳动是必不可少的契机。"而且，制作者也不是按照自己喜好的形状摆布那些黏土。只要是"瓶"，那么，"它就是已经具有固定的社会性意义之物，其形状在全社会已经是基本定型的"。如此一来，制作陶器者的活动"一方面完全是个人的创作活动，另一方面，它同时也必须是对共同性的表现"。此种情况对于丰富多样的文物，以及"文化的各种方面，即艺术、宗教、学问、道德等"也都是同样的。（以上引自《伦理学》二，第355页）

3. 话语的问题

下面进一步思考有关语言的问题。如前所引，和辻哲郎曾说过："在所有文物中，离人们最近、最具普遍性的东西是语言。"无论是谁，人们都在使用着广义的话语。虽说如此，但"话语是什么"这个问题并没有被充分理解，他还说，语言"作为学问的对象，甚至可以说是属于最困难之属的"（同上书，第363—364页）。

话语，是一种"文化遗产"，即"有意义的形式"。语言另一方面"同时也是语言活动，所以它正是文化活动中的一种"。而且，语言还不仅仅只是文化活动的一种。语言是"人存在的最为根源性的东西"，它本身正是"源始的间柄性活动"。——在使用语言方面，人们"已经事先处在相互的限定之中了"（同上书，第364页）。"然而，这个相互限定正是体现两者间柄的存在。相互限定无非是相互了解。"当我"怯生生地看着"某人的时候，我的那一视线已经被他者所规定了（同上书，第365页）。将这个被规定的方式明示性地进行了分节的是话语，而话语又通过与他者的相互了解被限定着。"语言活动"是"这个相互了解性的表现"（同上书，第366页）。

在和辻伦理学中，人是"间柄"，"间柄"是与他者的关系，是在那个关系中的相互间的了解。这个了解只要是通过语言被表现出来，那么间柄就又是话语。在和辻哲郎那里，以独特的意义赋予人以特长的也是语言。以下的引文充分体现了和辻的这一思考。

语言活动中的这一相互理解性更为显著的体现是，话语被说出来之前已经被了解、被期待这样一种现象。当有人前来商谈某事的时候，来客开口说话之前，我们就能预知客人要说什么，或是能推测其非此即彼的大致内容。也正因为这一点，一旦来客所言完全出乎意料，我们就会非常惊讶。对于谈话内容的这种事先性了解在我们倾听谈话的全过程中都在发生着作用。听者总是要先行一步。因此，叙述方一旦有停顿，听者总会觉得很不耐烦，实在忍不住时就会抢先说出下一步打算。像这样听者事先对情况有所了解，发话者也知道这个情况的话，那就有可能只说一半的话就能解决问题，或是可以完全不必再说什么。人们常说的"无声胜有声"或是夸奖"沉默是金"等等，都表达了这种意思。（中略）这一切都是由于语言活动是在相互了解性的基础之上运行的，所以也才是可能的。

语言活动通过表现上述的相互了解性，一方面背负着主体间既存的关联，又在不断地重新制造出主体间的关联。如果着眼于这一作用，就可以说语言活动有创造间柄的作用。但是，语言活动同时作为语言性表现活动，它具有生产话语的作用。（同上书，第367—369页）

4. 和辻伦理学中语言的位置

生产话语，又被话语生产，共有着这样的话语而被塑成的间柄。换言之，"有一种由于语言的共同而得以成立的共同体"。如上所述，如果说话语是最基本的"普遍性文化遗产"，那么这种共同体被称为"文化共同体"才是最恰当的（同上书，第

371 页）。"语言遍布人类存在的所有角落，与人的所有类型的创作活动有关。艺术、学问、宗教、道德等等，这一切没有哪一样是可以不借助语言而形成的。"（同上书，第 374 页）

和辻哲郎关于语言的这一观点中有三方面的意义应受到关注。第一点，他的那种对语言的理解为和辻伦理学体系的方法本身提供了论证。"实践性行为性的关联"就"已经包含了实践性了解"。"间柄本身已经是实践性'意义'。"（《伦理学》一，第 57 页）此处所说的"实践性'意义'"，尤其是"靠语言最精细地'被表述'出来"（《伦理学》一，第 58 页）。因此，第二点，和辻哲郎是在语言共同体的框架内即作为文化共同体之民族的框架内论述各种有代表性的文化形象的。——也可以说，对于和辻，广义的文化问题才是他一生的兴趣所在。所以他在晚年试图回归自己最热爱的世界——文化与艺术的世界。

5. 语言观、文化观、天皇制

承上文，和辻哲郎关于语言的观点中引人注意的第三点意义是，他的视野被奇妙地限定住了。这是堪称奇异的、以"等质性"为前提的语言论。

在此重新思考一下前面那段较长的引文。在那段引文中，和辻讨论了语言活动中的"相互了解性"这一问题，他论述说，对此的"显著的体现是，话语被说出来之前已经被了解、被期待这样一种现象"。在人们使用语言的现实场景中，常可以见到这类现象，这一点不容置疑。只是，这个现象为什么会与话语的本质相关？

一方面，话语在他者与我之间流通，另一方面，这也正是因为他者与我之间存在差异。如果与他者之间没有"隔"的话，那么语言交流也丧失了存在的理由。由于我与他者之间的差异，我的话语不一定能传递给他者，因此话语不一定能成为话语。关于话语，其伦理性成为问题，探问话语就是探问作为与他者之关系的伦理本身，如果是与这一情况相关的话，那么目前在和辻的思考中几乎是完全缺失了。

如果说话语是文化的基底，而语言又是被当作等质性存在来把握的话，那么，就可以认为由话语形成的文化自身也必定是等质性的。如此一来，这样的文化观与"天皇制论说"之间的亲和性也就不难看出了。

三 晚年的和辻哲郎

1.《松风之音》

在本书第一部的《序章》中已经提及，1961（昭和三十六）年5月，《心》杂志刊登了三篇随想，那是前一年的岁末去世的和辻哲郎的遗稿。

题为"评价"的短文，很可能是以自1958年（警职法改正案提交国会审议之年）至1960年"安保"为止的日本当时的国内形势为背景写成的。该文假托欧洲天主教与基督教两派对立的历史，论述了越是面临"党派对立"的局面，国民越是要有"批判态度"这一观点（第24卷，第179—199页）。这篇文章，应当算是和辻哲郎最后的一篇时评。

关于《黄道》这篇随笔，本书第一部《序章》中已有论述。下面讨论短文《松风之音》。和辻哲郎是写随感美文的名家，但这一篇又不同寻常。《和辻哲郎随笔集》的主编坂部惠曾写道："（此文）是讲论和辻哲郎这个人及其一生的活法的不可多得之绝佳作品。"

"在东京郊外度夏，有时会令人怀想起松风之音。我家附近也不是没有松树，但都是种在家院中的小树，根本没有那种能奏响松籁清音的亭亭大树。"（同上书，199页）——这就是《松风之音》一文的开头。取代松籁的是榉树，和辻哲郎在文中描述了松树和榉树这两种大树在树叶摇曳之际发出的不同声响。读者可以从和辻的描摹中感知到作者凝视自然的目光，趣味幽深。他继续写道：

> 松风之音令我联想起"啪！啪！"的围棋掷子声。
> 在低丘之上，有座寺院的方丈[1]或是别的什么建筑，它

---

[1] "方丈"在此处指佛寺中住持住的房间。——译注

的周围有高高的松树，从那树梢上，传来松籁清爽之音。隔着围棋盘相对而坐的，是寺中住持和山脚下村庄里的地主，他们，都还没到花甲之年。时间是盛夏的午后，三四点钟的时候。二人静默。只偶尔传来"啪！啪！"的棋盘落子声。

　　我不知这寺在何处。我也不知这寺中住持和村里地主都是何人。然而，不知从何时起，每当想到松风之音，这样一幅画面就会浮现在我脑中。棋子的声响，似乎在指示着某种超然物外的存在。松风之音，就是那种存在的伴奏。(第 200 页)

我要回避解诗说诗的蠢行。有时，只有那些不曾被实现的梦想才会最鲜明地描摹出主人的本性。上面这个场景，很难区分是过去还是现在、是现实还是想象，但它让人觉得，作者的憧憬和理想就在其中。那种理想，也许是与留居在故乡仁丰野的父亲的身影叠印在一起的。

2. 退休卸任

　　第二次世界大战结束后，和辻哲郎在 1952 年出版了巨著《日本伦理思想史》(上下卷)，而在此三年前的 1949 年 5 月，他已出版了《伦理学》一书的下卷。至此，和辻已经全部完成了他的主要著作。自 1945 年日本战败到他去世的十五年间，是和辻哲郎舒缓地回归自身精神家园的一段旅程。

1949（昭和二十四）年3月，和辻哲郎因已到退休年龄而从东京大学文学部教授的职位上卸任。比他年长的友人安倍能成当时正担任学习院的院长，安倍计划在同年4月组建的学习院大学中开设哲学科。此前安倍曾请求和辻哲郎参与这个哲学科的建系工作，但最终他还是没有接受老友的邀约，选择了专心著述之路。安倍在他为和辻写的悼词中说："君之精神的自由和柔韧性、君之情感的纯粹和洁癖远胜他人，对于自己不喜欢也不想做的事情他绝不应允，在这方面个性很强。"安倍在这里虽然没有对和辻最终没答应助他办学一事表露任何情绪，但做此判断的背景中或许就有此事的影子。

和辻哲郎的长女尾高京子前去旁听了父亲的"最终讲义"[1]。和辻哲郎的"最终讲义"于1949年2月25日举行，在《父亲的背影》这篇悼念文章中，女儿写道："1949年的早春时分，我去听了父亲的最终讲义，他在随后的3月份就要退休离开东大了。我记得，我们进去的时候文学部2楼的大阶梯教室里已经坐满了人，所以我们只好坐在右侧很靠后的位子上。从那个位置看着站在讲台上的瘦小的父亲，很有一种俯视的感

---

〔1〕 "最终讲义"是指和辻在退休前的最后一堂课。日本大学教授退休前的最后一堂课具有纪念意义，所以被称为"最终讲义"。——译注

觉。那天，父亲先是淡然地把他正在进行着的授课内容讲完，然后他追加一句说，希腊语的'斐卤索菲'一词是'爱智慧'的意思，愿诸君能永保此心。我这是唯一一次听父亲讲课，他所说的这最后的一句话使我无法忘怀。"

和辻哲郎在他退休两个月后出版了《伦理学》下卷，除此以外，他再也没有公开发表过成体系的伦理学方面的成果。除去与日本伦理思想史有关的那些工作以外，晚年和辻的兴趣重心似乎重又回到日本艺术的领域中来了。

3. 和辻哲郎的艺术论

在《伦理学》中，和辻的文化论把艺术、学问、宗教三者设定为主要的考察对象，在此只能粗略地概观他的艺术论。

艺术活动常被理解为"给材料以形象"。例如，黏土能被制成瓶，大理石上能雕刻出人体石像。人们为什么会对这些形象心生感动呢？是否由于接触到了"连想都没想到过的珍奇形象"而产生出的结果呢？不可能是这样的。"那种形象连想都不曾想到过——此话的意思等于是说完全不能理解那种形象的意义"。所以，艺术家"必须要在只有这个作者才能完成的个性化的造型中，去实现那种与他一起活着的所有人所见或心中所有的形象"。在这种意义上说，"艺术活动必须要拥有对共同性的表现这一意义"（《伦理学》二，第381—383页）。

但是，如果说艺术原本就是"给材料以形象"的话，那么，这个前提本身就没有问题吗？例如，有一位正要在大理石上挥动凿子开始他的创作的艺术家，他不可能预先把"衣褶上那些细微的曲线"全部看得清清楚楚后才开工的。不但如此，甚至可以说，"形象不是预先被见到的，而是在使其成形的劳作之中被追寻的"。"形"，"即是不可见之形，无形之形"（《伦理学》二，第 384 页）。

到此为止，和辻思想的展开，还是源自他年轻时就熟知的各种美，这些思想颇具和辻风格，有独特的重要意义，与柏格森的主张也有相通之处。艺术在和辻哲郎伦理学中的地位还不止于此，接下来才是本论部分。他写道：

> 然而，就连创作者本人也是在作品的形成过程中才初次得见的某种形象，又为何能使人们感动呢？假设我们还采用与此前相同的论法的话，那就是：在那些人们的内心里也必定拥有同一种"无形之形"，世上大部分人都无法把这类"无形之形"发展成为有形，但当某位优秀的创作者将这项工作完成之时，人们在那个被实现出来的"形"之中就能够自觉到自己心中的那个无形之形。同前理，此处也必须说，无形之形中的共同性通过"形"的形成而被自觉到了。从这个角度看过去，艺术家们个性化的工作的意义也就会更加明确。因为，如果以"形

为先见"这一上述思路来看的话，人们也和艺术家一样是已经见到这一形象了，艺术家只不过是将这一所见之形移到素材上而已；如果是取"无形之形"这一立场来看的话，则是：许多人并不知晓自己内心所保有的那种形象，只有艺术家的制作活动是通向这一形象的唯一路径。艺术家通过其自身的个性把人们的目光引向共同的根基，使之"开眼"。无形之形的共同，还不是对这种共同性的自觉，以对形象的塑造为媒介，才使得人们对共同性终获自觉。（同上书，第 386—387 页）

接着，和辻继续论道："如此说来，无形之形的共同又是什么呢？我们只能从人间存在的根源性层面上来把握这个问题。在这个层面上，人本来是一，是超越一切差别的。但同时，那又是一切差别的根源，是一切的差别本身。"掌握着无形之形的艺术活动也是同样，"人间存在一方面在终极处是空，同时它作为'归来的运动'展开自身"，艺术活动是这一运动的体现（同上书，第 387 页）。——从逻辑上看，这一点无疑是符合和辻伦理学体系的内在逻辑的。可是，作为艺术爱好者的和辻哲郎，他对自己的这个逻辑是否满足呢？至少，其抽象性似乎并未使曾经的精神快乐主义者获得满足。因为和辻的视线没有投向作为物的艺术作品，只把概念视为问题。

而在人生的最后一段时光，和辻哲郎甚至选择了去面对物本身的路径。

4. 最后的时光

晚年的和辻哲郎，似乎又一次回归到那种不受任何外物限制——这一点甚至可以说是离开了他作为伦理学家的定位，直面艺术本身的状态。1955 年由岩波书店出版的《日本艺术史研究》第一卷（《歌舞伎与操线净琉璃》）就是这一时期诞生的一部优秀的和辻名著。本书也在述及少年和辻的相关回忆时引用了该书序文中的一节。下文要引的是在同一年由中央公论社刊行的《桂离宫》中的一节，文中讨论的是桂离宫庭园中的草木配置问题。

从给园子栽种草木到它们生根、成长、繁茂，直到让人们觉出它们真的是安顿好了，这期间至少要花几年的时间。因此在这个意义上可以说，最初的十年是造园者的意图被明确地实现出来的一段时期。于是，此时的庭园也必定会比先前出脱得美丽。可以说，庭园这一作品的制作者，在造园当初就预见着至少十年以后的情形了。

既然有可能预见十年后的情形，为何不能预见下一代甚至一个世纪以后的情形呢？草木的寿命大体可知，如果再能大致掌握它们的成长进度的话，那就应该能预见几十年或几百年后将会发生的变化。针对这种变化采取措施，规划其成长，使原有构图不至于被毁掉，甚至可以企划让它们向着更好的构图成长。实际上，草木的成长无法靠人力猛然提速，只能在漫长的岁月里等待实现，所以那种需要有一棵大树存在的园景设计，其实也是在长年累月之后才能够充分体现出制作者意图的。如果担心眼前庭园中很有魅力的部分会因树木的成长而被遮蔽的话，那就不应当在这里培育大树。用这样的方法，制作者就能够预先做出几十年甚或几百年后的庭园的景致。（第二卷，第262—263页）

5. 再次考察和辻哲郎的气质

上一节所引和辻哲郎的论述，相当明确地体现着他的思考的气质。的确，很可能"制作者在造园当初就预见着至少十年以后的情形了"。然而这种预见，能够实现的可能性甚至是相当低的。草木扎下根，开始成长，很快就伸展枝叶了。但是，难道就不会有天灾或者战乱将其连根拔掉、中断其成长的可能性吗？十年后的庭园"必定会比先前出脱得美丽"——这一点哪里会有保证呢？由此可知，和辻哲郎对于现实的非决定性、事件的不可避免的偶然性，依然是几乎不加关注。所以我们无法认为，和辻哲郎对现实的悲剧性有足够的关照——这一点是与和辻的思考的体质本身直接相关的问题。

和辻哲郎对海德格尔"向死的存在"进行批判时写道："通过死亡来表现其全体性的存在，无论如何，那总是个人的存在而不是人间存在。对于'人间之死'这种现象，他（海德格尔——译注）自己也是通过个人的死而知晓的。临终、守夜、葬礼、墓地、头七直到七七，这些都是属于'人间之死'的事情，但他（海德格尔——译注）把这些全部弃之不顾。"（《伦理学》一，第 333 页）海德格尔恐怕确乎是把和辻哲郎在这里举出的一系列礼仪性的东西都舍弃了。这是由于海德格尔是把"死"作为自身的死、作为使"每时每刻的我"之此在所拥有的不可能之可能性来认识的。只要是"这个我"已死去，那么"临终、守夜、葬礼、墓地、头七直到七七"都不再是中心性问题。

在和辻的这段论述的思想背景中，隐含着和辻本人特定的生死观。即与"间柄论"结合在一起的——勉强表述的话——就是学者竹内整一所说的"自为的死生"这一表述。事实上，在写作《风土》时和辻也说道："人死，人与人之间发生变化，然而，随着不断地化为死亡，人活着，人与人之间延续着。这即是说在间断的终了之中又不断地持续。从个人的立场看是'向死存在'，但从社会的立场来看这事，是'向生存在'。如此，人间存在是个人性·社会性的。"（《伦理学》第八卷，第16页）就如同超越了一草一木的生长与枯萎而存活下来的庭园一样，超越人的死亡，间柄将继续下去。

在和辻伦理学中，"此我"之死不存在。只要是此我之死不存在，那么，对于"我"来说的他界[1]在和辻伦理学体系内也就没有立足之地。已过花甲之年的和辻哲郎，在上文所引的一节中，似乎是在比附艺术家的企图这个问题，讲出了他对于死后世界小小的永远所怀抱的希望。那种希望与和辻哲郎晚年所不断编织成形的思考倾向之间，确然有着毫不勉强的顺畅接续。如果这种理解是正确的，那么，和辻哲郎的晚年也许可以说是幸福的。

6. 和辻之死

1960（昭和三十五）年12月26日，和辻哲郎因突发心肌梗塞病逝于自己家中。"那是一个晴暖如春的早上。我探头看看父亲的房间，见他手放在胸前，脸色安详地仰卧着。我拿不准父亲是醒着还是睡着，也就没去打搅他。我没多想什么就出了家门。"——这是儿子和辻夏彦的记录。他继续写道："这一天，我没打声招呼，没听到父亲的声音，这是我的淡淡的遗憾。"（《回忆》）

---

[1] "他界"即指人的死后世界。——译注

205

　　和辻哲郎的墓地在东庆寺。寺内，还有西田几多郎、铃木大拙、岩波茂雄等人的墓碑。

　　正如本书《前言》所述，和辻哲郎的墓碑没有什么特别之处，也没刻着戒名。东庆寺中，从 1 月份的水仙到秋冬时节的红叶，花草随季节变换，经年不绝。

终章　文　人

昭和三十二年二月，和辻哲郎在书斋中（田沼武能摄）

将这些最初的文化现象分娩出来的母胎，就是我们国家温和的自然环境。小巧可爱、易于亲近、优雅却无限神秘的我们这个岛国的自然，如果以人体的姿态来表达这一切的话，最贴切不过的就是观音的姿容。沉醉于自然之中的甘美心境，这是贯穿于、流淌于日本文化之中的显著特征。这一特征的根基就是与观音共通的、从这片国土的自然中生发出来的。能够敏锐地感受到叶尖滴露之美，这种纤细的对大自然的爱，只靠一笠一杖就走进自然、与恬静的大自然亲密拥抱，这种分化的官能的陶醉、飘逸之心的愉悦，表面看来与观音颇有不同。但是，只不过是留意的方向不同而已。被捕捉的对象本身虽有差别，但要去捕捉的心情却有着极为近似之处。大地母亲的特殊的美赋予她的子孙同样的美。对我国文化的考察，终归要回到对我们国家的大自然的考察中去。

（《古寺巡礼》第二卷，第 191 页）

1. 文人哲学家

和辻哲郎完成的各类作品，广受读书人的喜爱，而这些读者并不一定是对哲学或伦理学的主题本身感兴趣。他们喜爱和辻作品的理由是，和辻的散文作为思考的文体所具有的独特魅力。对于一般读者来说，和辻哲郎首先是位能够使用流畅优美的日文的作者，是一个文人哲学家。这一点对于和辻的思考，其实具有本质性意义。

在和辻哲郎的著作中，最为广泛和长时期受到关注的文本是他三十岁时的著作《古寺巡礼》（1919年5月刊行）。让我们重新审视这部作品吧。在此书的结尾处，他记下了探访中宫寺中弥勒菩萨像时的印象。和辻写道：

出门后，往中宫寺去。与其说是"寺"，不如说是"庵室"更贴切，这是一个紧凑小巧的建筑，而且还让人莫名地感到它有一种尼庵的温柔气氛。正逢本堂（其实不过是稍微离远一点的一个座席而已）在修缮，观音菩萨被从厨子中移席至库院客厅后面的里间了。我们一行被引至这个里间，被安排在客席等待。接着，引领者打开了用作隔扇的屏风。此时，我内心的确有一种"拜见"的感觉。

令人备感亲切的我们的圣女，沉静地端坐在那间六叠大小的房间的中央。她身后陈设着一个小小的"床间"，那前面摆放着小巧的经桌、花台，还有似棉花填充的蓬松坐垫。她的身体有一半笼罩在从我们右手一侧的纸拉门上透进来的柔光中，脸上浮现着神圣而温和的"灵魂的微笑"。这已经不是一座"雕塑"，也不是什么"推古佛"了。而只是值得我们从心底跪拜的——而且还能够灵动地回应此跪拜的活生生的尊贵、强大、慈爱本身。（第二卷，第187页）

"那种肌肤的黑亮光泽实在不可思议"——和辻哲郎对弥勒佛像细微处的描写在继续着。青年和辻追踪弥勒佛塑像的"微妙的质感、精细的表面的凹凸感"，关注着"细致而柔和地被呈现出的"佛像的表情。"那种面颊的柔美，那种令人禁不住要去拥抱一下的、托在面颊上的指尖和手型的优雅美感，从手腕到肩部的清新柔和的造型，这些，如果没有那种光泽简直是无法想象的"（第二卷，第187—188页）。和辻哲郎也曾经从学于冈仓天心，他的这些记述就像在用眼睛剖析着木雕佛像的肌理。

在《古寺巡礼》中，类似的描述随处可见。此书被公认为和辻哲郎的代表作，而为此书添彩的这种文体，的确是属于一位文人学者的。这位文人，同时也是习得了西方哲学的思辨性文体之人。和辻正是作为一名文人哲学家被世人所接收的。但就《古寺巡礼》而言，问题还不止于此。在当时，尤其是在青年人中，人们热衷于此书的理由还不止于此，尚有其他原因。

2. "发现自身"之书

正如许多评论家强调指出的，和辻哲郎的《古寺巡礼》是一部"发现"之书。它是一部由一位生长于日本近代时期的文人写就的对自己国家之过往的发现之书，是由一位深谙西方思想和艺术的哲学家写就的对日本之美的发现之书，是和辻其人追踪自己、发现自身资质之过程的一部书。所以，更为重要的是，此书叙述的是一名青年的彷徨以及他发现自身的故事。无须赘言，彷徨与对自身的发现，这是日本近代文学的特权式主题。

青年和辻将要去完成他的那段小小的探寻古寺之旅，出发前，他在离奈良、京都都不太远的父母家住了一夜。"昨夜父亲对我说，你现在做的事情在多大程度上能助道？对于救助颓废的世道人心又能贡献多少呢？我没能回答这个问题。"（第18页）青年和辻在他后来的旅途中一定是在不断追寻着对上述提问的答案。"巡礼"，从这种意义上说，它不单单是巡游古刹、探访古佛之旅。《古寺巡礼》是一位具有敏锐感受性以及与之相符的、双倍于常人的强烈使命感的青年人的彷徨物语。

笔者认为，大正至昭和时期的青年，或许就是对这一"发现自身"的故事产生了深层次的共鸣。在这部书中，和辻对于大和路[1]上的古寺、古佛，深情讲述，滔滔不绝。我们还能从中感受到，一位身陷疑惑不定中的青年，为最终找到了足以使自己能倾心钻研的对象时的那种喜悦之情。

这种感动，抓住了读者。和辻的书，促动许多青年踏上大和路之旅。不只是奈良，受《古寺巡礼》之邀约，或者说是在此书的指引下，无数人开始了他们的"巡礼"之旅。

有位读者，在明知自己无望生还的出征之前，曾经真切地要寻找一本久已绝版的《古寺巡礼》——和辻本人在此书"战后版"的《改版序》中记录了此事（第4页）。特意记录下此事的和辻哲郎当时究竟是以何种心境抚今追昔的呢？——在日本战败已经五十余年的今天，我们真的不易探知真相。

3. 与弥勒佛的遇合

旅途结束在中宫寺，结束在与弥勒佛的遇合。下面一段引文广为人知，它传达出青年和辻的无限感动。

只以我那浅陋的见闻来看，作为爱的表现，这座佛像在全世界的艺术品中都是无与伦比的独特存在。虽

---

〔1〕"大和路"指通往京都、奈良等京城周边地区的道路。——译注

　　然，比它强劲有力者有之，比它威严者、深刻者有之，
比它更能表现强烈的陶醉、热烈的情感者，在这世上并
不少见。但是，这个纯粹的爱与悲悯的象征，由于无瑕
的纯一性、彻底的柔美却堪称此世唯一。如果它那甘美
的、牧歌式的、浸透哀愁的用心反映了当时的日本人的
心情的话，那么这尊佛像也是日本特质的表现。从古代
的《古事记》中记载的和歌到比较新近的表现殉情题材
的净琉璃，以睹物伤情和凄美爱情为核心的日本人的艺
术，在这尊佛像身上早已获得了最完美清晰的体现，它
是最好的代表。浮世绘中那令人陶醉的柔美，日本乐曲
中那融化人心的悲哀，其中虽然有些颓废倾向，但是其
强韧的核心动向不正是在那尊观音身上所体现出的深切
愿望吗？！（第二卷，第 189 页）

　　以今天的眼光重读上述文本，其中有几处误差。最显然的
错误是把弥勒佛像当成了观音像。另外，没有经过严密的考察
而急于概括"日本特质"，也过于仓促；把遥远的推古时代和
离今天不远的江户时代不加区分地当作一个整体看待也嫌勉强。
和辻文中被当作普遍性的东西反复论述，而通过这种反复叙述
被建构起来的"日本式存在"，与当下在日本列岛存续着同时也
在变迁着的东西并不相同，而和辻犯了混淆二者的错误。

虽然存在上述瑕疵，或者说是有这样的缺点，但是，在以往所有论述古代佛像的文章中，又有哪一篇曾有过如此强大的号召力呢？和辻作品的魅力与其中存在的错谬误会难解难分。在缤纷闪烁的美文之中，以至于那些应当驻足深思的地方也被遗忘、被忽略过去了。最终，和辻著作虽魅力长存，但同时也难逃错谬险境。

循此思路进一步思考下去的话，就会发现和辻哲郎的那些主要著作中也存在同样问题。在《伦理学》这部近代日本哲学史上最大规模的、成体系的哲学著述中也可以见到类似情形，即其中既有敏锐的洞察也有略带偏颇的论述，它们同样是以这种状态不断地被阅读，并长久地吸引着众人。

"和辻作品"是关于人类经验的细致之处的、优异的诗性直觉与追求系统性思考的哲学家所拥有的逻辑交错共存的著述，《伦理学》正是这类作品中的一部杰作。在这部作品中，日本近代的哲学性思考的可能性和局限性几乎全部存在，无论是闪光点还是阴暗面，那些不容绕开的洞察与困境，全部集中在这里。可以认为，这样的特征，对于一个在时代之中形成了自己的思考的文人哲学家来说，恰是一种荣耀。

第二部　近现代日本的哲学与思想

——以京都学派为中心

序言 "日本""哲学"的含义

本书日文版以"日本哲学小史"为题。"日本"哲学并非特指日本这方水土所拥有的特殊的哲学。本书所述日本"哲学"的含义是，经历了西方哲学输入日本这一过程后，在这个国度中逐渐被打造形成的那些原理性思考。

如所周知，哲学一词是作为 philosophy 的译词在近代被创出的。今天，在日本的高等院校中设有"中国哲学""印度哲学"等专业，由这些名称可见，那些在中国或印度开展的思考活动在日本也被赋予哲学之名，这也是接受西方哲学的影响之后的命名。所以说，现在，狭义的"哲学"在大多数情况下首先就是指西方哲学的传统以及与此紧密相关的思考。

不必赘言，如果把有关世界和生命之谜的、从原理层面出发连续展开的思考的所有尝试都赋予"哲学"之名的话，那就能够论述"道元（1200—1253）的哲学"这类问题。例如，道元曾说"所谓'有时'，是'时'则已'有'之，'有'则皆为'时'"（《正法眼藏》"有时"卷），还说"所谓登山渡河之时，已有我，我必有时。我已有之，时不可去"（同上），在这些语句中，其实更容易觅见那些深刻而明显的哲学性思考的踪迹。再比如，亲鸾（1173—1262）的言行录《叹异抄》中有言："若凡事可以任心者，则所言之为往生故，令杀千人，即能杀之；然而，无杀一人之业缘者，不能杀害也，非我心之善而不杀；又虽思不害，亦有杀百人、千人之事。"此话中包含着有关自身形成问题的深刻的思想火花，这一点不容否认。[1]因此，本书使用"日本哲学"一语虽略有限定，但此限定也主要是为了便于论述而加的。

---

[1] 关于道元，参见赖住光子《道元》（NHK 出版，2005 年）第 86 页以后部分；关于《叹异抄》，参见左藤正英《叹异抄论释》（青土社，2005 年）第 367 页以后部分。

第一章　前　史

——西田几多郎之前

1. 前史以前——基督教带来亚里士多德

早在 16 世纪，日本列岛上就发生过一次邂逅：以基督教为媒介，这个国度首次接触到了西方哲学。

1549（天文十八）年，耶稣会士方济各·沙勿略（Francisco Xavier, 1506—1552）将基督教传入日本，此后，传教士们不仅造就出众多的教民——天主教教徒，还印制出版了大量宣传基督教教义的书籍，《基督教教义》一书就是其中的典型代表。[1]那时，在长崎地区出版的这类教义书中就已经夹杂着亚里士多德的某些思考，当然，亚里士多德的这些思想都是被中世纪经院哲学阐释过的。

篇幅所限，在此无法尽述其详，下面仅介绍一则由学者神崎繁研究判明的实例。[2]

1595（文禄四）年，译自拉丁语的《讲义要纲》（*Compendium*）

---

〔1〕 该书的日文原名为『どちりなきりしたん』（*DOCTRINA CHRISTAM*）。

〔2〕 参阅神崎繁『魂（アニマ）への態度』（岩波書店，2008 年）第 167 页以后的部分。

一书在天草地区出版，其中在论述"眼睛的感觉"时有如下段落，用现代语言译出即是："由于从对象传出的颜色过于细微、稀薄，我们不能够依靠它所经过的介质去知觉它，因此把它称为 spirituales，但这不是真正的'精神'[1]。只因为它具有物体性的特性，哲学家们（为了与'可知形象'相区别）称颜色为'可感形象'。"[2]

上述这段文字的思想背景是，亚里士多德主张，人的感觉接收到的是对象的"形式"而非"质料"（见亚里士多德《论灵魂》第二卷第12章），而对这一主张的诠释则出自从欧洲中世纪到近代初期的经院哲学家之手。上述这段引文的日文译本中有多处使用了音译词，有研究表明，这些音译词实际上是基督教传教士们辗转译自葡萄牙语的。即便如此，我们通过它依然能够触碰到亚里士多德这一极为精致的哲学思考的片羽珠光。

此后不久，德川幕府政权意识到葡萄牙的海外扩张政策对当时的日本社会是一种危险的存在，为规避风险，德川政府在

---

〔1〕"精神"一词原文为葡萄牙语 Spiritu 的音译，参见『イエズス会日本コレジヨの講義要綱Ⅰ』（尾原悟編著，教文館，1997年）第133页注释。神崎繁在『魂（アニマ）への態度』中认为，葡语 Spiritu 即英语 spiritus 之意，与上文的 spirituales（非物质性）一词对应。

〔2〕"物体性的特性""可感形象"原文分别为葡萄牙语 Corporal Qualidade 和 Especies sensibilis 的音译，参见『イエズス会日本コレジヨの講義要綱Ⅰ』（尾原悟編著，教文館，1997年）第133页注释。

1613（庆长十八）年正式发布"禁教令"，想要断绝日本列岛与海外各地之间的联系。自 1635（宽永十二）年开始，政府全面禁止日本人出国；四年以后，除荷兰、中国、朝鲜三国之外，日本断绝与世界上其他所有国家的外交关系，严令禁止幕府治下的民众出行海外或与外国人交往。1708（宝永五）年，伪装潜入日本南部岛屿的意大利传教士西多齐（Giovanni Battista Sidotti, 1668—1714）被捕入狱。新井白石（1657—1725）的两部名著《采览异言》和《西洋纪闻》就是根据他和这位德川时代最后一位传教士之间的对话编著而成的。在平田笃胤（1776—1843）的未完书稿"本教外篇"中，基督教的影响也明显可见，这个情况虽然知者甚多，但这也只不过是一种逸闻佳话而已。[1]

2. 从幕末到维新——福泽谕吉

如果基督教不曾被镇压，再假设日本不曾有过一个"锁国时代"的话——此时此地我们只能放弃对历史的假设。历史的事实是，在前述天主教最初传入日本的时期之后，经过了德川幕府政权的漫长统治，居住在"远东"列岛上的人们再一次接触到西方思想时，已经到了幕府统治末期的"开国时期"。我们将要叙述的"日本哲学小史"的"前史"以此为开端足矣。

---

[1] 关于平田笃胤的思考所具有的现代意义这个问题，请参阅吉田真樹『平田篤胤』（講談社，2009 年）。

　　福泽谕吉（1853—1901）生于中津藩一个下级武士之家，他是家中末子。1854（安政元）年，他到长崎学习兰学，第二年又到大阪转入绪方洪庵门下继续求学。1858年，福泽谕吉奉命到江户［今日本东京］官府任职，于1860（万延元）年随幕府军舰奉行木村摄津守远赴美国，此后又曾于1861（文久元）年、1867（庆应三）年两次赴欧洲、美国游历。福泽谕吉能获得多次游历欧美的机会在当时实属难得，他总结自己在欧美的见闻体验写成《西洋事情》一书。福泽谕吉的另两部著作《劝学》和《文明论之概略》也曾被广泛阅读，但以当今的学术标准来衡量的话，这些名篇都很难算"哲学书"。同理，以现在的标准来看，在森有礼发起、福泽谕吉等多位启蒙思想家的拥护下成立的民间团体"明六社"中，神田孝平、加藤弘之以及西村茂树、津田真道等人也都难以归入哲学家的行列。因此，本书下文只聚焦福泽谕吉，探讨一下有关他对儒家思想进行批判的问题。

　　"我对门阀制度怀有杀父之仇！"（《福翁自传》）——如此宣称的福泽谕吉终生都在坚持不懈地批判"儒教式的学问"。他写道："西洋诸国之学问是学者的事业，做学问也无论官府还是私人都在学者的世界中进行。我国的学问是所谓治者之学问，这不过是政府的一部分。"他还说："政府之专制，教唆者何人？即使政府的本性中就有专制的元素，而助长此种元素并进一步为之润色者难道不是汉儒者之流的学问吗？自古以来，在日本的儒者中最有实力、据称最有办事能力者，也是最善于专制技巧、最得到政府的重用者。"（《文明论之概略》"学问无权却会助长专制"）

青年时期的丸山真男在其著作中曾引用福泽谕吉上述言论并公允地指出，（福泽）这样的批判，"历史地来看，并不一定正确"。虽说如此，正如丸山同时又指出的那样，在时代发生重大转换的时期，进行过激的批判这种行为本身是发挥过"一定的历史性作用"的，这一点确实如此。[1]

要接受西方哲学式的思考，儒学式思考就不可避免地要经历一次彻底的解体。这不仅是因为儒学在明治维新以前曾是国家的统治思想。正如后述三宅雪岭所批判的那样，儒学式思维方式本身主要从事的是训诂注释的工作，这种态势对于接受那种要追究事物之原理的思考，即接受西方哲学式的思维很有抵触。

上述情形不只局限在以福泽谕吉为代表的"开明"思想家们之间，西村茂树（1828—1902）在其代表作《日本道德论》

---

〔1〕 参阅丸山真男论文"福沢諭吉の儒教批判"（1942 年）、『戦中と戦後の間』（みすず書房，1976 年）第 102 页。此外，还应注意，福泽谕吉在宣扬他的"独立自尊"思想的同时，在其思考的潜流中还存在着把人看成"与蛆虫无异的小动物"这样一种对人类本身的认识。参阅竹内整一『自己超越の思想』（ぺりかん社，1988 年）第 34 页以下。近年有关"明六社"的合作研究成果尚有神奈川大学人文研究所编著的『「明六雑誌」とその周辺』（御茶の水書房，2004 年）一书。

（1887 年）中也曾写道："儒道对尊者有利、对卑者不利，正如尊者有权理[1]而无义务、卑者有义务却无权理一样。"这是说儒家不承认"朋友"之外的平等的人际关系（"伦"），这构成了对儒教式社会秩序观的批判。附言之，丸山真男尚担任助教时曾在一篇论文《前言》的"注"中引用西村此论，并把它作为"明治时代较保守的伦理学家"的言论加以介绍。[2]

3. 朱子学的影响——佐藤一斋和西田几多郎

江户幕府统治日本近三百年，儒学是这一统治在思想上的支柱，除佛教以外，它几乎是这个列岛上的知识人群所拥有的唯一一种系统性的思想。尤其是朱子学以降的儒学，构建起了极为具有原理性、体系性的思想。江户幕府认可的官学毋庸置疑就是朱子学。以福泽谕吉对儒教的批判为开端，人们开始对儒学整体展开了激烈的批判。

---

〔1〕"权理"是当时的译词，即"权利"之意。——译注

〔2〕丸山真男『日本政治思想史研究』（東京大学出版会，1952 年）第 7 页。《日本道德论》通过比较儒教（书中称之为"儒道"）与西方哲学（书中称之为"哲学"）认为，前者的问题在于以"人"为师，而后者重视"理"，在这一点上后者优于前者。但后者在"知""行"两方面中过于追求"知"，有局限性。"日本道德"则要使二者获得统一，所以必须以"天地之真理"的"诚"为思想基础。西村茂树的这一思想立场可看成江户时代后期开始形成的"以'诚'为中心的儒学"（语出相良亨『近世の儒学思想』，1966 年，塙書房）的延长。另外，西村茂树后来在《德学讲义》中也是将"本邦之德学史"与"西洋之德学史"相提并论的。

然而，近代日本的哲学是否已经成功地超越了朱子学式的思考框架？这个问题又另当别论。例如，以西田几多郎为代表的日本哲学家们频繁使用的"自觉"一词，它既是对西语中"自我意识"（selfconsciousness; selbstbwuBtsein）的翻译，但它同时又承担着超出译词的字面意义之外的历史性重负。这重负来自哪里？毫无疑问，重负就来自朱子学式的知识教养。例如，江户时代的朱子学家佐藤一斋（1772—1859）说："有本然之真己，有躯壳之假己，须要自认得"，"成真己去假己，存主我逐客我"（《言志四录》）。这无疑表明佐藤已经知晓本来性自身与非本来性自身之间存在的差异，这是对前者的自觉。正如佐藤一斋所最终代表的那样，朱子学式的教养（自我形成）方式（其中伴有临济禅宗的残响）给近代日本的哲学家们留下了具有决定意义的印记，但时至今日，这一烙印的深度尚未得到准确的测定。[1]

---

〔1〕 如西田几多郎在《善的研究》中所说，"统一的某种东西的作用"就是"真正的实在的根本形式"，这一观点在结构上与"自觉"相同。"行为式直观"也是"自觉式知性"。《无的自觉限定》（1932）一书中也认为"丧失了对于内在性生命的自觉就不存在应被称之为哲学的东西"。关于佐藤一斋的思想及其对西乡隆盛的影响参见栗原刚《佐藤一斋》（讲谈社，2007年）。要讨论"自觉"一词所承担的历史重负问题，尤其要注意到日本的朱子学式思考是以佛教禅宗中的临济宗一派为媒介形成的，所以有必要将二者联系起来考虑。关于这个问题参见菅野觉明论文"西田哲学は禅ではない？"（载《本》2004年5月号，讲谈社）、"仏性は'モウモウ'と鳴く"（载《本》2009年3月号）。

无论如何，按照历史发展顺序来看，与福泽谕吉同为明六社成员的西周也承认，有可能超越儒学的原理性思考存在于西方哲学之中。西周比福泽年长 6 岁，是"哲学"一词的命名者，讨论他的生平及思想很有必要。

4. "哲学"一词的启用——西周

西周（1829—1897）出生于津和野藩的一个藩医家庭，长大后在江户城学习"兰学"，再后来奉幕府之命留学荷兰。他于1862（文久二）年远赴荷兰，这是福泽谕吉首次赴美的两年之后。西周在临行前给友人的信中写道："彼之耶稣教现今在西方普遍被信奉，但它不过比佛教稍好一点，鄙陋之极无可取之处。只有斐卤索菲（philosophy 的音译。——译者）之学宣讲性命之理，胜于程朱。"由此可知，西周从一开始就认为基督教等不过比佛教略好而已，而哲学（斐卤索菲）胜过儒学特别是朱子学。后来，西周把音译词"斐卤索菲"定译为"哲学"（见《百一新论》，1874 年）。据研究，"主观""客观""演绎""归纳""理性""悟性"等诸多哲学术语都是由西周翻译成日语的。

西周在他的遗稿《尚白劄记》中对"理性"一词解释道："'理'在西欧的语言中没有对应的确译词。或许是由于这个原因，本邦过去的儒者一直认为'西人未曾知理'（我记忆此语见于赖山阳先生的书后题跋之中。当然这是由于当时尚未开西欧之学。——西周注）。此非不知理，所指异也。""莱以则（英语 reason 的音译。——译者）泛用时被译为'道理'，狭义时译作'理性'。理性是人性中所具有的辨别是非的本源，指人作为万物之灵的所以然者；泛用时的'道理'则是指我们展示见解、做出决定、提倡学说、进行辩解等等的依据。"此文执笔于 1882 年，文中指出了 reason 一词的不同用法，显示出西周对这一概念的观察相当正确。

西周在他写于明治初年的《百学连环》（1870）一书中将"斐卤索菲"定性为"诸学之统辖"。他自己的"哲学"受到了康德和密尔的影响，一方面追求各学科的统一，同时又带有强烈的功利主义色彩。但到了晚年，他对边沁或密尔、斯宾塞的立场是否适用于日本的问题开始持否定态度。福泽谕吉与西周不同，他一直都是更加肯定功利主义的。西周到后来还改变态度，开始宣传儒家道德规范的必要性；但福泽谕吉不同，他虽然被认为是思想立场转变至"国权论"了，但他并未撤回那些对儒学的批判。[1]

---

〔1〕从接受"哲学"的历史这一角度重新关注西周的论文是末木文美士的论文「日本発の哲学」（岩波講座『哲学』第一卷，岩波書店，2008 年），从日本近代哲学史讲义的划时代性这一点关注西周的论文有藤田正勝「日本における哲学史の受容」（『哲学史の歴史』別卷，中央公論新社，2008 年），请参照。关于西周与福泽谕吉对于功利主义的不同理解，参见横山輝雄论文「功利主義と天賦人権論」（加藤尚武編『他者を負わされた自己知』，晃洋書房，2003 年）。

5. 法国思想的引进——关于中江兆民

有研究表明，自幕府统治末年到明治初期，在思想类书籍中，J. S. 密尔的《论自由》拥有读者最多。此书于 1859 年在英国出版，日本戊辰战争的硝烟尚未散尽，中村正直已于 1871 年将其译成日文，日译本的书名为"自由之理"。

对于以"明六社"成员为代表的当时的日本知识人来说，对他们影响最大的思想流派是英国的经验主义、功利主义。今天，伴随应用伦理学的流行，密尔重新拥有了广大的读者群，这种景象令人有一种似曾相识的奇妙感觉。

中江兆民（1847—1901）于明治初年赴欧求学，但他与当时的大多数知识人不同，他从法国思想中学到了更多的东西。中江兆民出生在土佐藩一个下级武士的家庭，1866（庆应二）年开始游学江户。明治维新以后，他作为"岩仓使节团"的一员赴巴黎、里昂等地学习。1882 年，他以"民约译解"为题、以节译加注解的形式将卢梭的《社会契约论》译成日文并在《政理丛谈》杂志上连载。中江兆民在青年时期得到后藤象二郎的知遇提携，使他成为一名迟到的"草莽志士"，他的门生中有幸德传次郎（秋水）。幸德秋水也应当被看成一名晚生迟到的"自由民权壮士"。中江兆民年少时曾暗地里自称"秋水"，后来他把这一雅号赠给了这位自己最喜爱的弟子。

内村鉴三（1861—1930）与幸德秋水曾经同在《万朝报》

做记者，以日俄战争的开战为契机二人同时从报社辞职。在内村鉴三看来，福泽谕吉几乎是个典型的"拜金主义者"。中江兆民对于功利主义的理解相当正确，但他依然批判说："若非出于义，既是利泛惠众，亦私，适足以害人。"(《论公利私利》)可以说，这一批判为此后日本对于功利主义的批判提供了一个原型。

中江兆民晚年的作品中有一部名为"一年有半"的随笔集，他对于自己这部作品的"哲学性"很自负。书中他断言"我们日本自古至今无哲学"，这一论断至今还常被研究者们提及。阅读《一年有半》可知，中江兆民在书中努力想要向世人证明的当然是日本尚未有哲学这个问题，然而对于他本人来说也存在一种类似的遭遇，即中江兆民想要引进日本来的法国思想在日本哲学的学术界内部长期遭到冷遇，不被重视。顺带附言，兆民回国后开办了一处"仏（法国的音译简称。—译者）学塾"，目标就是要振兴"法国学"。中江兆民虽然如此热衷于法国学的引进，但他还是极力劝弟子幸德秋水学习和掌握英语。

6. 法国式思考的去向——西田几多郎、九鬼周造、大杉荣

自辰野隆到小林秀雄，在哲学研究领域中一直有一批人在与德国哲学一边倒的风气分庭抗礼，那就是出身于官办大学的法国文学专业的学者们。同时，这些法国文学专业的学者对

那些用本土语言日文写成的哲学著述始终态度冷淡。辰野隆甚至认为西田几多郎、田边元等人连德语都不通，他曾向周围人说：西田先生和田边元先生能读懂歌德吗？！直至今日，学界中仍然是主攻法国文学的人们在承担着法国哲学研究的核心部分。森有正（1911—1976）的研究成果就足以证明这一点。

虽说如此，以下事实仍需重视。西田几多郎著有关于歌德的随想文章（《歌德的背景》），田边元晚年有关于瓦莱里·拉尔博（Valery Larbaud,1881—1957）的研究成果。西田几多郎还有一篇题为"关于法国哲学的感想"的随笔，文中特别论及了 sens 这一法语词的含义之广，阐述了法国哲学的独特魅力。九鬼周造（1888—1941）是将法国哲学的思考方式导入日本的哲学家之一，他的《"粹"的结构》（1930）对于"粹"（音 I-KI）这一感觉的意义从各个方向上做出了现象学性质的研究。这项研究是西田几多郎将"感觉性存在"理论化，这无疑是从"不被概念制约的直感"出发进行思考的范例。另一方面，中江兆民的再传弟子大杉荣进入陆军幼年学校后，熟练地掌握了法语。他很早就喜欢柏格森，也接触了索绪尔等人的思考。大杉荣在巴黎一边热烈追求当地的舞女，一边又在纪念"五一"节的群众集会上演讲。由于演讲内容颇具挑衅性，结果他被当局抓捕入狱。狱中的大杉荣还在监舍的墙壁上用法语写下了留言。

7."有而无，此为东洋哲学！"——三宅雪岭

与中江兆民《一年有半》中的那句名言相呼应，三宅雪岭（1860—1945）也曾感叹："有而无，此为东洋哲学！"此语出现在他的著作《哲学涓滴》（1889）第一部《绪论》中。

《哲学涓滴》的第二部叙述了自培根经黑格尔至叔本华的近代哲学史。三宅雪岭，万延元年出生于加贺藩金泽城所辖的一个医师之家，他是家中的次子。他的名字一说为雄次郎，另一说为雄二郎。三宅于1876（明治九）年入开成学校（入学后第二年此校改称为东京大学），他曾一度为争取参军入伍而退学，但不长时间后又返校继续完成学业，最终从文学部哲学科毕业。毕业后，三宅雪岭先是在东京大学编辑所任助教，从事日本佛教史的编纂工作。1885（明治十八）年，趁东京大学改称帝国大学，大学要推进一系列改革措施之际，三宅雪岭从大学退职。他后来在文部省工作一段时间后，明治二十一年与志贺重昂、杉浦重刚联手创立政教社，同年开始出版发行《日本人》杂志。同时，他还在东京专门学校（即后来的早稻田大学）、哲学馆（即后来的东洋大学）教授逻辑学和西方哲学史等课程。《哲学涓滴》即是在这些讲学活动的基础上，尝试叙述哲学概论（该书第一部）和西方哲学史（该书第二部）的劳作。

在《哲学涓滴》中，三宅雪岭在感叹"有而无，此为东洋

哲学！"之前，先是比较了东西方哲学，比如他把王阳明比作黑格尔，还认为佛教"玄深奥妙"，"一念之间可经历千载万载之哲学历史，囊括绝对之境域。更有何道理可出其上？"紧接着他写道："这类东方哲学虽然可与西方哲学相对应，但以往修炼此道者绝不将其作为一种学理加以考究，每一议论都停留在对祖师言语的注释上。如今有人称之为东洋哲学，并开始对其加以阐释，这些人不过是些爱考究古人腐说的好事之徒而已。"

所谓"东洋哲学"只要仍然是训诂之学，那就不值得称其为"哲学"。由此，我们说"有而无，此为东洋哲学！"那么，在推行对外开放的"开国"政策之后，终于接触到西方哲学，在这种情况下，日本从事哲学工作的学者又该做些什么呢？"我国如果能在佛教方面逾越印度、在儒教方面与支那抗衡，再考察研究欧洲哲学并使之在修行的法则方面完备起来的话，那么在哲学领域我们就得以占据世界的中心了。"可见，三宅雪岭提出的并非国粹主义的主张，他的话展现着明治时期先贤们的气概。

三宅雪岭很长寿，这也让他得以见证了日本近代的破产。他起立聆听"玉音播放"后自言自语地说："军人干了毫无意义的事！"——雪岭在大学听过菲诺罗沙的课，他在哲学史方面的学养大多受教于这位外籍教师。

8. 外籍教师们——以菲诺罗沙为例

哲学在日本的学术研究领域确立起巩固的地位，得益于由所谓"外国人教师"提供的准备工作，这些来自西方国家的哲学教员为哲学学科在日本的建立与巩固发挥了先驱性作用。之所以出现这样的情况，是因为，日本无疑是以"后发型"国家的姿态踏上近（现）代化之路的，哲学也不例外，也是带着这样"后发型"的特征开始其近代化之旅的。

阿诺斯特·菲诺罗沙（E. F. Fenollosa，1853—1908），毕业于美国哈佛大学，后经动物学家莫斯推荐，于1878（明治十一）年到刚成立一年的东京大学赴任，他教授的课程有政治学、理财学（现在的经济学）和哲学史。虽然后来菲诺罗沙主要从事的是与哲学相关的教学工作，但根据多方面的史料可以推知，他在美国接受的教育与其说是哲学方面的，不如说是属于教养主义方面的。

菲诺罗沙刚执教时，他的哲学史课程是用施维格雷尔（Albert Schwegler，1819—1857）所著《西方哲学史》的英语节译本作为教材，同时参考路易斯的哲学史，鲍文的《从笛卡尔到叔本华、哈尔特曼、黑格尔的近代哲学史》，讲述了从笛卡尔开始到黑格尔、斯宾塞这一哲学发展的历程。清泽满之（1863—1903，近些年他的宗教哲学正在重获关注）有言为证："菲诺罗沙对黑格尔赞誉有加。"在日本，以康德与黑格尔为中心的德国近代哲学曾称霸大学讲坛，而菲诺罗沙的授课堪称是在所谓"讲坛哲学"中形成此倾向的嚆矢之作。

菲诺罗沙到日本后非常关心日本美术，他与冈仓天心一起探访古寺，还致力于建立东京美术学校。不止于此，"在当时欧化万能的时代，就连小学美术课也在教授西方绘画技巧。菲诺罗沙博士见此大为愤慨，他在各种讲演、座谈会上大声疾呼，要求停止这种做法，最终使得小学美术课开始使用毛笔。这件事仅是菲氏功绩中极小的一个实例"（市井研堂《明治事物起源》上卷，第四编·美术部）。菲诺罗沙曾在 1884 年被任命为"文部省图画调查会"委员，1890 年回国后，以波士顿美术馆东洋部长的身份开始致力于向西方介绍日本美术。他在这方面的业绩更为显著，甚至可以说是人们对他称道至今的主要原因。菲诺罗沙在东京大学教过的学生中，以三宅雪岭为代表，还有井上哲次郎、坪内逍遥，甚至包括井上圆了等人，菲氏的讲学在日本近代史上的意义不容小觑。

在菲诺罗沙之后，作为哲学课的外籍教师，东京大学还招聘任用过英国人库帕、德国人布赛。在此需要特为介绍的是布赛的继任者科倍尔。[1]

---

〔1〕 关于菲诺罗沙的哲学史课程的情况，参照前举藤田正胜论文。有关菲诺罗沙的基础性研究参照山口静一《菲诺罗沙》（日文原题《フェノロサ》，全二册。三省堂，1982 年）。另外，佐藤邦夫在论文《擦肩而过的两个青春》（文载西村清和·高桥文博编《近代日本的成立》，日文原题"すれ違ってしまった二つの青春"，ナカニシヤ出版，2005 年）中对"从明治十年代美术思想诸观点看浅井忠到菲诺罗沙的演变"（该论文的副标题）这一问题进行了深入分析。

9.　文献学的导入——科倍尔其人其事

夏目漱石（1867—1916）曾写道，如果让学生们在文科大学（相当于现在的文学部）中举出一位"人格最为高尚之人"，那么九成的学生"会回答首选冯·科倍尔"（语见《科倍尔老师》一文）。科倍尔（Raphael von Koeber，1848—1923），1893年到任东京帝国大学教授，后在归国途中因第一次世界大战爆发而滞留横滨，直至逝世。很多人的发言可以证实，科倍尔首先是以他的人格感化力量吸引了学生们。然而，与久保勉、鱼住折芦等弟子的名字一起被记忆的是，科倍尔在与学生们的密切交往中，奇妙地存在着一点同性恋的阴影。然而，本书下面要记述的是另外一些事情。

据西田几多郎回忆，科倍尔刚到日本时，他对这个国家的"学风之轻佻浮薄很讨厌"。当西田问他奥古斯丁的著作有没有现代德语的译本时，科倍尔却希望西田几多郎能学会希腊语，还揶揄他说：You must read Latin at least!（语出《追忆科倍尔老师》一文）。其实，科倍尔的真意是要求学生们应当具备包括欧洲古典语言在内的扎实的外语功底，在此前提下，对经典著作进行扎实、正确的文献学解读。所以直到晚年，科倍尔还说"Philosophie（哲学）似乎向我许诺了非常多的事情，但我最终并没从它那里得到什么"，而 Philologie（文献学）什么也没答应过我，但我自己从这里获得了很多（和辻哲郎《荷马批判》"序言")。他对那种"不想从根上移植，为夺人耳目只想摘花朵"的态度很恐惧，认为那很危险。科倍尔来日执教初期的学生中，就有令他讨厌的人，例如高山樗牛（和辻哲郎《科倍尔老师》）。

在学生中间，以最佳形式接受了科倍尔的熏陶的是波多野精一和深田康算（1878—1928）。关于波多野的情况本书后面还有机会另叙，这里先介绍一下深田康算的情况。深田是日本近代美学研究的先驱，他在京都帝国大学曾是西田几多郎的同事。"有人说，在我们生命的每个十年之中，都有一位不同的女性（至少是在我们自己营造的世界之中）作为偶像闪闪发光。与此相类似，在我们从未间断、永无止境的思索征途上，总会有一些像暗号一样的关键词出现，它们连续不断地照亮了旅途中每一个站台与站台之间的道路。"在这些关键词中，有一个就是"美的灵魂"。——这是深田康算在 1918 年发表的论文《美的灵魂》的起首一句。深田的著作不多，但他那透明的灵魂深得学生敬爱。从上述引文可知，他用以表达自己思想的文体与其他人（如西田几多郎）很不一样，但由此我们却可以窥见蕴含其中的另一种可能性。

"从叶片与叶片之间能看到高高的窗户，从窗子一角能看见科倍尔老师的头，旁边有浓浓的蓝色烟雾升腾。"这是夏目漱石的回忆科倍尔的文章的开头几句。与夏目漱石同时在校、学生时代相当郁闷的西田几多郎当时并不吸烟，但西田说科倍尔还因此嘲笑过他，说是：Philosoph mussrauchen［哲学家就是要吸烟的］！多年后，西田曾在日记中写了自己尝试戒烟并屡屡受挫之事。只说吸烟这件事的话，西田几多郎倒真是按科倍尔的教导办了，但他最终还是放弃了对欧洲古典语言的学习。田中美知太郎也曾指出，西田对希腊哲学的理解有不少问题。然而，逐渐蚕食并盘踞西田内心的，某种狰狞凶猛、着魔式的冲动，使得西田几多郎已经无暇回归古希腊语和拉丁文的世界了。

石井研堂曾就"哲学研究之发端"写道："日本的哲学最初由英美传来，后来由于英美感染上德国哲学的习气，日本的哲学研究也随之转向德国，接下来，明治二十年以后就变成了德国哲学一统天下的情形了。明治十四年一月，井上哲次郎、和田垣谦三、国府寺新作、有贺长雄几人合编的《哲学字汇》小册子出版问世。"（《明治事物起原》上卷第七编"教育学术部"）在这部《哲学字汇》的几位作者中，最重要的人物无疑是井上哲次郎。

10. 东京帝国大学哲学科主任教授——井上哲次郎

1886·（明治十九）年，明治天皇来到帝国大学（现东京大学曾短暂拥有过的名称）后发泄过一点不满，说："朕前日临大学（10月29日），巡视所设各学科，见理化医法等学科日益进步，甚有可观之处。但却不曾见到最主要、最根本的修身学科。"[1]

明治天皇所言，当然可以说反映出他对近代大学制度还很无知。但同时，他的发话内容却也体现出，他在直觉上已经感到了时代的动向，心怀危机感。随后，东京大学哲学系首任日本人主任教授井上哲次郎将要站到回应明治天皇的上述要求、实现其意愿的位置上来。也正因如此，井上哲次郎成为长期遭后人揶揄和批判的对象。

井上哲次郎，出生于筑前（今日本福冈县）太宰府，1884年赴德国留学，1890年回国，即刻升任帝国大学教授。井上在他已经成为学界长老的1932年曾发表《明治哲学界的回顾》一文，文中写道："福泽〔谕吉〕这个人不光是没写过哲学方面的著作，他甚至没有留下过什么缘于哲理性思考的成果。但是，作为西方文明的输入者，福泽谕吉对思想界的影响很大，所以在哲学史上他也是不容忽视的人物。"井上对福泽谕吉的这一评价是基本妥当的，至于井上哲次郎本人，坊间说他是"连哲学的'哲'也沾不上边"（安倍能成），这种评价还不只是个别人的意见。

---

〔1〕 见"圣谕记"。转引自石井研堂《明治事物起原》上卷第七编"教育学术部"。

科倍尔说过，井上哲次郎也不是什么"恶人"，只不过是个 stupid 之人而已。井上著成《敕语衍义》（1891），于是他被视为天皇发布的《教育敕语》的公认注解者；而言及"国民道德论"的思想，他又被列为魁首，井上哲次郎获此类名声当然不是无中生有。尤其是 1891（明治二十四）年内村鉴三"不敬事件"发生后，井上在这一事件中发挥的作用足以让他获得"御用学者"的声名。然而，在 1926 年，井上自己也因出版《我国国体与国民道德》一书而招致"不敬"罪名，遭到批判，很快又引起了一些连锁反应。对此，井上采取的行动有些出乎人们的想象：他趁此机会辞去了自己担任的所有公职。

西田几多郎长期保存了井上哲次郎讲授印度哲学课程的讲义（《井上先生》），以当时的整体学术水平来衡量，这部讲义的水平并不低。井上在学问方面的业绩有《日本阳明学派之哲学》、《日本古学派之哲学》和《日本朱子学派之哲学》三部曲，这些是把日本的儒教思想看成"哲学"加以把握的先驱之作。后来的丸山真男对江户儒学的研究，表面上看似乎是把井上的成果设为假想敌对待的，实际上在资料方面大量依赖井上成果，研究视角也有一部分是借用井上著作的，关于这一点，近年来已有研究成果对其加以证实了。不止于此，井上哲次郎宣称他的哲学立场是"现象即实在论"，仅从用语来看，这和他的弟子西田几多郎初期思想的立场也是一致的。[1]

11. 文学家们——以夏目漱石和森鸥外为例

1908（明治四十一）年，夏目漱石连载小说中的主人公听了一堂课，任课教师的开场白是"一声炮响打破了浦贺的美梦"（《三四郎》）。——这个场景其实是小宫丰隆告诉夏目漱石的，这是井上哲次郎在课堂上开讲的头一句。如果按照一般性的学科分类来看，夏目漱石的门生当中有不少人是研究哲学的，从形式上说，这些人也应算是井上哲次郎的弟子。在这些弟子中，最重要的一位是前面已经出现过、随后我们还将进一步论及的和辻哲郎。而其他人，都不过是一些哲学爱好者而已。

如所周知，夏目漱石《文学论》的创作背景之一就是他曾大量阅读过英语世界中的哲学类书籍。以下是他在题为"文艺的哲学基础"的讲演中的发言："说到'我'，这是一种很奇妙的存在，身穿双排扣长大衣、戴围脖、留着胡须，满脸严肃，这似乎就是我。但是，大衣、围脖都是看得见、摸得着的，但

---

[1] 参照近年出版的有关井上哲次郎的研究著作《国民道徳とジェンダー——福沢諭吉・井上哲次郎・和辻哲郎》（関口すみ子，東京大学出版会，2007年）第 II 部第一章。关于井上哲次郎与丸山真男的思想承续关系问题，参见黑住真著《近世日本社会と儒教》（ぺりかん社，2003年）第196页以后的部分。

不必说这些肯定都不是'我'本身。那么，能不能说，这双手、这双脚，以及痒了要抓挠、疼了要抚摸的这具身躯就是'我'呢？那也不行。"夏目漱石不仅通晓哲学思维，还掌握了运用哲学话语的技巧。

科倍尔对日本的近代化发展很担忧，生怕这种近代化是"不移根，只把炫人眼目的花朵摘下取走"。夏目漱石称日本的近代化为"外发式开化"，这正是"一声炮响"打出来的近代。

关于日本的近代化，森鸥外（1862—1922）也评论说，这是"搭满脚手架"的正在进行中的工程。在森鸥外的小说《舞姬》的续篇中，主人公不止一次地对那位从德国追来的女性说："这里是日本！"（"谱请中"）面对日本当时那种后发的、处于发展过程中的近代化现实状况，知识人作为启蒙者负有不容回避的责任，他们必须行动起来。森鸥外在当时也是把自身积累的思想性哲学性学识以文艺作品的形式提供给社会的。

森鸥外的上述倾向最直接地体现在他的作品《仿佛……》之中，他创作该小说的契机就是由于阅读了费英格的哲学著作。幸德秋水事件（即大逆事件）发生后，鸥外除去发表了短篇小说《沉默之塔》，还在小品《食堂》中正确地解说了自斯蒂纳（Max Stirner）至克鲁泡特金（P. A. Kropotkin）之间的无政府主义思想的传承谱系。森鸥外不仅是一名文学家，还是一名陆军军医，他通晓东西方的思想。通晓思想这一点是否丰富了森鸥外的文学创作呢？对于这个问题的回答该是仁者见仁、智者见智吧。

很快，文学家成为"文士"，哲学家成了大学里的哲学研究家，人们的身份被限定住了，所以夏目漱石和森鸥外就成了颇为另类的存在。关于这一点有一个颇具象征意义的例子，那就是和辻哲郎。和辻是谷崎润一郎的朋友，他还曾给夏目漱石写过像情书似的表达仰慕的信，但最终，他还是放弃了文学创作。和辻哲郎开始踏上成为帝国大学教授之路的那一刻，尚处于近代化发展过程中的文学与哲学就暂时分手了，它们将经历各自不同的命运。从哲学这方面看，决定了这一转换的就是西田几多郎在学界的登场。

12. 西田几多郎的成长背景——没落大家庭之子的坎坷青春

西田几多郎（1870—1945）生于明治三年，当时的人们对于"德川治世"的情形尚记忆犹新，他的家庭是石川县一个代代做村长的旧式富裕家庭。西田出生后不久，19世纪80年代的"松方财政"和1890年前后的经济危机使得整个日本经济界阴云笼罩。在这种形势下，由于西田的父亲投资事业失败，丧尽家产。

西田几多郎在第四高等学校上学期间，与朋友一起组织了一场排斥校长的运动，他给自己起名"有翼"，并积极参与活动。但学生们的反抗遇挫，西田从四高退学。1891 年 9 月，他以"选科生"身份进入帝国大学的文科大学哲学科就读。西田几多郎自己曾回忆说："当时的选科生可真是悲惨！"（明治二十四五年时期的东京文科大学选科）

13.《善的研究》登场——西田几多郎的"做梦"式思考

西田几多郎在大学时学习过斯宾诺莎和休谟，他对康德也有亲近感。但是，他遇见那部与自己的思考倾向相同的著作却是在毕业之后，这部书就是格林的《伦理学导读》。在西田《善的研究》中分明可见布拉德雷与格林的影响。我们还知道，比西田稍早一代的学人大西祝（1864—1900）也受到格林的影响，他在读研究生期间就执笔撰写了代表作《良心起源论》。在西田几多郎早期的一些思考中，我们也能够见到他对大西祝的多篇论文的反应。大西祝是德富苏峰的密友，同时也是井上哲次郎的论敌，他与国权论对抗，高呼"想想吧，像吉田松阴那样的人，绝不属于所谓良民一类的"（《批评心》，1893 年）。

1894 年从哲学科的选科毕业的西田几多郎经过几番周折，终于在 1899 年成为第四高等学校的教授，担任心理、伦理、德语的教学。1906 年，他自行印刷了《西田氏实在论及伦理学》发给学生，这就是《善的研究》的原型之一。

在井上哲次郎支配下的东京大学研究体系中，西田几多郎的名字仅属于支流，但他的名字很快地一点一点渗透整个学界之中。再加上后来许多幸运的机缘在内，1910 年，西田几多郎成为京都帝国大学的副教授。《善的研究》也在翌年由弘道馆出版发行。该书内容由主客未分之"纯粹经验"出发，追问"实在"是什么的问题，探明"善"，最后抵达"宗教"问题。这是日本近代第一部成体系的哲学著作，其根本的思考即认为，"实在"只能是被直接经验到的"现实"本身。西田曾借《善的研究》改版重印之机写道："我至今能回忆起当自己还是个高中生时，常漫步在金泽街头，像做梦一般沉湎于这类思考之中。"此时，即昭和十一（1936）年，西田已经在考虑"历史性实在的世界"才是"直接经验的世界"这一问题。

14. "恶战苦斗的记录"——田中美知太郎与埴谷雄高

1913 年，晋升为教授的西田几多郎开始撰写他的《自觉中的直观与反省》（1917）一书。正如他在该书序言里所说："我写此论文稿之目的，是想要由我所谓自觉体系的形式来思考一切的实在，并由它来说明现今哲学认为的重要问题的价值和存在、意义和事实的结合"，本书是"我思索中的恶战苦斗的记录"。在本书中，一方面能看到西田对柏格森的共鸣之处，同时也随处可见李凯尔特思想的影响。

田中美知太郎在第二次世界大战结束后不久出版了《逻各斯与理念》一书，他在该书的后记中宣称自己这本书"只不过是将杂乱的读书过程中因受刺激而产生出的感想或随想连缀成篇而已，不是所谓恶战苦斗的记录"。昭和初年埴谷雄高在狱中读到西田几多郎的第二代表作时，感到的是"真正的寂寞之情"，他甚至还觉得"西田这人很可怜"(《即席演说》)。在埴谷看来，甚至西田也不过是"从德谟克利特至黑格尔之间堆积如山的众多成果中间穿行而过，小有斩获"而已，这样获得的零星成果把西田变成了一个"乱七八糟"的表述者(《死灵·自序》)。

15. 西田几多郎的学术地位的确立——高桥和左右田的评价

无论人们如何评价，西田几多郎确是凭借《善的研究》一书在当时的学术界声名鹊起。高桥里美曾在他的文章中写道，自从《善的研究》问世以来，"一问起是否有日本人写的有哲学味的哲学书？是什么书？"这个问题时，"我们可以迅速而且自信地回答他们了"。参见高桥里美的书评论文《意识现象的事实及其意义》。西田的论文《场所》(1926)发表后，新康德学派的经济哲学家左右田喜一郎(1881—1927)开始将西田几多郎的思考总称为"西田哲学"。

不可否认的是，随着西田哲学的名气越来越大，东京帝国大学哲学科在一般社会中的影响明显减弱了。桑木严翼(1874—1946)，他不仅在东京帝大与伊藤吉之助等人一起支撑着井上哲次郎的团队，著作颇丰，还成为了"大正教养主义"的代表人物之一。不仅如此，从当时的学术水平来说，桑木的代表作《康德与现代哲学》（1917）是一部从整体上把握康德哲学的皇皇巨著，无人能出其右。桑木还是西田几多郎在京都帝国大学哲学科的前任。据出隆回忆，他留学德国时，桑木严翼有一次说，那位在德国也很有名的西田博士是自己的Nachfolger（此语也有"弟子"之意），当时在场的德国人都面面相觑。事实上，西田是桑木的继任者（Nachfolger）。

在日本的近代哲学中，最早的独创性思考带有一种对于Selbstdenken（意即"自己去思考"）的强迫性动机，这是与西田几多郎的出现一起建立起来的。在西田门下，聚集了一批个性鲜明之人，于是"学派"就此形成。人们说的"京都学派"就是指这群人。

第二章 学　派

——从西田几多郎到下村寅太郎

1. 西田麾下的人们——以波多野精一为例

西田几多郎在 1914 年成为"哲学／哲学史第一讲座"（在京都，人们传统上称之为"纯哲"）的教授，此后，他在朝永三十郎（1871—1951）的协助下对哲学专业的人事安排加以调整，逐步实现了自己的愿望。朝永三十郎著有《人格的哲学与超人格的哲学》（1909）、《近世"我"的自觉史》（1916）等著述，是以学风踏实著称的哲学史家。朝永所说的"超人格的哲学"是指自"新柏拉图派的泛神论思想"经斯宾诺莎至德国唯心主义这一系统的思想。这种理解虽嫌过于笼统和粗线条，但应承认其作为一种哲学史观的价值。

在人事安排方面，西田几多郎最早聘进的是波多野精一（1877—1950）。西田想让波多野承担宗教学专业的工作，但后者一开始坚持不接受这一安排，理由是他认为自己的专业是哲学史而不是宗教学。波多野 24 岁时出版专著《西洋哲学史要》（1901），此书在当时就已获得了很高的评价。过了一段时间，也经历了一些事情之后，波多野最终还是在 1917

年来到京都，开始担任宗教学专业的教授。在此期间，身为哲学史专业的教授，朝永三十郎甚至提出过要把自己的教授位置让给波多野的方案。然而，西田几多郎为此给朝永写信说："比我的妻子还要好的妻子有很多，比我的朋友还要好的朋友也有很多。但我妻依然是我妻，我友依然是我友。"（写信日期署为 1914 年 10 月 10 日）在西田为数众多的书信中，这是最美的段落之一。

波多野精一曾跟随科倍尔深入研习，他对西田在哲学上的姿态一直抱有批判性距离。波多野以白皙美男、身材高大知名，其哲学研究也是规模宏大的建树。但是，自就任京大教授之后，他忠实地履行了自己的教学责任，主要精力都花费在备课授课方面了。波多野曾写下一段美文作为一生的总结，这是他的哲学思考与人生观的完美结合。他说："在来世，此世的人和物，以及人与物之间曾打过的交道都不会以现有的形式存在。然而那些内容，文化以及自然的内容会由于人们永远的回忆而被唤起，从'无'返回到'有'，从毁灭中被拯救；会使那'是一切而又包容一切的无限之爱'，'神与人、人与人之间往来不息之生'从无到有乃至变得更加丰富。"

波多野精一从不接受专业以外的约稿，但只有唯一的一次例外，那就是为赏识自己才华的恩师三木清而写的悼念文章。此文充溢着作者对恩师的情意和敬爱，但波多野依然评价自己的恩师三木清是"批评家"而不是"建系统的哲学家"
（《论三木清君》，1946 年）。波多野精一还曾对他周围的人吐
露过真言，说："像西田（几多郎）君那种学问能速成，我的
就不行。"

2. 从西田的后继者到批判者——田边元

田边元（1885—1962）生于东京，他进东京大学时一开始
的专业是数学系，但很快就转到哲学系了。毕业后在东北帝国
大学谋到教职，讲授科学概论课，正是在这个时期，他开始和
西田几多郎有些书信交流。

西田几多郎在 1914 年元旦写给田边元的信中，言及新康
德学派尤其是马尔堡学派，这封信里还谈到了前一年出版的胡
塞尔的《观念》一书。更进一步，西田对田边元建议道："深
切希望你不仅要学习古典的康德、费希特、黑格尔，更要咀嚼
新时代的文德尔班、科恩、柏格森等人的思想的根本之处，并
由此创造出属于自己的活生生的思想。"后来，西田还把自己
的一本黑格尔《逻辑学》邮寄给在仙台任教的田边元。不过，
并没有证据表明田边立刻就熟读了该书。田边元接近黑格尔是
在后来他周围出现"马克思热"的时候，关于这一点容我们在
下一章中继续讨论。之所以会出现这样的情况，完全是由于田
边元长期以来一直关注着认识论和数理哲学的问题。

田边元的第一部著作是《最近的自然科学》，出版于 1915

年，后来他又出版了《科学概论》（1918）、《数理哲学研究》（1925）。在《科学概论》一书的《绪论》中，他把西田的《自觉中的直观与反省》作为"日本的独创性组织哲学之名著"列入参考文献中；而《数理哲学研究》一书是由西田几多郎写的序。1914年发表的田边元早期的代表性论文《认识论中逻辑主义的局限》是关于新康德学派的两个潮流——以李凯尔特为代表的西南学派和科恩创始的马尔堡学派的周密研究，论文展示出作者缜密周到的思维，这一点甚至引起了卡西尔的关注（见卡西尔论文《实体概念与函数概念》，1910），而论文的结论就是，在概念与判断之前，应当首先确立"直接经验"的层面。当然，这样的结论只不过是忠实地重复了西田几多郎的思考。此后不久，田边元成为西田几多郎的批判者，关于这其中的过程，本书后面将另行论述。

3. 经验与个人——西田与田边之间的联结

田边元曾写道："然而，不是先有个人意识然后有认识的，认识是作为主观、作为直接经验的先于普遍的个人性意识之物而成立的，更进一步，由于个人意识是在此基础上通过反省式思维建立起来的，所以，认识本身不是个人性的东西。"（《认识论中逻辑主义的局限》）这一论述，是以与李凯尔特的论述进行对话的方式实现的，同时我们还可以确知，其中的哲学主张与早期的西田哲学相一致。"不是先有个人才有经验，而是先有经验才有个人"——这就是西田几多郎《善的研究》"序"中著名的论断。

　　1918 年 7 月 23 日，西田几多郎写信到仙台："此事目前只是小生我内心所想之事，当然更不知能成否。小生拟俟机推荐贵兄为京都（大学）文科的副教授，不知您的意下如何？"然而紧接着，他又写道："小生绝不劝贵兄"走这一步。西田之所以如此表态，是因为他已经预料田边元在东北大学升教授的可能性很大，同时，田边也有可能被召回东京大学任副教授。相反，田边元担心的却是，如果他到京都去的话，那就会妨碍京都大学哲学系自己的毕业生留校任职。田边其实很懂人事关系中的微妙之处，这和他一开始给人的印象反差较大。此后，稍历曲折，田边元于 1919 年到任京都大学，成为西田几多郎手下的副教授。

　　1922 年，田边元留学德国，师从胡塞尔，并与海德格尔建立起交往。其间，他曾向胡塞尔详细介绍过西田几多郎的思考，此事已成为学界佳话，广为流传。田边与海德格尔年龄相仿，二人之间的交往比与导师胡塞尔更多，这种关系保持的时间也更长。田边元留德结束回国后，成为第一个向日本学界介绍海德格尔哲学的人。再到后来，第二次世界大战结束后，田边元给自己提出的研究课题之一就是挑战海德格尔。在1959 年策划出版《海德格尔七十寿辰颂纪念文集》时，田边元寄去一稿，题为"生之存在学？死之辩证法？"但是，后来此文收入论文集时有些压缩，德文版的论文题目也变成了Todesdialektik（意即"死之辩证法"）。此文的德文译者是当时正在德国留学的辻村公一。

在对海德格尔进行评判之前，田边元首先向西田哲学挑战了。此事为京都学派带来某种转机，它成为促使该学派进一步走向成熟的契机。关于此事的更详论述请看下一章。

4. "与和歌的分手"——和辻哲郎的出场

曾经受教于西田几多郎和田边元二人的户坂润写下"西田哲学正在发展成为西田学派乃至京都学派"（《现代哲学讲话》）一语的时间是1934年。同年9月，和辻哲郎离开京都赴任东京帝国大学文学部教授，执掌"伦理学第一讲座"的教鞭。

和辻哲郎曾拜倒在西田门下，这一经历无论是对世人眼中的"京都学派"而言，还是对和辻本人而言，都有不小的意义。

和辻哲郎（1889—1960）生于兵库县的一个小山村，父亲是当地的村医。他是受鱼住折芦的影响开始学哲学的，但同时，如前一章结尾处所述，他也是一个曾经私淑过夏目漱石、与谷崎润一郎等人交往密切的文学青年。

大学毕业后的第二年，和辻出版了他的第一部专著《尼采研究》（1913）。两年后又出版了第二部著作《杰恩·克尔凯郭尔》，此书在"二战"以后曾改版重印（1949），在书的《新版序》中，和辻哲郎以"某先生"的称呼——实际上大家都知道这是指井上哲次郎——曝光了一些丑闻，使得此书一时名动学界。前面曾提到的，和辻向夏目漱石寄送过一封热情洋溢的信，时间也是在《尼采研究》出版的前后。那段时期，和辻哲郎多少有些陷入了被尼采所说的"狄俄尼索斯式的东西"深深吸引的状态。夏目漱石回复了和辻的信，后来，和辻哲郎还受邀到漱石府上拜访过。——夏目漱石晚年塑造过一个人物形象，他在作品中借人物之口说："要么死亡，要么发狂，都不行的话就入宗教。我的前途只有这三条路。"（《行人》）和辻哲郎似乎不曾陷入过这种绝望。然而，这是他离开文学的理由，也是他多年后在《伦理学》中能够几乎彻底去除"生之阴影"、将阿波罗式的思考体系化的理由之一。

5. "为学界庆贺"——西田几多郎与和辻哲郎

　　和辻哲郎一直保持着旺盛的创造活力，1918年出版了《偶像再兴》，第二年又出版了《古寺巡礼》，后者是和辻作品中流传最广、热销时间最长的一部著作。其后问世的是《日本古代文化》（1920），这是和辻本人最喜欢的一部书。

　　和辻旺盛不衰的工作状态在学术圈内部却被视为"半业余"的学术爱好者行为。从远处关注着和辻的，是西田几多郎。西田正在考虑着要迎聘和辻哲郎这个被学界认为是"在野的文化史学家"的人为京都大学伦理学副教授。和辻哲郎对此事的态度与当年的波多野精一完全相同，他的抵触情绪十分明显。他在给田边元的信中写道："只要是（这个教席）在与国史的关系方面有疑问，我就拒绝，而且为了避免和此事有任何牵扯，我这段时间暂不去京都。"（1924年3月22日和辻致田边元的信）但在这同一封信中和辻却又写道："如果从现在开始能让我学习十年的话，我想我也能讲像我们在大学听过的伦理学概论那样的课。"[1]

事实上，和辻哲郎在长达九年的京都生活的最后一年的春天出版了他的《作为人间之学的伦理学》（1934），此年秋天他就转任东京大学了。和辻的主要代表作《伦理学》上卷出版于1937年，勤于书信的西田几多郎收到和辻赠书后立刻回复明信片说："收到惠赠大著《伦理学》上卷，感谢并为学界表示庆贺。"（署名日期为5月5日）这样的字句是极具"西田风格"的表达。

1927年，和辻哲郎开始赴德国留学。也许是他本人对此行并不太积极的缘故，总之，这次出行的成果之一反倒是诞

---

[1] 西田在1924年5月29日给和辻的信中说，对于调任和辻哲郎入京大问题的教授会投票结果是"有一票反对"；而竹田笃司在《物语"京都学派"》（中央公论新社，2001年）一书中却说：教授会上反对票很多（见此书第141页）。上文和辻致田边元的信也转引自此书的第140页。

生了《风土》(1935)一书，此书反响巨大，甚至被世人看成他的代表作。1927年是海德格尔《存在与时间》出版的年份，和辻哲郎写作《风土》的动机之一就是针对海德格尔的此作的。

从德国回到日本后不久，和辻发表了一篇题为"日语中对存在的理解"的论文(1929)。此论文经充实后以"日语与哲学的问题"为题收入1935年出版的《续日本精神史研究》中。[1]

6. "人与人之间的关系"——和辻哲郎的伦理学构想

和辻的"伦理学"构想始于对一个问题的探问和回答，这个问题即是：要以日本民族的语言去表述的话，"伦理"意味着什么？答曰：即指人与人之间的"关系"的理法。他写道："伦理问题的地盘不是在孤立的个人的意识之中，而是在人与人的关系之中。所以伦理学是'人—间'之学。如果不是作为人与人的关系的问题去考虑，那就无法真正解决行为的善恶、义务、责任以及道德的问题。当然，还有对我们来说最为切近的问题，即认清我们正在讨论的'伦理'概念本身的问题。"（《伦理学·绪论》）

---

〔1〕 对于此论文的研究探讨详见日文版《日本哲学小史》(熊野纯彦著，中央公论新社，2012年再版)第Ⅱ部。

和辻哲郎认为，"伦"是"同伙""团体"之意，是"被这一团体所规定的一个一个的人"。他更进一步说："'伦'是'同伙'之意的同时，它还意味着人的存在中的一定的行为性关联方式。"在和辻伦理学中，应受到关注的论点还有很多，本书将在下一章中另行专题论述。

7. 在欧洲的体验——以九鬼周造为例

和辻哲郎在第一高等学校时与岩下壮一同班。在同一年级里，还有天野贞祐（1884—1980）和九鬼周造。和辻之外的三个人是好朋友，尤其是岩下与九鬼、九鬼与天野，他们之间又分别保持了特别亲密的关系。天野和其他几个同学不同，他从第一高等学校毕业后升入京都帝国大学，1926年又以副教授身份回京大执教。1930年，天野完成了康德《纯粹理性批判》的第一个日文译本，第二年升任教授。1950年，天野接受吉田茂的请求出任文部大臣，一共在职两年。九鬼周造结束了他漫长的留学生涯回到日本后，先是在京都帝大任讲师，据说此举也是好友天野贞祐积极助推的结果。

九鬼周造出生于东京芝区的一个文部省高官家庭。父亲九鬼隆一长期从事美术行政工作，他重用费诺罗沙、冈仓天心等人，致力于发掘和重新评价日本的传统美术。母亲九鬼波津，当她在腹中孕育着周造的时候，曾经与冈仓天心发生恋情。九鬼周造的少年时代，他的父母处于分居状态，而母亲与冈仓天心的丑闻也早已传扬开来。不难想象，这些传言肯定会对九鬼精神世界的形成造成某种程度的影响。"不久，我父亲死去，母亲也过世了。现在我对冈仓氏的心情已经是几乎不含任何杂念，只剩下尊敬之情了。回忆全部是美丽的。光亮处美，阴影处也美。没有坏人。一切都如诗一般美好。"（《回忆冈仓觉三氏》）。时过境迁之后，九鬼周造写下上面这段回忆。[1]

1921 年，九鬼周造出发去欧洲。他在欧洲停留长达 8 个年头。西田几多郎没有留学欧洲的经历，田边元、和辻哲郎二人的留学是奉文部省之命而行，留欧的年限也是被规定死的，尤其是和辻，他甚至是缩短了留学年限提前回国的。所以相比而言，九鬼游学海外的时间相当长，在当时可以算是个例外。而且在此期间，九鬼曾直接就教于李凯尔特、柏格森、海德格尔这些当时能够得见真容的最佳师资。[2]

---

[1] 关于九鬼周造的哲学，坂部惠《不在之歌》（TBS，1990 年）具有先驱性意义。关于九鬼周造的生平与哲学，田中久文《九鬼周造》（鹈鹕社，1992 年）以及《读解日本的"哲学"》（筑摩新书，2000 年）第三章中有详细论述。

[2] 1928 年 6 月起，九鬼周造第二次来到巴黎，当时给他上个别指导课的是23 岁的萨特。据说，萨特为九鬼讲述自笛卡尔至柏格森的法国哲学史，而九鬼则为萨特讲解海德格尔。清冈桌行《七叶树之花曾说》一书生动地再现了九鬼的巴黎时代。

在巴黎时，九鬼周造写下了很多短歌。[1]通过这些短歌作品可以窥知，在看似多彩欢乐的留学生活中，其实也难免有些阴影。"舞蹈时，莫要满脸，寂寞神色！为避这骂声，强作欢颜"——这是九鬼周造写下的一首短歌。他的短歌集或诗集中常常难掩"寂寞"，这或许就是自少年时代起就一直伴他终生的一个"阴影"。"寂寞啊！冰冷有力的，这一吻之下，必将死去，请紧抱住我"——在这首略含情色意味的短歌中，九鬼周造依然在吟咏人之孤独、人之永难遮掩的寂寥。

8. 九鬼周造的主要著作——关于《偶然性的问题》

1929 年，九鬼周造回到日本，赴任京都帝国大学。第二年他出版了《"粹"的结构》一书，此书在九鬼的作品中影响最为广泛。正如仅仅靠《善的研究》无法触及西田几多郎的核心思想一样，如果只知道"粹"的问题，远没有理解九鬼思想的精华。

九鬼周造的主要代表作是《偶然性的问题》（1935）一书。此书《序说》起首写道："偶然性是对必然性的否定。必然的意思是必定如此。即，存在本身拥有根据——无论是哪种意义上的。偶然的意思是说很少几率地碰巧如此，存在自身没有充分的根据。即，这是包含否定的存在，是可以没有的存在。换言

---

[1] "短歌"为日本传统的诗歌形式之一，以 5 句 31 个音节为一首，每句的音节各为 5、7、5、7、7。——译注

之，偶然性即是在'存在'与'非存在'之不可分离的内在性关系被目击到之时得以成立的。它是在有与无的接触面上的极限性存在。它是有植根于无的状态、无侵入有的形象。"

九鬼周造所分析的，首先是那种与概念和单个物体之间的关系相关联的偶然性，即他本人所说的"定言性偶然"。简言之，即属于例外性质的单个物体所具有的偶然性，如长出了四片叶子的三叶草即可归为此类。虽说如此，一方面，一切单个物体都是对概念的偏离，其自身包含对于概念的多出来的部分；另一方面，例外性单个物体的出现这件事情也是能进行因果性说明的。例如，长出四片叶子的三叶草也能够用营养状况或气候变化等因素加以说明。于是，九鬼周造接下去论述了"假言性偶然"，对那种不同于因果必然性的偶然性加以讨论。

例如，屋顶的瓦片落下来，偶然地砸破了正在路上滚过的气球。瓦片掉落一定有某种原因，或者是由于屋顶年久失修，或是由于大风刮过等。另一方面，气球也一定是由于各种因果的连锁反应才恰好运动到这个位置的。这里只不过是两个因果链遭遇在一起了。再比如有人在院子里挖坑挖出宝物的事，这也是某人准备种一棵树这一行为链与要埋藏赃物这一目的的手段因果链恰巧邂逅了。那么，真正的偶然，或者说终极的偶然性是什么呢？九鬼周造在最后论述了"分离（disjunction）性偶然"。以下简要介绍这个观点。

9. 形而上学的偶然性——九鬼周造的"实存哲学"

从定言性偶然到假言性偶然，再到分离性偶然，这也就是由逻辑偶然性到经验偶然性，再由经验偶然性向形而上学的偶然性这种追溯依据的理路。那么，形而上学的偶然性即九鬼周造所说的"分离性偶然性"是什么呢？极其简要地概括而言，例如轮盘赌的指针停在红色上的时候也有可能停在黑色上，反之亦然。从概率上说即便可能性接近零，骰子1000次都出"6"的情况在理论上是可能的，而且第1001次掷出骰子仍然有可能还是"6"。意思是说，骰子的前一回的得数并不是下一回得数的原因。这里能出现的是某种"惊叹的情绪"，只会是人们对于被称作"命运"的这种偶然而生出的惊讶之念而已。因此，"对于偶然的形而上性质的惊异采用了面对命运表示惊异的形式。当偶然对人的实存性具有核心性、全人格性的意义时，偶然就被称作'命运'了"。因此也可以说，"像骰子那样被掷出的选项之一在动摇着实存的整体并获得了实存之核心的那个东西，就可以称之为命运"。眼前的现实便是一种偶然，但现实本身就是应当惊叹的命运。

基于上述思考和表述，九鬼周造以这个国家的语言建构起了日本最早的实存哲学。专题论文《惊讶之情与偶然性》发表于1939年，同年，此文收入题为"人与实存"的专著中。附言之，把 Existenz 一词定译为"实存"的也是九鬼周造。

10. 中世哲学史研究的拓荒者——岩下壮一

九鬼周造在大学时代与岩下壮一交往密切，常互相到各自家中走动串门。九鬼在这种交往中恋上了好友的妹妹，但岩下的妹妹笃信天主教，她不久就去做修女，在修道院昏暗肃静的角落里隐身而居。这对九鬼来说是人生中又一次的心灵创伤。

岩下壮一（1889—1940）出现在本书中似乎缺乏必然性，因为在任何意义上他与京都学派都没有哲学上的交集。若说有些关系，那也不过是他在第一高等学校读书时曾与天野贞祐和九鬼周造做过同学这种人际交往上的关系。虽说如此，岩下与京都帝国大学却有着深厚的关系。岩下壮一是东京大学科倍尔的门生，但他作为着先鞭者开创的中世哲学研究后来在东大却长期没能落地生根。相反地，京都大学哲学研究室自第二次世界大战以前就在不断地培养研究中世纪哲学的学者。关于这期间的情况，下文还将简要述及。

岩下壮一生于东京，身为圣公会信徒的父亲是位实业家。华族（对与皇室有关系的贵族的称呼——译注）出身的母亲也是天主教信徒。从出身地域和阶层来看，岩下都与九鬼更接近，而离和辻哲郎稍远。他从东京帝大哲学科毕业后即留学欧美，周围人都期待他留学归来能回到东大的哲学研究室工作。然而，岩下却选择从事神职工作，成了一名神父，后来又选择与麻风病人一起生活为自己的天职。1930 年，岩下壮一就任

"神山复生病院"第六代院长。他在无比繁忙的工作之余写成多篇论文，其中的主要内容也是与天主教神学的思想观点相关的，这些论文在他死后被编集为《信仰的遗产》一书（1941）。岩下研究中世纪哲学史的相关论文则被收入《中世哲学思想史研究》（1942）一书，论文《新经院哲学》就在其中，这是岩下学术研究的代表作。这篇论文是在 1932 年岩波书店策划出版"岩波讲座哲学"时，岩下壮一接受出版社约稿后写成的。在岩下这部学术论著集中还收录了他为"岩波大思想文库"而写的论文《奥古斯丁的神国论》。

11. 与时代抗争——关于《中世哲学思想史研究》

《中世哲学思想史研究》的第一篇论文题为"中世思潮"，是 1928 年为"岩波讲座世界思潮"而写的。岩下壮一在论文开头写道："泰西中世纪的思潮是希腊哲学与基督教合流而来，这一点无须赘言。而这一根本的事实，使得中世思潮与现代思潮的关系密不可分；同时也使得中世思潮研究的意义突显出来，因为由此可知，中世不单是由古代向近世过渡过程中的一个时间段，它与古代和现代的联系不单纯是历史意义上的。"

与岩下壮一同时代的许多学者当时还未曾关注到中世，他们还深信着中世的哲学不过是神学的婢女这类常识性判断。当然，这些也不完全是日本研究者们的责任，当时许多被广泛阅读的西方哲学史也对中世纪哲学言之甚少。例如，拥有很多读者、被视为哲学史范本的文德尔班著《哲学史教程》在论述中世纪哲学时只用了 2 章共 6 节的篇幅，而且并没有利用原始资料。要追究造成如此后果的始作俑者，那该是费舍尔乃至黑格尔本人的哲学史讲义的问题。

12. 进行中世哲学研究的意义——投向古希腊和近代的视线

在上一小节介绍的那种时代状况中，岩下壮一首先需要大力强调中世纪哲学对于哲学整体的意义。为此，他必须强调的第一点是：中世纪哲学也是古希腊哲学的正当继承者。岩下的论文《中世思潮》是一篇以通史形式写成的、篇幅超过 180 页的长篇论文，其中专设"作为中世纪思潮之要素的希腊哲学"一节，重点描述了希腊哲学与基督教信仰相结合之后产生出的中世纪哲学的面貌。他论述道："无论人世间的智慧与神的智慧事实上曾是如何地对立和矛盾，但难以动摇的事实是：基督教神学是受到希腊思想影响后产生的；同时，基督教信仰恰好能够满足的那些宗教性需求在希腊思想，尤其是希腊精神中多有蕴含，这一点不容忽视。"岩下壮一在该论文中还进一步写道：

"往昔，吸引古希腊人心灵的首先是天地自然。由于那不是直接的肉体欲望的对象，所以是无尽的快乐。他们想要永不厌倦地欣赏美景。而思维，这只不过是以'心眼'观事而已。以'心之眼'观察事物就是去了解。聪明的希腊人想要理解这变化无端的外部世界。（略）据说，苏格拉底曾以'识人'二字诫己警人。但这不是像基督教那样通过解决人生问题去树立世界观，相反地，这依然是要通过探究事物的真相去认识自己。"（《中世纪思潮》）在岩下的论文中，常可见到类似这样对古希腊哲学美妙而准确的理解和表述。

不仅如此，岩下壮一还认为研究中世纪哲学的人们不应把自己封闭在"中世纪哲学"这一狭小的天地之中。他说："像说反话一样可以极端地认为：要想充分地认识中世纪并对其做出评价，其先决条件是要彻底理解近世。要历史地理解中世纪经院哲学先要通晓希腊思想，而作为经院哲学的现代应用，吃透近世哲学又是必须的。"（《自然性秩序与超自然性秩序》）《中世哲学思想史研究》一书的责编吉满义彦曾说：岩下壮一的研究中既包含着要通过研究中世纪经院哲学对近代哲学进行"根本性批判"的意图，同时，也是要通过重新审视中世纪哲学"认真地重新检讨"古希腊哲学和近代哲学。

岩下壮一也曾受委托要撰写一部《中世纪哲学史》，如果此书能够完成，他希望"教父哲学"能在其中多占些篇幅。仅从已完成的《新经院哲学》一文中，我们对岩下的此一设想尚难窥其全豹，但通过阅读此文可以感知到：在岩下从事经院哲学研究的主观背景中，有他对于"教父"的深刻理解以及对所谓"神秘主义"的深切共鸣。

13. 京都学派中的历史研究——以对中世纪哲学的研究为例

在西田几多郎和田边元率领下的京都学派的思考工作有一种倾向，这种倾向一言以蔽之就是 Selbstdenken（自己去思考）。因此，在这个圈子里，只热衷于对哲学进行历史性研究的人，他的处境就会比较严峻，至少西田几多郎是这种态度。

即便如此，京都大学还是很早就培养出了对中世纪哲学兴趣浓厚的学者，其中有山内得立（1890—1982）、长泽信寿、高田三郎（1902—1994）、服部英次郎。长泽翻译的安瑟伦著作、服部翻译的奥古斯丁著作都被收入岩波文库中。高田三郎在第二次世界大战结束后领导完成了出版全译本托马斯·阿奎那《神学大全》的宏大事业，同时还培养出山田晶等一批引领战后中世纪哲学研究的接班人。[1]

―――――――――

〔1〕一个令人深思的现象是，"二战"前的托马斯研究的核心承担者是经济学家。福田德三留德回国后发表论文《托马斯·阿奎那的经济学说》（1905），与他同在东京商科大学（现在的一桥大学）的上田辰之助也是倾慕托马斯的学者〔据说他把自家私宅命名为"多摩（音 Tama）书屋"〕，还有神户商科大学（现在的神户大学）的五百旗头真治郎也把研究托马斯当作自己终生的课题。请参照稻垣良典著《托马斯·阿奎那》（讲谈社，1979 年）第 10 页以后的内容。关于第二次世界大战以前东京帝国大学中没有形成研究中世纪哲学的传统的问题，究其原因，一方面是由于岩下壮一本人转入神职工作，另一方面还因为石原谦被东北帝国大学抢聘走了。关于日本在"二战"后的中世纪哲学研究的情况，清水哲郎在论文《日本的中世纪哲学研究》（《哲学的历史》别卷）中从他个人的角度进行过概述。

　　山内得立曾留学弗来堡，师从胡塞尔，还翻译了李凯尔特的《认识的对象》一书。西田几多郎虽然为此译著撰写了序文，但他对山内其人的评价并不高。恐怕在西田眼中，当时的山内只不过是个缺乏独创性的年轻研究者而已。令人稍感意外的是，当有人提出要在京大聘用山内得立时，波多野精一很强硬地反对这一人事安排。然而，后来的结果却是，当"二战"后的京都大学哲学科遭到毁灭性打击之时，正是山内得立毅然留下来为重建哲学研究室竭尽全力。"二战"后的山内出版了《实存与所有》（1953）和《逻各斯与引理》（1974）这样的系统性著作，表明他对古代·中世纪哲学的研究本身也是一种哲学研究。

　　在《实存与所有》中，山内得立写道："习俗性的东西不仅仅是普遍性的存在，它是被分开来赋予每个人的事物。自然的原野是没有界限没有区域划分的，但通过分割和分配，田地有了分界和区域划分，由此也使得某块地成为某人的所有物。界限发挥着分割的作用。分割不单纯是将整体划分为多个部分的几何学的操作，通过分割，一个新的存在诞生出来。"

　　今村仁司在他的晚年对清泽满之的思想很感兴趣，不断加深着在宗教思考方面的共鸣。今村在他的遗著《社会性的哲学》中论述作为存在的原初性结构的"根源分割"问题时，用很多篇幅引用了包括上述引文在内的山内得立的一大段话。

14. 京都学派中的三宅刚一——《学的形成与自然性世界》的问题设定

如果要举出一个规模宏大、能从整体上把握西方哲学史脉络的学者，而他又属于广义的京都学派的话，那么，此人非三宅刚一（1895—1982）莫属。他的第一部专著《学的形成与自然性世界》在论述笛卡尔之前，首先探讨了奥卡姆的自然观、时间论及运动论。这是日本研究者中专题论及奥卡姆的先驱。

三宅刚一在冈山的第六高等学校时期师从高桥里美学习过德语。高桥到东北帝国大学理学部教授"科学概论"时，三宅到新潟高等学校赴任。后来高桥里美调任东北帝大法文学部后，三宅接替高桥的"科学概论"课，开始了在仙台的生活。三宅刚一曾留学德国，在弗赖堡受教于胡塞尔，与海德格尔也有交往。后来，他的教席转入东北大学哲学科，泷浦静雄、新田义弘、木田元等人都受到了他的影响，而这些人正是在"二战"后的现象学研究中发挥过核心作用的研究人员。"二战"后重建京都大学文学部哲学科时，三宅刚一也在被邀请的教授之列。但请三宅就任京都大学教授或许仅仅是出于人事安排上的某种"平衡"的需要，他在京大执教的时间只不过四年。

三宅刚一在它的《学的形成与自然性世界》"序"中解释"自然性世界"这一概念时写道："关于世界的观念，无论是它的起源还是其内容都是因人而异的。我在此所说的'自然性世界'不是仅指自然界或物质世界。只要我们承认自然与历史相对、物质性存在与精神性存在相对这类的思考模式，那么，自然界也好，物质世界也好，它们就只是世界中的一个领域而不是世界本身。只要我们说'世界'，那就必定是要以某种方式将历史性、精神性存在也包含在内的整体性世界。但是，这种整体性世界的基本性质被特别地强调为历史性或精神性了，如果说存在着一个不同于此的世界的话，那就可以称之为自然性世界。"

三宅此书出版于昭和十五年，这是日本对美宣战的前一年。当时京都学派的主流是以历史哲学为其主战场的。虽然当时西田几多郎和田边元之间也存在一些微妙的各执一词的地方，但从学派整体来看，其重心在此无疑。关于这期间的情况将在本书第三章作为中心议题之一进行讨论，而此处要指出的是，在理解前引三宅的这段奇妙地极尽曲折的表述时，可以把当时京都学派的上述情况视为一个背景。三宅刚一在他的首部专著的《序》中，一方面认为世界一定是包含着历史性层面的存在——这是刻意回避与学派主流观点唱反调，但同时他大胆选择了与以西田、田边为中心的当时的思想界并不相同的问题设定。

15. 三宅刚一的历史研究——《学的形成与自然性世界》之展望

三宅刚一著《学的形成与自然性世界》一书 1940 年由弘

文堂出版。此书为三宅的首部专著，但从质和量两方面说，此书都堪称他的代表作。弘文堂当时尚在京都，是一家与京都学派，尤其是和年轻学人缘分很深的书肆。《自然性世界》从毕达格拉斯学派的数学写起，逐渐进到柏拉图理念论中数的问题、有关一与多的问题，"理念如何才能够既是一又是多呢？由于理念是数，即由于理念是被数量性地限定、被秩序化的多，因此它也能够是一。所谓数，既是一，同时又是多，是多同时又是一的方法"。三宅刚一在参考伯纳特和斯蒂采尔、罗斯等人的新成果的基础上深入思考了柏拉图思想中的数的问题。在柏拉图看来，数是"有秩序的世界的结构"，它就是世界的逻辑。亚里士多德则不同，他只在数学意义上看待数，因此没能领会柏拉图"理念与数的内在性关联"的思想——这就是三宅得出的结论。

接下来，三宅刚一聚焦柏拉图《蒂迈欧篇》中的宇宙论问题，又进一步探讨了自亚里士多德至柏罗丁的有关"无限"的思考。在这些讨论中，三宅关注到斯多葛学派的自然哲学，这种眼光在当时确属少有的见识。他对奥卡姆的论述前文已做过介绍。关于西方近代哲学，三宅刚一的考察始于笛卡尔，经过莱布尼茨，及于康德。在此无法备述其详，只引述其结论如下。

三宅写道："关于在意识的领域以及历史性世界中的时间

的存在方式、意味的问题，已有很多论述，但在那些领域中，空间性是以何种形式介入的呢？这也是个重要问题。更进一步，历史的世界中的自然性的东西的存在方式也需要精密的彻底的研究。如果有人认为只需要有形式化的图解论、简率的还原尝试就能解决问题的话，那么，这种人就是尚未意识到问题的真正的重要性。"——历史性世界中的"自然性的东西"是什么？以当时的京都学派的思考脉络来说，那就是生命，是身体。"形式化的图解论"令人联想到三宅的老师田边元的立场。后面还有机会论及这方面的问题，至少在沉潜于身体论的西田几多郎眼中，他对田边元也有这种不满评论。战后，三宅刚一也不断深化着他对身体论的关注程度。

16. 从哲学史研究到体系化哲学研究——三宅刚一的努力

"二战"后不久，三宅刚一同样是在弘文堂刊行了他的《数理哲学思想史》(1947)。后来，他的《人之存在论》(劲草书房，1966)、《道德的哲学》(1969)和《时间论》(1976)均由岩波书店出版。这些虽然都不是鸿篇巨制，却是三宅自己的系统性研究成果。

在此，介绍《人之存在论》一书。《人之存在论》在《绪论》中首先澄清了著者提出"人之存在"这一问题的意味，概论了相关的研究史和方法论。第一章的主题是"人之存在与自然"，在其中，他首先介绍了 Uexküll 的"环境世界"(Umwelt

世界）论、梅洛·庞蒂的思想等多种人学构想，在此基础上，他加以考察的是身体问题，重点论述"身体与工具"。这个问题正是昭和十年代以来的京都学派思考的主题系列之一。

"在一个没有使用者即长着双手的主体的世界中，工具是不存在的。"在海德格尔对工具的分析中，身体性主体缺失了。三宅认为："言及身体性主体时，必须要考虑拥有身体的'我'是怎样的存在。要解答这个问题，只从外部把身体当作客体进行思考是无法做到的。对身体性主体进行现象学的考察，首先需要了解在此主体面前所呈现的世界，即我们周围的世界是如何呈现的。"他运用了由"此"及"彼"，再向"远处""更远处"这种由近及远的"远近法式的结构"深入分析感性化世界。

三宅刚一上述思想与昭和十年代京都学派的思考之间的差别之一即是，他已经充分参考了马尔塞尔、萨特、梅洛·庞蒂的相关论著。三宅调任京都大学后不久在《京都大学文学部五十周年纪念论集》中发表论文《人之存在与身体》（1956）。从昭和十年代的京都学派思考的范围来看，他们当时提出的问题，在 20 年后获得了新的解答。

17. "西哲丛书"的登场——下村寅太郎著《莱布尼茨》

在《学的形成与自然性世界》中，莱布尼茨的思想占有不少篇幅。三宅刚一在他的这部著作中论及莱布尼茨有关"多与一"的问题时判定如下："在莱布尼茨的思想中，'多的存在'本身不太是个问题，他没有从原理上讨论过'由一到多是如何实现的'这一问题。不如说他从一开始就把'多的存在'看成是当然之事，他考察的中心是多如何能够相互一致、和谐共存的问题，或者说是如何能够在保持多之存在的同时形成一个'世界'的问题。"

在三宅刚一《学的形成与自然性世界》出版之前，1938年，下村寅太郎（1902—1995）出版了他的专著《莱布尼茨》。这是弘文堂"西哲丛书"中的一种。据下村回忆，这套丛书是以田边元为监修者，木村素卫、高坂正显、西谷启治以及下村寅太郎他们几个人策划推出的。他们共选出自苏格拉底至现代的 32 位哲学家，计划主要由当时住在京都的青年研究者分头执笔撰写成书。然而，年轻人虽有热情，但也容易是三分钟热度，所以有些书目最终未能按原计划完成。例如，"负责托马斯·阿奎那的服部英次郎认为要写托马斯就要先研究亚里士多德，最终他这本没写出来"。如果这套丛书能按计划全部出齐的话，我们就能够借此了解"二战"前京都学派从史的角度进行哲学研究的全貌了。

下村寅太郎曾对他自己这部《莱布尼茨》回忆道："作为爱尔特曼（Benno Erdmann）、策勒、费舍等人的古典性诠释的形而上学者的莱布尼茨，作为库特拉、罗素的近代性解释的逻辑学家的莱布尼茨，甚至是作为卡西勒的认识论者的莱布尼茨，卡皮察（Kapitsa）、施莱曼巴赫等的恢复名誉的形而上学者的莱布尼茨，本书试图综合以上的诸多论述立场，从数学·逻辑学形成的视点出发，去系统地理解莱布尼茨的数学、认识论、形而上学。"（《西哲丛书忆事及其他》）下村寅太郎的这本《莱布尼茨》在日语世界中已经成为研究史上的经典之作，它与山本信、石黑秀二人的著作一起，值得当代人反复研读。

三宅刚一还致信下村："我一边赞叹《莱布尼茨》取得的成就，一边拜读大作。（中略）衷心祝贺你为我们写下如此精彩的莱布尼茨。"西田几多郎也给下村回信说："来信收悉。三宅君不轻易允肯他人，他也为你庆贺，实属不易。日本也有了自己的莱布尼茨研究专著，可喜可贺。"（据 1938 年 8 月 26 日西田致下村书简[1]）

18. 近代科学背后的"精神"——下村寅太郎的问题意识

1944 年，下村寅太郎的另一部专著《无限论的形成和结构》出版，这是他在数学史·数理哲学方面的主要著作。"'无限'是否存在？如果存在，它存在于何处？更进一步，我们最终能够把握无限吗？如果能够把握，该如何做才能实现？这是

---

〔1〕 关于此信的情况请参照前引竹田书的 259 页以后部分。三宅刚一的信转自该书 260 页，此信实际上是一封通知变更家庭住址的明信片。

无限论面临的第一个问题。然而，无限这一概念，它本身本来不过是个消极性否定性的概念。当我们颠覆了这一消极性概念使之成为积极性存在时，无限才成为具有重大意义的概念。"（《结语》）在哲学史上，为"无限"赋予了积极性意义的典型策划即是黑格尔的"真无限论"。在数学史上，康托尔集合论的形成就是无限概念"颠覆其消极性使之成为积极性存在"的最大尝试。下村寅太郎此书是研究康托尔"超限数论"（die transfinite Zahlenlehre）的最高水平的著作之一，已成为经典名著。书中对康托尔论证过程的解说有如下一节：

"为使无限能作为数而形成、作为数被处理，就必须要将无限彻底变为对象。为此，集合必须是有可能进行相互比较之物，即'能够计算之物'。在此，'浓度'（Mächtigkeit）概念作为集合论的基础概念被导入。在有限集合中，其基数与元素的数量是一致的，并且与排列无关；但在无限集合中，元素数量未必一致，由于不能对元素进行直接规定，在此就形成了作为测量集合单位的'浓度'概念。浓度是比较集合与集合、规定其相等或大小时的基准。构成这一概念之根基的是'对应性'这一概念。实际上，这个概念来自射影几何学。康托尔最初是从施泰纳的射影几何学导入此概念的，而后又加以扩张了。"仅从上面这段引文就可大略窥知下村寅太郎的历史研究的范围之广、处理研究对象时的方法之多样性。

在日本近代，科学只是作为成果被接受、作为知识体系被移植过来的。下村给自己提出的问题是那个产出科学与技术的"精神"。这一问题意识也使得下村寅太郎在那次著名的"近代的超克"座谈会上的发言至今仍值得人们重温回味，而且和当时在场的其他人相比，这几乎是硕果仅存的。[1]

19."近代的超克"的光与影——下村与高坂

在此首先引述下村寅太郎在"座谈会"上的发言，他说："我认为，作为结果形成了机器——这种认识是近代科学的概念（中略）。近代性机器不是模仿自然，也不是自然的推演，而是对自然的重新编排、重新建构，或者说是对自然的改装。只有具备此种性质的东西，它才称得上是近代意义上的机器。只有想要促成此种性质之机器的认识，才是具有近代科学性质的认识，而近代性技术也一定是要以此种具有近代科学性质的知识作为媒介的技术。""二战"以后，下村寅太郎进一步拓展视野，他关注的是以欧洲文艺复兴为中心的整个的人类精神史。

高坂正显（1900—1969）通过自己的思考也找到了"机器现象"这一应当能解开近代之谜的一把钥匙。他说："不是从

---

[1]　参照广松涉《"近代的超克"论》（讲谈社学术文库，1989 年）第 24 页以后部分。需要附带说明的是，还有一位平野谦，他虽然遭到广松涉批判，但他也在第二年出版的针对座谈会文集的书评中表达了同样的评价。参见平野谦《昭和文学私论》（朝日新闻社，1977 年）第 442 页。

对自然的观察中孕育出了机器，而是对自然的支配使机器被组装起来。同时，至少在思想实验中，人们认为自然整体都应当作为机器被组装起来。"（《历史哲学与政治哲学》，1939）在这里，高坂看到了"机器主义的根基反倒是人类中心主义"的理由。高坂正显是清晰敏锐的洞察与对时代思潮的参与混淆在一起的典型实例之一。

20. 某夜的对话——摘自下村寅太郎的日记

下村寅太郎在 1933 年 1 月 29 日的日记中记录了下面的情况："夜会西田先生。还有田边先生，高坂、西谷、久保、高山诸君。（西田）先生首先说，关于个体与个体之间相互限定、普遍与个体之间相互限定，这两个问题之间的关联可以做新的思考。田边先生提了很尖锐的问题。"据推测，他们当时讨论的问题应与西田几多郎在那年 4 月开始执笔撰写的论文《我与世界》有关。按田边元所述，西田当时表达了"不满足之意"，而且没过多久又突然中止了讨论，"11 点半。西田先生问大家现在几点了。这种情况以前从未有过"[1]。

---

[1] 参照前引竹田笃司著作第 78 页以后的部分。文中的"久保"其人即土井虎贺寿，他有一时期自称不是哲学家，而是个画家，他是青山光二作品《我らは風狂の師》的原型人物。以眼光敏锐超群著称的州之内彻也很赞赏这位奇人哲学家的文章与素描作品。参见《気まぐれ美術館》（新潮社，1978 年）第 91 页以后的部分。

　　下村寅太郎的日记，记录下了在昭和八（1933）年这一具有象征意义的年份的一月，在京都学派两巨头之间浮动着的那种微妙气氛。自田边元论文《仰承西田先生之教》发表到那时，已经过了近三年的时光。但田边元仍然还不时地前来参加"西田聚会"，可见田边与西田之间依然保留着某种程度的亲近关系。而标志着田边元"种之逻辑"的构想日趋成熟的《社会存在的逻辑》一文发表于《哲学研究》是在第二年，即昭和九年。西田与田边的关系开始出现变化，随之而来的是京都学派整体的布局开始有了变动。

　　下一章我们将从介绍京都学派周边的情形入手展开论述。

第三章 转 折
——马克思的冲击

1. 黑格尔与西田几多郎——从对高桥里美的回应来看

西田几多郎《善的研究》出版后，高桥里美（1886—1964）称赞此书为日本近代史上第一部"独立的哲学书"。然而，事实上，高桥本人的论文《意识现象的事实及其意义》（1912）在许多论点上是批判西田的。为此，西田几多郎专门撰文回应了高桥（此文收入《思索与体验》，1915年）。

高桥里美在《事实及其意义》中指出："经验论的实在只依赖于直接经验，与此相反，黑格尔式的主知论思想则认为，直接的东西在实在方面是最贫寒之物。"西田几多郎对此首先表示承认说："看来确是如此"，紧接着就回应道："但是所谓经验论者的直接，黑格尔所说的直接，都不是我所说的直接。"那么，西田所说的"直接"是什么呢？他本人回答道："是独立自主运动的、具体性全体"，是"如同黑格尔的概念的"。[引自《答高桥（里美）文学士对拙著〈善的研究〉的批评》，1912年]——从第三者的角度来看，很难判断在《善的研究》中西田的立场与方法有哪些是与黑格尔近似之处。然而，随着思考的推进，西田在深化自身思想的过程却是愈来愈接近黑格尔。

　　然而，在有关黑格尔的历史性理解方面，西田几多郎不及高桥里美。高桥写过多篇有关黑格尔的主题研究论文，这些论文在今天看来也足以引起人们的关注和兴趣。具体性"全体"的立场，它与"包辩证法"[1]一词一起显示着高桥自身的哲学境地。正是"包越性全体性使时间真正成为时间、历史真正成为历史、现实真正成为现实、日常性真正成为日常性、有限者真正成为有限者，而与此同时，它自身永远是无限之物"（《包辩证法》，1940 年）。

　　高桥里美在他的主要著作之一《全体的立场》的序（1932）中写道："'全体的立场'对于我来说，直接意味着哲学本身的立场。（略）我最近对于海德格尔的存在论和舍勒的人学，以及狄尔泰一派的生之哲学等问题也越来越感兴趣，但以往最能够激发我的思索的是西田先生的哲学，马堡学派、德国西南学派、现象学派（尤其是胡塞尔）等的哲学，此外还有黑格尔的哲学。"这段话既反映出高桥里美自身的思考背景，又显示出书中所论对象的广泛程度。

---

[1]　包辩证法，是高桥里美提出的个性化哲学概念，高桥有论文和专著以此为题。"包"即包括、总括，"越"即超越，高桥将二者合称"包越"。"包辩证法"主张：以"绝对无之爱"的包括性、全体性去总括、超越辩证法中的对立双方。——译者

高桥里美出生于山形县，后进入东京帝国大学哲学科学习。1921 年起奉职于东北帝国大学，自 1925 至 1927 年的两年中留学德国，师从李凯尔特和胡塞尔。在鹫田清一担任大阪大学校长之前，高桥里美还是日本首位担任旧帝大的大学校长一职的哲学家，他于 1949 年就任东北大学校长。

2. "绝对无"与"辩证法"——高桥里美的立场

1931 年，黑格尔逝世 100 周年。在此前后，以德国为代表的欧洲各国，甚至于在日本，都出现了一股"黑格尔复兴"的动向，盛况空前。高桥里美在那一年出版的纪念论文集《黑格尔与黑格尔主义》中发表题为"黑格尔主义与新康德主义"的论文，这篇论文很好地体现了高桥的兴趣所在。此文后来也收入他的《全体的立场》一书中。

高桥认为，思考黑格尔与新康德派之间的关系问题，就是思索"辩证法"（黑格尔）与"他立原理"或"异他性原理"（das heterothetische od. heterologische Prinzip）（李凯尔特）以及"根源的原理"（Prinzip des Ursprungs）（科恩）的关系。文中，他一方面注意到当时最新的研究成果，一方面全体地阐述了他自己对李凯尔特与科恩思想的分析，在此，我们无法详述这些分析的具体内容。但是，必须提请注意的是：在高桥此文的结尾，他一方面说要降落至"无限丰富的经验的低地"，同时又说要"到达高超出黑格尔的立场，最终抵达绝对无的立场"，他把这两者都列为自己的课题。

在高桥看来，"绝对无"是"包含体系自身的、作为纯一的全体性之全体性"，就是"包含一切之存在，而且也是消尽一切存在的、自然而然的空零的纯无"，"包含一切自觉性限定的超自觉性的绝对者"（《全体的立场·序》）。高桥的"绝对无"正如他自己也承认的，这是在既受西田思想影响又对其加以反思批判的基础上形成的一个"概念"。高桥里美提出的"无"本身就具有过程性的性质，或者说是与生成相关的性质。可以说这与高桥定义的哲学的样态是非常一致的。高桥里美写道："我的所谓'体验的全体'的立场，即是指要立足于体验的全体性关联去考察研究对象的立场。由于进行考察的立场本身即是全部体验的一部分，又由于哲学不是作为'完结之物'而存在的学问，而是拥有过程性、具有学问性质的爱，所以我们必须要从体验的某部分或某一点出发向着体验的全体迈进。"那么，"哲学的出发点""始元"是什么呢？高桥自问自答道："任何地方都有体系的开端，任何地方也都有体系的终点。正因如此，这才是个体系。"（《体验之全体的立场》，1929 年，收入《全体的立场》）上述即是高桥里美强调"全体的立场"的理由之一。

3. 对马克思的回应与身体性的问题——昭和初年的田边元

1924 年，康德诞辰 200 周年。田边元为纪念这个年份刊行了《康德的目的论》一书。此书成为"二战"前日本的康德研究界最高水平的三部（篇）康德论之一，其他二者是和辻哲郎论文《康德的"人格"与"人类性"》（1931 年发表前半部分），以及高坂正显著《康德诠释中的问题》（1939）。

田边元《康德的目的论》一书在扉页上写有"献于康德灵前"的献词，然而，具有讽刺意味的是，对于著者田边本人来说，此书却成为他告别康德哲学的著作。因为自此以后，田边元的兴趣急速地转向了黑格尔。这一转换的思想背景是，对抗马克思主义成了他的新课题。他曾写道："当时，苏维埃革命掀起了无产阶级世界革命运动的澎湃波涛，这一波涛也冲击了我国，与马克思主义者进行的理论斗争震荡着学界，只要是从事与思想学术相关的工作的人们，多多少少都感受到了来自这方面的刺激。要与马克思主义对阵，这一课题不容分说地把我推向了对辩证法问题的研究。"这是田边元在他这部康德论的《再版序言》中交代的。

在田边元《黑格尔哲学与辩证法》（1932）一书收录的论文里，发表时间最早的一篇是《辩证法的逻辑》（1927—1929），文章一开始就归纳了辩证法的四大特质，即一、综合性；二、否定性；三、（主张逻辑与实在一致）的实在性；四、（从逻辑演绎出事实的）发出性，在此基础上他展开了自己的理论。无论是哪项规定，单从对黑格尔的理解上来说都是很成问题的，不仅如此，展开论述的整体思索也是相当模式化、"悟性式"的、非黑格尔式的。然而，田边元通过完成每一篇论文，都在不断地加深着他对黑格尔的理解，同时也在改变着他自己的哲学立场。

在 1931 年写成的论文《黑格尔哲学与绝对辩证法》的结尾处，田边元涉及了"身体性"的问题。他认为："意识的问题无法解决，这是由于观念一直非辩证法式地存在于意识之中的必然结果。"意识自身是"具体性并且是辩证法式"的，"此事要在现实中得以证明，只能靠以身体性为契机的活动"。所谓身体，它"是外与内的统一，同时又是二者的分歧处"，"只有身体性才是辩证法最直接的发现"——田边元既要立志与马克思决战，又想要深入学习马克思，他当时的这种思想姿态很好地浓缩在这段文字之中。正是田边元对于身体性问题的这一论述，同时又发挥了另外的作用，即它还是使田边元与西田几多郎分道扬镳之后又重新走到一起的关键论点。同样是这一论点，同时也成为了京都学派重新集结的轴心思想。

4. 对现实的追问——田边元开始批判西田几多郎

1930 年，西田几多郎著作《一般者的自觉体系》问世。5 月，京都学派的机关杂志《哲学研究》上刊出了田边元的《向西田先生请教》一文，这是一篇宣告田边对西田的批判正式开始的论文。

田边元在这篇论文的起首写道:"无须赘言,西田先生大作《一般者的自觉体系》是昭示着日本人的哲学思考之高度与深度的一座巨大的纪念碑。(中略)书中随处可见的那些基于深刻体验的哲学结晶,放射出永不消失的教诲之光。我们唯有怀着感谢之心以这些教诲来涵养自己。"据说,田边元在日常交往中对西田几多郎也是极尽尊礼,上述开篇之语可说是描绘了田边自己的情况。但问题当然不在这里,而是在后面的论述中。

田边元对西田几多郎提出的批判主要有以下几点:首先,西田的思考会招致"哲学的宗教化"。其次,田边元还批评西田对胡塞尔和海德格尔的理解是很不正确的。但其实,田边元对西田的批判主要只有下面的这一点,即在论文接近结尾处他写道:"在西田先生的自觉体系中,绝对无的自觉是包含全体的最后的普遍者,为此,观念作为映出此物者也具有这样的倾向,即成为绝对性的、成为超历史性地构建起客观的真善美之睿智世界的存在。"这一表述究竟意味着什么?概言之,就是指历史与现实之间的乖离。西田的确也解释行为、论述历史,但在他那里"活的现实被化为影子的存在,行为成了仅仅为'见'而存在的迂回道路,最终只是通过把自己化为无而把一切变成自己"。

由此可知,西田哲学遭到批判的主要一点就是这一哲学中深含的"与现实隔离着的静观谛视"的倾向。

西田几多郎并没有直接回应田边元对他的批判，但他在那段时期咏过一首短歌小诗，内容是："人自人，我自我，无论怎样，我走自己的路"。《田边元全集》第四卷中收录了田边的《请教于西田先生》一文，而此卷的解说文的作者高坂正显也引用了西田的这首短歌。此后，西田几多郎一方面反驳田边元的新成果，同时他又在私下里悄悄地学习，不断地深化着他自己的思考。

5. "种的逻辑"——田边哲学的成立

田边元开始打造被称为"田边哲学"的思考的时候，也是他开始探索"种的逻辑"这一社会性逻辑之时。[1]

田边曾经忠实地描摹过师说——西田几多郎的思考，但他很快承认其中存在问题，这个问题和普遍与个别、全体与个体之间的关系问题相关。下面从《种的逻辑与世界图景》（1935）一文开始考察。

个体与个体既有关系，又是对立的。"个体之间的对立如果不是以共通的种作为媒介的、作为肯定与否定的对立，那就不能够进行思维。"这是因为在属于同一个种的诸个体之间才构成关系、才产生对立。个体不能够越级与"类"这一全体发

---

[1] 以下的论述请参照前举荒谷书的第 14 页以后部分。

生关系并与之形成对立。个体一定是被种所规定的，而且会由于这种被规定状态而与种之间产生对立，但个体不可能直接与类产生对立。甚至可以说，对立基本上只存在于个体与种之间或者种与种之间。"个能够靠自己的力量将种废弃，同时，种能够使个灭绝，并且将其排除于自身之外。"在这种情况下，种不可能是"人类的全体"，它只可能是被特殊化的东西、具体的共同体，即"民族"。"因为个要废除无限的全体显然是不可能的，同时，全体要把个排除于自己之外也是不可能的。"

因此，田边元得出的结论是："由于一个种与另外的种相对立，所以属于某一'种'的个体不能够自由地属于其他的'种'。这是强制性必然地属于该种，同时，如果遭到该'种'的放逐，那就意味着其存在本身被否定了。这样的关系类与个之间不存在。"

1936年，田边元发表了《逻辑的社会存在论结构》一文，他自己似乎也切实感觉到自己的"种的逻辑"正在一个足够深的层面上不断展开。翌年，田边又写下《答对种的逻辑的批评》一文，在文中，田边元回顾自己的思考的出发点时写道："此数年以来，我思考了种的逻辑。最初的动机是要探寻国家对个人实施强制的由来，寻求这种强制性力量的合理根据。"这即是问题的由来。田边在同年发表的另一篇论文中又说："近来各国猛然勃兴起来的民族的统一性、国家的统摄力量等等，仅从作为个人之间的相互关系的社会这一立场去思考，最终是无法完全理解这些的。"(《阐明种的逻辑之意义》)个人，不是直接归属于人之类的。个人首先是属于特殊的社会的。个人即是归属于民族这个种的。具体的逻辑是，种这一媒介不可欠缺。

6. 关于表现性行为的问题——西田与田边的分歧点

西田几多郎在 1932 年写道："昨日之我与今日之我，就如同我与汝，都是处在表现的世界中。"(《我与汝》) 1933 年 1 月，田边元曾当面向西田提出过问题，此事在下村寅太郎的日记中也有记录（本书第二部第二章结尾处引用过）。"过去的我也一样，说是有汝之性格之人也不是本来意义上的汝，因此也就不是本来意义上的社会。"依靠 Ich und Du（我与汝）、个人与个人之间的关系，根本就是不可能解明社会的成立这一问题的。在下村寅太郎的日记中未发现"种"这个词，但上述田边元的发言明显是从"种的逻辑"这一立场出发对西田几多郎的思考提出的批判。

在《阐明种的逻辑之意义》一文中，田边元也对西田进行了毫不留情的严厉批判，他说："如果只是从在行为上不断被迫形成的某种内容方面来看待现实的话，将那个成为契机的行为之'无'去除后只作为'有'使其存在的话，那就是所谓作为表现性存在的解释的对象。其反面即是被作为行为媒介的

'绝对无'所证明之物，"无"被直接当成了前提，以此来支撑体系。这就是'无的哲学'之体系的一般性结构。"田边继续写道："行为不能进入到其体系内部，这一点是很显然的。在解释表现的存在论中，没有行为应占据的余地。因为行为是在否定这种表现性存在之时得以成立的。""表现性存在"是西田后期思想中的关键概念之一。西田几多郎的确是在表现性行为的连续性上来把握历史世界中行为的结构。在西田的这种思考内部，"身体"重新上升至那些主题概念的中心。当时在西田麾下有一批更年轻的哲学家，他们当然也与田边元有来往。这些年轻人正是把"表现"与"身体"，还有"历史"认定为自身思考的课题。

7. 人际关系错综复杂——西田、田边、三木

在那一时期，西田几多郎对于那些矛头指向自己的各方批判并没有随时随地一一回应。他曾写信对人说："田边君的论述虽然很精密，但太抽象，所有事总是离不开康德认识论的立场，他无法进入历史性世界。"还说："就像那些针对我的批判，（田边）让人觉得他挺无情无义的。"（1937 年 11 月 22 日书信）可见，对于来自各方面的批判，西田内心其实是有点感情用事的。这封信的收信人是务台理作（1890—1974），他的著作《社会存在论》两年后问世。青年时代的丸山真男曾为此书写了书评，在他看来，务台理作此书是对看重逻辑的田边元

的思想加入了现象学式的分析，最终成为"首次对所谓'种的逻辑'进行了终结性论述"。

自此以后，西田几多郎与田边元之间的交往也中断了。西田在前妻病故后重新迎娶时，据说田边就曾对周围人发泄过不满情绪。田边元的妻子也是身体病弱之人，田边一直悉心照料直到妻子病殁。很著名的轶事即是，丧妻之事促成了晚年的哲学家与野上弥生子的交往。

田边元还曾因为讨厌三木清在男女关系方面的不检点行为，试图阻止三木调入京都大学。当三木清决定去东京之后，西田几多郎在写给和辻哲郎的信中说："三木君对我之精神似是理解较多。"（1927 年 1 月 13 日书信）此处所言"我之精神"是指西田劝三木清到法政大学就业的真实意图。西田几多郎接下去又写道："某某也有些不好的地方"，这里的"某某"可以看成田边，在对田边的态度中应当承认也是包含着对弟子三木清的感情。[1]

8. "逻辑与生命"——西田的回应

1936 年，西田几多郎发表了题为"逻辑与生命"的长篇论文，他在文中写道："我是由我的父母所生，我的父母又是

---

[1]　参照小林前举书第 248 页以后部分。关于 1937 年以后田边元与和辻哲郎的关系，参看同书第 245 页以后的部分。

由他们的父母所生。我们的'身体性自身'是以'种'的性质被制造形成的。但是，我们不单单是生物性地被生出来的，我们的身体不单纯是生物性的。虽然这样说，但我并不是说我们自身是超越身体之物。相反，我是说我们的身体是逻各斯性的。（中略）我们的'身体性自身'不只是依赖'生物性种'被生出来的，是由'历史性种'被生出来的。"——西田的文字，在这里似乎是要与某物或某人对话的，如果不明了这一点的话，西田几多郎突然在这篇文章里讨论起"种"的问题的意图就不明确。显然，西田是要与"种的逻辑"或当时的田边元进行对话的。然而，对话并没有真正实现。因为在对"种"的意义的理解上，西田几多郎从一开始就是离开了田边元的用法展开其思考的。

其实，西田上述文章提出的是另外一个问题，那就是田边元在《黑格尔哲学与绝对辩证法》一文中提出的"身体性"问题，而提出此问题的背景正是与马克思的对阵这一课题。

以下是文中的一段典型论述："人在历史性世界中作为劳作性要素，使用工具制作物品。物品在其自身是独立性存在，是被看之物。反过来它又是限定我们之物。我们的身体也不是从内部被看之物，而是从外部被看之物。是从物的世界被看的。（中略）故而可以认为，我们作为历史性世界的劳作性要素，不仅拥有作为工具的诸物，也拥有作为工具的生物性身体。非也！将物作为工具拥有，这样说其实就是，同时将所谓身体作为工具拥有。"

　　人为了创造"历史"，首先必须使人的生存成为可能。所以，对于人来说，必须能够充饥、解渴。从另一方面看，人有饥渴，正是由于人作为"身体"尚存于世。因此，当我们去探问历史之时，首先要确定的是"每个人的身体组织"以及由身体组织而带来的这之外的"与自然之关系"——《德意志意识形态》的著者们如是说。这部被认为确立起了唯物主义历史观之作，却是一部"供老鼠批判"的未能公开发表的遗稿集。西田几多郎的著述也从马克思／恩格斯的思考中获取了多种养料。西田本人也曾咏过一首短歌体小诗，其言曰："夜已入深沉，又在讨论马克思，辗转难入眠。"此短歌作于1929年，诗前的说明是"近来屡有马克思主义者来此谈论马克思"，该诗与其他一些短歌一起收录在《续思索与体验》（1937）的最后。虽然如此，西田几多郎在他的论文中从未直接提到过"马克思"的名字。

9. 身体论与表现论的展开——和辻哲郎

　　到1935年以后，曾经环绕西田膝下的学者们终于开始创出自己独特的思考。包括所谓"京都学派第二代"的哲学研究者们在内，这批学人身处西田几多郎和田边元之间，虽然也时有困惑，但他们基本上都是在以"身体"与"历史"的问题为基轴从事着研究工作。虽然他们中的每个人与西田或田边在思想立场上的距离有远有近、对师门的反抗程度有强有弱，但他们都是在"逻辑与生命"这个思考圈之内的。

在属于这个思考圈的人中，年长者是和辻哲郎，他甚至应当算是与田边元同辈的研究者。前面已经介绍过，和辻哲郎在 1937 年出版了他的大作《伦理学》上卷，在该书中，"逻辑与生命"思考圈的中心问题——"身体"的论点与和辻提出的"间柄"(即指人与人之间的关系)问题交织在一起。以下介绍这方面的典型论述。和辻哲郎在反思关于身体与感觉的个别性的有关主张时写道："他人感到疼痛时，我们自己即便是能同时体会到其精神上的痛苦，却不可能与之同时体验到其痛感。的确，他人的足痛不是自己的足痛。(中略)然而即便如此，如果说因此我们对他人肉体上的感觉完全体会不到，那也是谎话。例如，当大家都站在太阳下暴晒时，我们都能感觉到炎热；当我们同时站立在寒风之中时，我们都会觉得寒冷。(中略)像我们进行有关天气冷热的寒暄时，如果没有上述这种共同的感受，那也就不可能互相谈天寒暄。肉体性感觉的差异像这样在共同性的基础上，只能够作为限定被认知出来。如果不是如此，即肉体性感觉全然是非共同性存在的话，那么又如何能产生出表达这类现象的共通的语言呢？"(《伦理学》"本论"第一章第二节)

10. 交通与通信——"被扩大的身体"或"被活着的空间"

人们感到"冷"，这是"走向寒冷之中"，正像海德格尔所说的，这是人正在超越世界。感觉到冷这件事本身，就不只是被封闭于我（"此在"）之内的事。当感到冷时，人们自己会增添衣物，"更会强烈地关心"他人，想到其他人的冷暖。而且，当我们购置寒衣和燃料之时也要与他者打交道，或者与他者共同劳动（《风土》）。和辻的风土论既是"被扩大的身体论"，同时也是"被生存的空间"论。

交通是人际关系的"空间性表现"，将交通的方式固定下来的是"道路"。所谓"交通"，即是人与人之间互相发生关系的具体性姿态，使这种交通化为可能之物是主体性意义上的"空间"。在作为主体性延展的，也是使人际关系成为可能的空间之中，由交通所造成的、形成了交通的、靠交通来维持的是"道路"。人们在道路上移动、传递音信、进行各种通信活动。对于人来说，空间是不会被这类交通、通信现象切割分离之物。引用和辻哲郎的论述即为："交通设施本质上是'道路'。是人们在其上活动、互相交往结合之处。从都是交往手段这点来看的话，它与通信设施无异。"那么，通信设施又如何呢？和辻接着论述道："通信设施本质上说是'信'（Tayori，音信）。它在静止的人们之间活动，使人们交往、结合。由于都是以'交往'为媒介的，所以也可以说信（Tayori）是'活动的道路'，道路是'静止的信'。"如此一来，就像是在"寒暄问候的动作或语言中能够看出个人与个人之间的交往方式一样，在通信设施和交通设施中我们也能够见到更广域的人的交往方式。"（《伦理学》"本论"第二章第二节）

例如，"在因罢工而使街上的汽车完全停驶的日子里，城市中着急赶路的方式就必须要发生改变了。当我们的腿脚麻痹病瘫时我们的主体性存在必须要承受显著的变化，这与上面的情形实际上是一样的"。交通设施、通信设施其实与身体一样，都是一个物体，在此意义上说它们即是同一个物体。只要身体是使人的行为成为可能的、是主体性存在物的话，那么，交通与通信也是"主体性"的东西（同前引书）。在人能够说其身体就是其自身的水准上，交通和通信正是对于人的空间本身。作为空间的交通与通信，它们不外乎是活在人与人之间的人的"被扩大的身体"。

11. 哲学性人学（Philosophische Anthropologie）的构想——高山岩男的思想

和辻哲郎所论"作为人际之学的伦理学"是批判所谓"哲学性人学"思想的，此学说在海德格尔《存在与时间》即将诞生前的那段时期流行于以德国为中心的欧洲哲学界。在和辻看来，"哲学性人学"学说讨论的问题依然局限在"人之学"的范围，还不是讨论人与人之间问题的"人际"之"学"。和辻哲郎自身的特异的人学构想，同时也是和昭和十年代京都学派中对人学的兴趣分不开的，这一点是确定无疑的。

西田几多郎已经洞察到："在我们的思想深处所考虑到的绝对他者是汝"，与此互为表里的思考是："当我们说死即是生的时候，可以认为，作为无限定之物的限定，具有真的辩证法式的运动。"（《我与汝》）西田的弟子高山岩男（1905—1993）将西田几多郎的这一思想概括为："我与汝的背后是绝对的无，我与汝隔着绝对的无而相对。"（《西田哲学》）三年后的1938年，高山岩男的著作《哲学性人学》问世，他在书中写道："这种生命可以规定为，它首先是直接性·基体性的实在，其次是前个体性的连续体。然而，生命在其构造中是没有任何秩序的连续不断的生命流吗？人必定是被他人所生出、处在亲子之血脉相连之中，生产的功用是在男女两性的对立性互补关系中确立起来的，生命维持着世代的连续奔流向前。血分裂为性的对立状态，性复归于血的统一状态，如此循环，血与性共同完成世代间的连续不断、回归不已。（中略）生死是生命中本然性的事象，生命不离生死，它自行成为生命之波，维持着它自身。正如离水无波，波为水之运动一样，离开生命则无生死，生死是生命自身进行的活动。生死就是如此不连续的。生命即是不连续之连续。"在这些引文中，随处可见西田几多郎遣词造句的影子，然而值得称道的是高山岩男的文体：充满某种紧迫感，节奏鲜明，是带有诗性的思考的文体。

高山岩男在西哲丛书中承担《黑格尔》（1936）一册的写作。高山的黑格尔研究与高坂的康德研究一样，是"二战"前日本德国哲学研究的一座高峰。更为著名的是，高山岩男后来撰写了一部《世界史的哲学》（1942），开始宣扬以天皇家族为"国民之大宗家"的"血缘统一性"。后面将要论及的是，户坂润在批判同时代的日本的哲学动向时，他的主要目标就是广义的人学构想，他的这种做法不是没有理由的。

12. 身体论与艺术论的展开——木村素卫的哲学

如何评价西田几多郎的文体，这在某种意义上就等于是如何评价近代日本哲学的思考的文体的问题。但应当注意的是，在西田的前后，曾有过几种与西田的文体异质的文体。前面曾提到的深田康算的思考就是其中之一，和辻哲郎的文体也与西田相距遥远。在应被称为"诗人哲学家"（唐木顺三语）的思考文体的谱系中，首先要提到的就是木村素卫（1895—1946）的工作。

一般来看，木村素卫现在是作为费希特《全知识学之基础》的日译者著称于世的。此译著 1931 年出版，西田几多郎为之撰写了序言。即便在今天，木村的《德意志观念论研究》（1940）一书也是研究者的必读书之一。

木村素卫于 1939 年出版了《表现爱》这部优秀的论文集，论文集的卷首论文《身体与精神》已在同年刊行的《人学讲座》

中发表，木村在文中写道："身体，自人类在地球上生存开始，人就在使用它。然而——听来也许非常不可思议，人的思想把身体作为真实的身体发现出来，开始去理解身体的真相却并非古已有之的事，甚至可以说是最近才开始的事。""对于人类来说，他的所愿，他的所有值得在现实中呈现的一切，唯有通过身体才能够获得成就。必须要依此确定身体之本质。身体是表现的原理。"——探问身体的问题，就是探问"表现性生命"的所在。探问身体与精神的关系问题，就是反思表现之根本。在《身体与精神》这篇论文中，木村素卫对身体进行了重新定位。

西田几多郎对木村此文评价甚高，他写道："大作《身体与精神》已拜读。此文甚佳！我仿佛感到与你的手紧握在一起。此文还是你一流之才的上好体现。"（西田《致木村素卫》，于 1939 年 3 月 19 日）发出此信三天后，西田几多郎在写给高坂正显的信中又说："木村君的《身体与精神》一文读过了吗？此君看来已完全进入我们的圈内了。"（于 1939 年 3 月 22 日）——"我们的圈内"指什么？自《逻辑与生命》发表以来，京都学派的思考圈就是在讨论这一问题，可以说，西田在此信中明白地宣告了此事。

13. "一击之凿"——诗人哲学家的才能与命运

下面介绍 1933 年发表的论文《一击之凿》。木村素卫在该论文起首写道："我们说艺术作品是一个被制作出来的东西，这即是说艺术作品是依靠制造之作用的一种表现。然而，这似乎是尽人皆知再明白不过的事，但这其中究竟包含何种本质性问题，又具有何种联系与结构呢？"接下来，论文讨论了康德的《判断力批判》中的艺术论，特别是其中的"概念的感性论"这一论点。木村素卫在这篇论文中确认了康德的"主知主义倾向"后指出，我们有必要深入探寻"感性化"的意义。他在文中写道："制作是审看的彻底化，这即是说，表现不能只是将内部的可见之物原封不动地移出来，而是说当那些只能在内部见到、从外部尚不可见之物，是尚未被观察完结之物，必须要继续看、继续探究下去。"

那么，是什么在继续凝视、继续看透下去呢？木村主张，那就是"在凿尖闪烁的目光、在毛刷头灵动的眸子"。这些语句充分展现出木村素卫的文采，如果接着再引用下去，我们也能确认到他在哲学思考方面的才能。

木村素卫与西田几多郎出生于同一个县，他曾因病从第三高等学校退学，较晚升入京都大学哲学科的选科。也许正因为这种情况，西田几多郎对木村素卫格外费心。1928年，西田的户籍年龄已超过60岁，他从京都帝国大学退休了，但他对京大文学部人事安排方面的影响力还长期存在。1933年，遵照西田的意向，木村素卫受聘成为京大教育学教学法专业的教授候选人。1945年，日本战败后不久，木村在极其混乱的京都大学内受命担任大学的首任学生部部长这一重任。同时，他一方面与长期缠身的呼吸系统疾病做斗争，还坚持多次到信州地区开展教师培训工作。第二年2月，未能等到51岁的生日，木村就突然去世了。在《一击之凿》中，作者写道："时光流逝这种说法本身就和它的悲剧性联结在一处。究竟是什么在让时光流逝？根本问题必在于此。——使时光之流作为'流'得以存在之物，它本身必须是稳定不变之物。如果没有此物立于根基之中，那么，所谓流动迁移本身将不会成立。使灵动的凿尖不断地动下去的，正是那恒久不变之美，是这种美所拥有的坚定不移之本性。"木村素卫并不适合做教育学。西田几多郎对他的温情照应反倒消磨了这位诗人哲学家的生命。

14. 由昭和六年走向昭和十二年——京都学派成熟的背后

田边元公开地批判了西田几多郎。西田对此虽未直接回应，但田边元提出的核心问题即"逻辑与生命"的课题，他却接受下来了。以西田几多郎的同名论文《逻辑与生命》所象征的那个思考圈子的成熟过程，也正是作为学派的"京都学派"的成熟过程。上文中我们已对这一过程的详情做了梳理。

和辻哲郎返回东京大学任教的1934年前后，也就是20世纪30年代京都学派走向成熟的时期，日本这个国家也处在一个转折点上。下面概述其大略。

1931 年（昭和六年）9 月，关东军在奉天以北的柳条沟炸毁南满铁路，"九一八事变"爆发。第二年 1 月，关东军又出兵上海，制造了"上海事变"。同年 3 月，伪满洲国建立。在日本国内，1931 年发生了三月事件、十月事件，第二年又有血盟团事件，5 月 15 日首相犬养毅被暗杀，宣告了政党政治的终结。

1932 年 10 月，以热海事件为契机，日本共产党党员 1500 名遭检举。转过年来的 1933 年（昭和八年）2 月，《蟹工船》的作者小林多喜二在刑讯逼供中惨遭虐杀；6 月，中央委员佐野学、锅山贞亲提交了"申请书"，随后的投降者不计其数。以此年度为界限，大学中的自由主义思想也遭到严格的管控。5 月，京都大学泷川幸辰因他主张的刑法理论获罪（通常人们是这样认为的），被命令"停职"，这即是"泷川事件"。美浓部达吉的"天皇机关说事件"（别名"国体明征事件"）发生在 1935（昭和十）年，同年 9 月，美浓部辞去贵族院议员之职。——上面两个事件的背后存在一股共同的势力，这一势力的代表即是蓑田胸喜的《原理日本》。蓑田此人后来也与一些压制思想的事件有牵连，如矢内原忠雄笔祸事件（1937 年 12 月）、大内兵卫等的人民战线事件（1938 年 2 月），以及河合荣治郎事件（1938 年 10 月）、1940 年的津田左右吉的起诉事件等。据说蓑田在"二战"结束前回归故里，精神错乱至于自杀身亡。

1936 年（昭和十一年）2 月 26 日，皇道派青年将校军官发动政变射杀了内大臣斋藤实、大藏大臣高桥是清等人，占领了永田町一带。第二年即1937年6月近卫文麿组阁，7月份中日战争全面爆发，8月份北一辉被处以死刑。从此，地处远东的这个岛国开始了大规模的海外侵略战争，不久就进入了与世界为敌的全民战争状态。乍一看似乎远离现实的哲学的世界，此刻也无法与这样的政局动向分离了。如此的时代的大趋势也反映在了哲学家们的身上，其中最具典型意义的人物，非三木清莫属。

15. 三木清的人学构想——关于三木的遗作《人学》

1934年前后，三木清也是在"逻辑与生命"这个思考圈子中的。在此梳理一下当时的实际情况。

三木清的《哲学性人学》开始写作于1933年，中途虽多次间断，但依然续写不止。但到了1937年3月份左右，三木终于对完成此书绝望。在这部未完成的著作的最后部分，著者三木清试图要挑战和辻伦理学。

和辻的主张是："作为'人'（包含人与人之间的意思）之学的伦理学要规定的首要意义即是，要从只把伦理看成个人意识的问题这一近世的谬误中解脱出来。"（《伦理学·绪论》第一节）。三木清对此反驳说："人就是社会或曰世间，而且作为'格人'（即担当某种角色的人）是与他人发生关系的状态中的人——即便据此考虑能够摆脱个人主义的谬误，但仅靠这一点，个人与社会以及二者间的关系等的意义尚不能说是已经明了。（中略）所谓社会，它不只是人与人的关系，相反地，社会是人与人的关系的根基，它使得人与人之间的关系得以成立。"（《哲学性人学》第五章）。

在三木清的人学构想中，第一个论点也是身体问题。他写道："在人学中，我们的立场是行为性自觉的立场。它不是把人抽象于身体之外，而是主体性且社会性地把握人。"（同上书，第一章）"不只是说身体是我之所有物，身体即是我自己。""通常，身体被看成是工具。但是身体不仅仅是工具，相反地，工具是根据身体的需要被裁制而成的。"（同上书）

上述三木清的论著中，西田几多郎《逻辑与生命》论文的影响清晰可见。然而，三木清一方面继承了西田的逻辑，同时又试图按照自己的思考向前推进。他说："身体本来就不只是个人性的身体。构成人类生存基础的自然也拥有身体的意义，可以被视为社会性身体。我们因着身体被限定为个体，同时，我们又以身体为媒介归入我们之存在根基的社会。身体在此种意义上具有辩证法性质。例如，像那些被视为民族之基础的血缘与土地，本来就不能称之为客体性自然，而是意味着它们是主体性自然性之物、社会性身体性之物、情念性之物。（中略）我们的身体是大地母亲之分身、之表现。民族在其本性上就是情念性结合。"（同上书）

和辻哲郎也曾写道："是孤立的，同时又是合一的，在合一中孤立而在，拥有这种动态结构的就是主体性肉体。当在这种活动性结构中各种连带性被展开之时，那就成为了历史性风土性之物。风土也曾是人的肉体。"（《风土》）然而，虽说如此，准备要将西田之思考继续下去的三木清的艰难工作，却随着和辻伦理学体系的出现而不得不宣告流产了。

16. 京都学派的"左转"——三木清的经历

三木清出生于兵库县一个比较富裕的农民家庭。据他自己回忆，少年时代并没有太多接触书本，"每天放学回家后，书包一扔，就和邻家的孩子们玩或是帮家里人干活"（《读书经历》）。在第一高等学校读书时他是皮划艇俱乐部的，与后来的民法学家我妻荣建立了亲密友谊。高中毕业后他在归乡途中拜访了西田几多郎，并借阅了《纯粹理性批判》。后来，三木清入京都大学哲学科学习，大学毕业论文的题目是"批判哲学与历史哲学"（1920），此文刊载于该年度出版的《哲学研究》杂志上。

1922年，三木清接受岩波茂雄的资助留学德国。先是就学于李凯尔特，后来又在海德格尔门下学习。1925年回国，他回国后发表的第一部著作是《帕斯卡尔对人的研究》。当时的人们尚不知道此著背后有海德格尔思考的影响，大家惊讶于三木在此书中的思考之透彻和表达之优美。他写道："对于死的自觉一定是源于对生之存在性的自觉。死之意义不只是在使生相对化这一点上具有意义，甚至可以说死让生成为可能。"

三木清借帕斯卡尔论述的是海德格尔的思想。他在 1927 年 1 月又发表了《解释学性质的现象学之基础概念》（收入《社会科学的预备概念》，1929 年），文中关于"现象"概念的精致分析再次令世人惊叹。同年，时隔不久，海德格尔的主要著作在日本出版，至此，三木清留学归来为日本带回了什么总算是大白于天下了。然而，三木清这篇论文的结尾处论及了"基础经验"问题，这一点在考察三木清思想的发展过程方面是很重要的内容。也在这一年，三木清离开京都赴任法政大学（东京）教授。

三木清回国后不久就开始研究马克思主义，他以唯物史观为中心展开研究，其成果《人学的马克思式的形态》一文率先于 1927 年公开发表。

17. 三木清入狱以后——昭和思想史的一个断面

三木清以向日本共产党提供资金的嫌疑被逮捕入狱是在 1930 年 5 月，后来曾被释放过一次，但同年 7 月又遭起诉，直到 11 月底他都被收监在丰多摩监狱。在此前后，服部之总、加藤正等人对三木展开了批判，批判文章陆续刊登在各大报纸杂志上。见诸报章的这些批判，无论是对三木本人来说，还是对于日本的马克思研究的相关理论和实践来说，都是不幸之事。

自那以后，三木清与实践性活动拉开了距离，有一段时期他的地位简直像是西田学派的新闻发言人。1936 年即"二二六事件"那年的 12 月，"昭和研究会"成立，两年后的夏天，三木清也加入其中成为会员。此团体是作为近卫文麿的幕僚集团成立的，在战争中因间谍嫌疑（佐尔格事件）被处以绞刑的尾崎秀美等人也是其中成员。关于"昭和研究会"的历史作用问题，目前尚无定论，在那样一个协助是抵抗、抵抗是协助的时代，个中情形尚是混沌不清的黑暗世界。关于三木"转回"的意义问题，也是同样。未完成的三木清主要著作之一《构想力的逻辑》开始起笔于1937年2月左右，关于此书的意义与影响范围，尚有很大的讨论余地。

在第二次世界大战末期，三木清再次被警视厅检举揭发，这次是由于他涉嫌帮助一名违法者（违反"治安维持法"）在假释期间逃亡。在日本战败的那年6月12日，三木被押送至巢鸭的东京拘留所，20日又被移交至中野的丰多摩监狱。直至宣告日本投降的8月15日以后，三木清尚在狱中。但在9月26日，他死于狱中成了不归客。

18. 作为解释学类型的形而上学的京都学派——户坂润进行的批判

1935（昭和十）年，户坂润（1900—1945）著作《日本意识形态论》问世，书中展开了对西田几多郎、和辻哲郎二人的批判。与前者相关的部分是"'无的逻辑'是逻辑吗"一章，此章的标题已充分表达了其内容的批判性。得到赠书的西田本人在答谢赠书的回信中写道："我的想法也承蒙您了解了大部分内容，但我也自认为我的思考并非只有那些被您断定过的内容。（中略）我并不是认为仅以'我与汝'这类的关系就能够思考社会和历史等等。（中略）我绝不是在为我自己辩解，任由您的所见吧。"（致户坂润，1935 年 7 月 20 日书信）应当说这正是西田式的表态方式，但这一表达中也可以窥见西田几多郎自身的动摇之处。

在《日本意识形态》中，户坂润从总体上批判了"'文献学'性质的哲学"。户坂首先在书中简明扼要却相当透彻地概观了文献学及解释学本身的发展历史。随后，他又确证狄尔泰哲学归根结底"也不过是解释哲学"这一事实。接下来他写道："除去这一点外，狄尔泰的哲学实际上是颇具现代性的健全的哲学，所以甚至可以说他的哲学正是得益于文献学的方法。——但是，文献学·解释学性质的哲学一旦离开了历史记述这一特殊的形态，那它就丧失了相应的地盘，不得不一举升天了。M. 海德格尔的解释学性质的现象学正相当于此。""海德格尔的解释学的现象学讨论了存在的问题，它之所以是'存在论'，是由于存在（Sein）是从人的存在的方面首次被讨论的。于是问题就是现实存在（Exostenz）。在那个意义上说，存在论是以'人学'为开端的。那是存在的自我解释。"海德格尔本身的存在论在户坂看来也是要被批判的一种人学形态。他还认为，"和辻氏的《作为人际之学的伦理学》"是"来自文献学的人学的演绎"，是"把海德格尔人学中的现象学残渣彻底去除，使它的解释学（＝文献学）纯净化之后的一种理论"。

同样是在昭和十年，《唯物论全书》开始由三笠书房刊行。这是自昭和八年以来不断遭受压制、濒临解体的唯物论研究会以百科全书派的方式进行活动而取得的成果。在此前一年，户坂润以"思想不稳"的疑点被检举揭发，步三木清的后尘被法政大学免职了。昭和九年，三木编辑的《舍斯托夫选集》第一卷出版，一时间有关"舍斯托夫式不安"的讨论风靡学界——"三木清氏在多种意义上是我的前辈"，在遭检举的第二年户坂这样写道，但他紧接着又说，不过，现在的自己"几乎是完全不同于三木清了"。他认为："三木哲学这一近代性历史哲学从一开始就不是马克思主义，此事在当下看来是再清楚不过的。"（《三木清氏与三木哲学》）

19. 方法论与空间论——户坂的另一种可能性

户坂润出生于东京神田，在他出生前父亲已去世，母亲疾病缠身。所以户坂润出生后立刻就被送到石川县的祖父母处抚养，直到他成长至 5 岁。后来他入开成中学上初中，然后入第一高等学校理科就读，因追慕西田几多郎、田边元而进入京都大学哲学科。1929（昭和四）年，户坂在自己的家中成立了有关马克思主义的研究会，翌年，因为逃亡中的共产党员田中清玄住在自己家而遭检举。1934 年被法政大学免职后开始积极从事写作活动，他以类似于记者的论调和平易通俗的文体发表文章，在京都学派出身的哲学家中独树一帜。

户坂润原本的可能性应该在另外的方面。他入哲学科后一直专攻数理哲学，不仅文章明晰如天成，同时还是一位超群的读书家。他的第一篇论文《物理性空间的实现》（1925）就反映出他这两方面的才能。《方法概念之分析》（1928）作为一篇学术论文，水平相当高，起首一句是："不是空泛的兴奋，不是刻板地执行公务，生活是一项有计划的经营。它是永远拥有既定的起点和目的的行程。"——从这里，我们也可以窥见户坂润自身的生活信条。

户坂润的论文《空间论》又展现出他另外的可能性。此论文的结论就是，他主张"空间的问题"可以归结为"物质"的问题，最终就是"唯物论的问题"。仅从这个结论来看的话，可以说这与确定了立场后的、有些死板僵硬的户坂思想关联紧密。但从此文中可以窥见的另一特色是，作者是在进行了大量的文献准备工作后来讨论此一主题的。

1940 年，在日美开战前，户坂再次被起诉，1944 年 9 月，他对古在由重（1901—1990）说了一句"一年后再见"就被捕入狱了。为避敌军空袭，户坂被从东京拘留所转移至长野监狱，翌年死在狱中。那一天是日本宣布投降的 6 天前——1945 年 8 月 9 日。营养不良、酷暑难当，在这样的监舍中，所有的可能性都被无情地葬送了。

第四章 终 结

——走向田中美知太郎的古典学研究

1. 《现象学与辩证法》——本多谦三

如前所述，"西田哲学"这一称呼的命名者是左右田喜一郎。他曾经留学德国，学术成果是《货币与价值》(1909)、《经济法则的逻辑性质》(1911)这两部德语著作，他是一位经济哲学的专家。西田几多郎和田边元都注意到左右田此人的学识，曾请他到京都大学来进行"集中讲义"短期授课，当时的会场听众如云，学生挤满了教室。

左右田喜一郎的思想特色之一是，他主张要将经济学与其他的各门历史性科学（文化科学）区分开来，为保证经济学在学术上的独立性，他提出了"货币"这一概念。于是他写道："在一切人类生活中，只有当它与货币发生关系（beziehen）时，这些历史生活才会成为经济学的对象。即，我认为 wirtschaftlich＝auf Geldbegriff beziehend［经济性＝与货币概念有关之物］二者是同义词。"（《经济哲学的诸问题》，1917年）有位英年早逝的学者曾在东京商科学校就学于左右田喜一郎，因受到老师的强烈影响，他立志要构建经济哲学，这就是本多谦三（1898—1938）。左右田自己一直都没有离开过新康德学派的立场，本多谦三则不同，他深入学习过胡塞尔与海德格尔，还较早地阅读过马尔库塞。

本多谦三写过一篇题为"现象学与辩证法"的论文（1929），此文的题目在1970年编撰出版他的论文集时又被用作了论文集的题目。在这篇论文中，本多首先讨论了李凯尔特思想中那个不容置疑的前提"我怀疑"，以及胡塞尔的"纯粹意识"的问题。对于现象学者来说，"纯粹意识"是"容纳所有存在并使之各得其所的原始性领域"。因此，意识就是"对全部对象之物等于无"。或者说"所谓意识，它即是关于对象性存在的无，同时对于那些与这些存在相对立的存在来说是一切"。——由于"对自存在"是无，所以这又使之成为一切。后来的萨特就是这样说的。

接下来，本多谦三一边注意到胡塞尔的"时间论讲义"（此内容在此前一年刚由海德格尔整理出版），一边又对照狄尔泰的相关思想，梳理了对意识进行现象学分析时有关时间性主题的讨论，然后开始对海德格尔哲学中的时间性这一主题进行分析。这些工作当然也很重要，但这些只不过作为左右田喜一郎门下优秀弟子的应有卓识。站在昭和四年的时间点上来看的话，本多谦三之思考的意义此时并未能充分昭显，尚在前方。

本多谦三继续写道:"因为害怕王室的祖先是养猪的这类事大白于天下,所以就禁止人们去刨根问底地探查——这是奥地利皇帝的所作所为,我们不应像他那样害怕自己的家谱被人详细查清。卑贱的血不会由于意识不到而变得高贵。想要食物,要享口腹之欲时,胃腑从不被想起。感觉时的神经、思维时的脑髓,后者的存在总不被看到。"在现象学家宣讲的目标性主题中,"立脚点"必不可少。目标性的根据无法自己提供给自己。"成为立脚点之物"是"肉体"。正是身体才是"飞向世界、飞向自然的踏脚石",用海德格尔的表达即是:"最初的Da［现］与 Geworfenheit［被投性］。"这也即是费尔巴哈所宣扬的:"生只存在于表皮。"

问题在于"追寻生之辩证法"。"生通过在表面的紧张的每个肉体而去实践。如此而与超越性之物、自为之物相关联。物是作为痛苦的、劳作的、战斗的对象而取得其自身之存在的。"由此,本多谦三说:"我们不得不必然性地到达马克思式的唯物辩证法。"

2. 战前马克思研究的可能性及其被忘却——本多谦三之死与加藤正之死

本多谦三于明治三十一年出生在神户市,他的年龄是比三木清小 1 岁、比户坂润大 2 岁。本多最初是在神户高等商业学校读书,后来转学至东京高等商业学校,成为左右田喜一郎的学生。本多谦三从商科大学毕业时的毕业论文题目是"科学认识的现象学"（1924）。不久，他回到母校执鞭教学，年谱记载他曾在 1928 年"宿疾发病，一时危重"。此后，他长期与疾病做斗争，直到 1938 年，未满 40 岁的本多谦三就与世长辞了。接到报丧消息的三木清为纪念故人写道："我知道你的病需要格外当心，想下次见面时劝你暂时放下研究专心疗养一段时间。但后来我们在神田一碰面，本多君就特别热烈地跟我讨论起学问的事情，我当时觉得这种情况下提出让他暂停研究是太粗暴无礼了。没成想，我们就这样永别了。"（《本多君在方法论上的业绩》）如果本多谦三能长寿一些的话，那么，无论是从学养上还是从他的兴趣广泛程度上看，都会成为三木清最大的竞争对手。

加藤正（1906—1949）比户坂还要年轻 6 岁，他后来由京都大学哲学科转到德国文学专业，从形式上看他是一位非"西田弟子"身份的马克思主义者。1930 年 1 月，京都大学举办过一次三木清的演讲会，会后在哲学科的教室里还进行了座谈。座谈会上，松田道雄对三木清提问道：为什么不以自然科学作为唯物论的基础？这是针对三木清的人学主义以及他重视唯物史观的思想提出的疑问。接着，有个学生站起来提了同样的问题。这个学生"脸色苍白，双颊泛出樱红色"，他因过于兴奋突然晕倒在会场。后来，当三木清被捕入狱时，一位作者发表了他在专业杂志上的第一篇论文《三木哲学备忘录》(1930)，以此开始批判三木清的人学唯物论。此论文的作者和上文所述那位提问的学生是同一个人，即加藤正。

加藤正自战前至"二战"期间，对所谓自然辩证法越来越感兴趣，而且还通过翻译坦奈曼（Friedrich Dannemann）的《科学史》一书，开始反思科学自身。加藤正曾在1933年被揭发检举过一次，1938年再次遭到检举，他在拘留所内大量咳血，遂被释放。疾病虽然拯救过加藤正一次，但在"二战"结束后不久，病魔还是夺去了他的生命。加藤正不太长的一生获得了"党葬"的荣耀，结束在"国际歌"的合唱声中。虽然如此，日本的马克思主义研究及实践却对加藤正在理论方面取得的业绩态度冷淡，直到后来，这种态度也没有什么变化。[1]

3. 战后的主体性论的意义——从和辻哲郎到梅本克己

日本的马克思主义研究和对马克思主义的实践之间存在不小的空隙，而填补这一空隙的是"二战"结束后不久出现的"主体性论"以及有关这一问题的争论。提出这一问题的是梅本克己（1912—1974）。

梅本克己的原籍在小田原市，但由于父亲（法官）工作

---

〔1〕　关于加藤正的生平和业绩，参照山田宗睦《昭和的精神史》(人文书院，1975年) 第147页以后的部分。

调动的关系，他实际上出生在枥木县。梅本在水户高等学校读完高中后升入东京帝国大学文学部伦理学科。当时正是昭和九年，和辻哲郎刚由京都大学转来东大任教。

在当时，梅本克己的马克思解读是比较温和的，这一点或许与他受教于和辻哲郎有关。然而他的解读竟成为了户坂润的批判对象，可见其解读诠释马克思的水平在当时确有超凡之处。梅本认为，"马克思唯物史观的根本命题"就是"以'人的存在'作为人的意识的根基"。那么，何为"人的存在"？那就是"先于意识的，且已经在生产着基于相互理解的共同生活的那种主体性存在。把这样的人的存在称为'物质'，这就极易把人的存在仅仅看成是客体性的存在，这正是产生误解的源头"（《作为人间之学的伦理学》）。实际上，尊奉俄国马克思主义的正统派马克思研究中的确产生了这种"误解"。由此误解而造成的，是将人的问题逐出理论的一种科学主义。对于科学主义和历史决定论，"二战"后的梅本克己将去迎战。

梅本克己的大学毕业论文是《亲鸾思想中"自然法而"观的逻辑》（1937），在这篇由和辻哲郎指导的论文中，他写道："良心作为一种来自彼岸的声音，它是对此岸所有的自我肯定的否定，它把所有人都召唤至作为极恶之人的自己。人总是在被召唤去彼岸。于是，那召唤，在此岸的现实即是，那是把人召唤至作为极恶之人的自己、作为毫无自由之人的自己。如此这般，来自彼岸的召唤，总是将此岸之人引向他自身的极限。在那极限处，人，独自站立。他一个人直面'死'。（中略）这个以死相逼的、对于自身生存的追问，就是所有人都要同样地不得不去背负的命运。"

如果将上面一段话的措辞稍加改动，将问题的场面变成参加革命运动的决断的话，那么，梅本克己在"二战"后提起的有关"主体性"的系列问题的出发点在此就已基本露出头绪了。为了重新设定问题，还必须对提出"种的逻辑"之后的田边元的哲学思考进行批判，因为田边元在这一时期的思考也是依据亲鸾的"自然法而"一语宣扬对"根本恶"的自觉。（《绝对辩证法批判》，1949 年）

1947 年 2 月号《展望》杂志上刊出了梅本克己的论文《人的自由之界限》，此文宣告了"主体性理论"的诞生。此文具有重要的历史意义和哲学意义。向杂志编辑部介绍梅本克己此人的是和辻哲郎。

4. 主体性理论的前提与展开——梅本理论的意义

论文《人的自由之界限》发表后，梅本克己又继续刊出了《通向理想的两大支柱——有关实存的课题与马克思主义》《唯物论与人——马克思主义与宗教性存在》两篇论文。这三篇论文是与"主体性理论"相关的早期梅本的"三部曲"。

在上述第二篇论文中，梅本主张，"存在主义哲学"与马克思主义者虽然都把"自由王国"作为自己的目标，但前者是"将主体的内在自由作为最根本的思考对象"的。因此，他认定，存在主义有可能为马克思主义提供"实存性支柱"；另外，马克思主义也向存在主义提出了从社会性的角度反思其思想理论的要求。

在上述第三篇论文中，梅本克己"主体性理论"的主题终于被全面揭示出来。他写道："能够洞察人类解放的物质性条件的科学真理与被解放的人的存在主义支柱，二者在解放的过程中也必须不断地相互接触，否则就不能去主张解放的客观性条件以及作为条件的权利。"这类问题是"非马克思性质"的吗？然而，"只要是不以马克思主义本身的立场来弥补这一空隙，那么其他的各色思想就总要企图去填补它"。以往曾出现过的新康德派社会主义就属这类情况，现在的"存在主义的马克思主义"的尝试正是这样一种摸索。

与日本共产党的领导层联系在一起的"正统派"认为梅本克己提出的种种疑问是"小资产阶级意识形态"，要将其彻底埋葬。而这些追问，自那时至今，依然尚未得到解决。

梅本克己自1942年起担任水户高等学校的教授。在战后的学生运动中，他站在学生一边，给安东仁兵卫等人留下了很深的印象。1950年，在"清共"狂潮中，梅本克己被解除了他在新制茨城大学的教职。同年，他也被开除出共产党，后来虽然一度被恢复党籍，但在 1959 年，他本人最终自行脱党。

5. 哲学界的"人民战线"——中井正一的活动

时间拉回到第二次世界大战以前。当时局逐渐趋向日美开战的时候，日本的马克思主义者们也逐渐丧失了他们的发言阵地。例如，户坂润在 1938（昭和十三）年 1 月刚刚出版了他的《读书法》之后的第二天就遭到了"即日起禁止出售"的处分。在唯物论研究会内部，主张解散的呼声不断加强，开始户坂润还坚持抵抗解散言论，但到了 2 月份，就连学农派（他们自成立之初就与共产党保持一定的距离）的教授们也全部遭到检举揭发，即发生了"人民战线事件"，事已至此，户坂也只好同意"唯研"解散。

在节节退守的理论战线内部，从京都学派的周边派生出的《美·批评》和《世界文化》杂志发挥了在哲学领域尝试进行"人民战线"式工作的作用。前者创刊于 1930 年，深田康算去世后，参与编纂《深田全集》的年青一辈美学家们创办了这份刊物。该杂志的后援组织后来出现了一些本质性的变化，那是发生在 1933 年泷川事件（即京大事件）之后。那段时期，哲学研究者久野收、真下信一也参加了进来。在这群同道者当中，在法国的反法西斯主义运动的影响逐渐扩大，以至于杂志在 1935 年也被更名为《世界文化》。[1]

上述这场运动的中心人物是中井正一（1900—1952）。运动的经验本身后来结集成为《委员会的逻辑》一文刊登在《世界文化》的昭和十一年即 1936 年 1 月号至 3 月号上。第二年，中井正一以违反治安维持法的嫌疑遭检举。

1940 年，法庭判决缓期执行，但此后直到第二次世界大战结束，中井一直都是在政府当局的监视中度过的。下面只介绍中井在美学方面所做的工作。

6. 机械美与功能美中存在的问题——美学战线的扩大（一）

本书前面已述及的下村寅太郎和高坂正显二人都曾经关注过"机械"现象。不久后又将在《美・批评》杂志上发表论文《新即物主义（Neue Sachlichkeit）美学》（1932）的中井正一

---

[1] 关于其中的过程，当事者的证言如下："第一次的《美・批评》杂志还具有较浓厚的现代主义色彩，但是自从和'京大事件'有所牵连之后，第二次的杂志，杂志的名字虽然没有改，但其主题已经扩展至哲学、文学等领域，与纯粹的布尔乔亚・学院派的立场有了明显的差别。不仅如此，它还与企图引领潮流的法西斯文化公然抬头（如《日本浪漫派》等等）的现象相抗争，有志于以公共知识分子的身份正确地担负起时代的责任。"（参见真下信一《思想的现代性条件》，岩波新书，1972 年，第 5 页以后的部分）有关《世界文化》杂志的基础性研究资料，此外还有同志社大学人文科学研究所编《战时抵制战争运动研究 I》（みすず书房，1968 年）。

也曾在 1930 年在《思想》杂志上发表了题为"机械美的结构"一文。

中井在此文中提请人们注意的是，自古希腊以来，谈论艺术问题时使用的语言主要是"技术"或"模仿"。与这种古希腊式艺术观相抗衡的是：主张"正是自然在模仿艺术"这样一种浪漫派艺术观。此二者的对立由于"机械美"的出现将获得扬弃。中井认为，"按照数学式物理式的正确构建出的机械性观察方式"，这种"冷漠视觉"的渗透正是"最近的艺术、建筑、绘画、雕刻中的大动向之一"，"'个性'正在模仿着一个被扩张的'集团'的性格"。

例如"汽车"，这是中井正一分析的实例之一。汽车虽是一个作为"速度动力、装载量、耐用性、价格等多种要素之复合的功能概念（Funktion Sbegriff）"，拥有作为一个搬运工具的目的。但是，我们的视觉美感并不是把它当作一个搬运工具去衡量，而是首先把汽车看成上述诸要素的复合物加以衡量的，而且要以汽车在复合方面是否纯粹加以评价。可以认为，在此意义上评论说 1929 年款的汽车比 1910 年款的外观更漂亮时，这是由于考虑到它作为要素的欺瞒（Lüge）更少。这是作为工具的功用性以同样的比率增加了汽车的美感。——中井在此将"功能概念"导入了美学，第二年，他又在《美·批评》上发表了题为"功能概念对美学的贡献"一文，使他的这一思考获得了理论性深化。卡西尔《实体概念与函数概念》(1910)一书早在1914年就引起了田边元的关注，田边在论文《认识论中逻辑主义的局限》中已提及这部著作。前面已经述及这一情况。中井正一的论文是要将卡西尔的视角适用于美学，这项工作在全世界范围内来看也是具有先驱性意义的。

7. 影像美与"体育情绪"——美学战线的扩大（二）

"二战"后的中井正一发表了《电影的空间》和《电影的时间》这两篇论文。两篇文章均发表于1946年，而且都在题目下面加了"与电影的主体性问题相关联"这样一个相同的副标题。

下面，我们将讨论他在四年后发表的另外一篇论文，题目是"现代美学的危机与电影理论"。此文认为，电影不是艺术，理由有以下三个。第一，电影是追求利润的手段；第二，是"集体合作的产物"；第三，电影不过是"以物质材料被制作、被表现之物"。这三个理由恰恰促使人们做美学上的反思探讨，并使美学自身发生变化。关于上述第一点，通过诉诸观众而获取利润这种电影制作方式，应促使人们去重新考察艺术的理念，即重新思考"打破了三百年之理论的那三十年的历史"。关于第二点，他说电影制作中"相当于艺术家的才气的东西不外是集体意识的高涨"。最后一点，"这个第三点所说的，电影是由物质性视觉所构成之物这一点最重要。由镜片和胶片构成的画面与人眼所见世界完全一致，能这样考虑其实是人类最近才有的习惯，是商业机构所赢得的普遍性"。应当惊叹的是，要求美学必须改变的是，"那种物质性的看法以其直率和老实获得了人的信用"。

中井正一还有篇题为"体育情绪的结构"的论文。在他之前，从没有人会想到可以把体育情绪当成哲学分析的对象。"在20世纪的社会中，交往变化从根本上改变了人类的审美意识。这在某种意义上是古典性意识的复活。中井正一通过对体育情绪进行美学分析，将这种变化突显出来"——这是第二次世界大战以后鹤见俊辅对中井此论文的评价。论文中体现出作者依据个人体验而进行灵活的思维活动。

8.《星期六》周刊——散文家中井正一

受到法国民主战线发行的《星期五》周报的启发，《世界文化》团队出版发行了自己的《星期六》周刊。这是自1936（昭和十一）年7月开始至翌年11月的事情。就在1937年1月，周刊全体工作人员集体遭到检举，《星期六》的全部已发行刊物也都被收缴一空。中井正一在每周发行的《星期六》上都以匿名方式刊登一篇自己写的"卷首语"，这些文章的自留底稿后来在其遗稿中被发现了。

注明日期为"昭和十一年八月一日"的卷首语的题目是"超越星辰，人的秩序会得到加深"，他在文章开头写道："只要知道星星的数字，人类世界就不会只是追踪误差。"能够事先计算出日食的时间，这是值得惊讶的事。在遥远的往昔，"人类探寻到了物质走过的秩序"。物质"没有受命于谁"，而是"摇摆着、颤抖着、摸索着抵达自己的位置"。人被钻石吸引，这也是"由于对十分强韧的这一秩序的畏惧"。不如说，应当感到羞耻的是人。这是因为人们"竟然敢扰乱友爱与智慧，打碎大家对明天的希望"。

人一定要"见星辰知耻，见水知耻，见石头也觉羞愧"。即便如此，星辰或者结晶物也不会知道"人对于秩序的如此剧烈的摇摆"。"对人来说，栖息于他们身上的自然与秩序已经老了。"秩序必须不断地被探知、被发现、被塑造成形。"超越星辰，人的秩序会得到加深。"即便人类很快就要毁灭，"那也会因为他的战斗而留下悠久的印记"。

上面这篇论文中的"战斗"应做何解？这在后来成了一个相当复杂敏感的问题。《中井正一全集》出版后，人们从其中发现他也写过一些赞美战争的文章。这些文章多是为《京都新闻》等报刊而作，收录在《中井正一全集》第四卷中。今后将进一步加以研究。

中井正一周围的友人之一物理学家武谷三男回忆说，中井特别担心当时的日本与中国的关系问题，他甚至在文章中写道："容许日本侵略中国，这是日本知识人的耻辱。"这篇文章发表后的第二年，日中战争爆发了，以关西地方为中心的"和制人民战线"的主要人物全部遭警察检举被捕，组织被摧毁。

中井正一明治三十三年生于广岛县贺茂郡。他是日本首例以剖腹产技术诞生的婴儿，此事已载入医学史。第二次世界大战结束后，中井曾一度协助三原农民联盟在农民运动中开展启蒙运动。不久，他在羽仁五郎推荐下赴任国立国会图书馆副馆长之职，也同时担任日本图书馆协会理事。当时的国会图书馆成立伊始，公务繁忙，中井身为副馆长更是超负荷工作，这种处境使中井的身体急剧恶化。再加上周围对他本人的恶意中伤持续不断。在如此身心交瘁的状况之中，中井正一阅读中国历史，在内心对"立志之人出，欲谋事则被害；又出另外之人，又被杀害，此为历史之节奏"的说法很认同。[1]日本战败7年后，中井因胃癌去世。

9. 战时体制下的哲学家们——京都学派内外

让我们再度回到第二次世界大战以前。当时正在北京西南郊外卢沟桥进行军事演习的日本军队，以听到一声枪响为借口开始攻打中国驻军，此事发生在1937年7月7日。当时，这一战争在日本被称为"北支事变"，后来战线扩大至上海，成

---

〔1〕　参见鹤见的回忆文章《来自"战后"的评价》(1959)。中井正一此处所指是春秋时期齐国重臣崔杼弑君、杀史官及其弟的史实。作家、中国文学研究家高桥和巳的遗作《黄昏之桥》中言及此典故。

为一场全面战争。同年 8 月开始，这场战争被称为"支那事变"。1937 年 6 月，近卫文麿组阁，其间战争爆发，近卫内阁同年 9 月开始实施国民精神总动员运动。国家要组织大的精神总动员运动，中井正一等人要组织的小运动当然就要被扫荡殆尽。

近卫文麿在京都大学读书时曾听过西田几多郎的课。第一次近卫内阁组建时，西田还曾给时任西园寺公望的秘书的原田熊雄去过一封信。原田熊雄是西田在学习院大学任教期间的学生，西田几多郎在信中写道："世人对近卫内阁抱有很大的期望，近卫君一人即便做不了很多事，也希望他至少能让世人说他是努力过了。因为如果只是做陆军手中的机器人听命于他们，那么能任此事的人还有更多。"他又写道："唯愿近卫君不要只被某一方势力牵制扮演丑角。（中略）如果说'文部'以往是过于跟着西方跑，而如今又转过来要以固陋的所谓日本主义者为中心的话，对于未来将要走向世界的日本文教领域来说，这种做法的确是很缺乏明确的方针的。能否以如今出席'文教审议会'的学者（？）（不算军人）（此处两个括号及其内容是西田所加。——译注）为核心确立起未来日本的文教方针？"（写信日期为 6 月 23 日）

西田几多郎从京都大学退休以后，大约从 1935（昭和十）年前后开始，文部省曾请他做过一些顾问性工作。一开始他并无意加入其中，提出的条件是如果和辻哲郎、田边元二人也参与的话，他再考虑。然而，在 1937 年 12 月，西田与和辻、田边一起成为文部省教学局的顾问。

西田几多郎是较有预见性的人物。仅从文教政策这一方面来看，那以后的日本果然走向了西田所担忧的方向。然而，文教政策不过是从属于势力更为强大的政治与军事的。

和辻哲郎自日美开战的那年 2 月开始，直到日本战败投降前一年的 2 月，他一直都在参加"思想恳谈会"，参与了确立战时体制的相关讨论。"思想恳谈会"是由海军省调查课的幕僚结成的组织之一。和辻还自 1945 年 1 月开始与加濑俊一、山本有三等人一起组织了一个"三年会"，他们预见到将要战败的结局，对于战后该如何处理和安置的问题提出了建议。"思想恳谈会"是为对抗东条英机内阁而展开的海军稳健派的活动之一。"三年会"是通过山本有三与近卫文麿相联系的，它还与"言论报国会"有关联，促使年青的一代积极介入战时体制。为此，高坂正显、高山岩男付出了代价，他们在"二战"后被京都大学免除教职。

10. 战争期间的另一种存在——出隆与田中美知太郎

1945 年 6 月 7 日，西田几多郎逝世于镰仓。出席葬礼后的山内得立写道："世上四处弥漫着紧张气氛，虽然是 6 月艳阳天，但我依然感到寒气袭人。我想到，伴着先生的死去，日本国也将要灭亡了。"就在这一年的 8 月 15 日，日本宣布无条件投降，第二次世界大战结束。世人所称的"京都学派"也在西田死后不久与曾经的大日本帝国沦为同样命运。

在本章以下的内容中将要介绍两位古典学研究者，他们在战争期间与所谓的"京都学派"保持着一定的距离，沉潜学术直到战争结束。这二位即是出隆（1892—1980）和田中美知太郎（1902—1985）。

出隆在 1943 年 1 月出版了他的《希腊的哲学与政治》一书，书的序文注明写作时间为前一年的 10 月。这篇序文起首写道："本书集录的 7 篇论文，是著者在自"支那事变"前后至太平洋战争爆发前的数年间随时写下的文稿的基础上修订而成的。"出隆又介绍说，各篇论文虽说"主题各异，但仔细一想，每篇论文在执笔时怀抱的忧虑却是前后一贯，未曾改变的"。整部书都是"把我的忧虑托借自己的专业研究领域——古希腊哲学与政治（或曰理论与实践）的情形，利用各种有可能的机会"进行了表达。而且，"这些都是为了能让那些将要成为国家的领导者的青年们关注此事而表达的一点忧虑"。在这些论文中，既有曾发表在日本明治维新以来哲学界最权威的学术研究杂志《哲学杂志》上的论文，也有被收入在启蒙性读物《学习与生活》中的论文。出隆的这些论文全部都是为青年一代而写的，是为未来的领导者们而写的。可以说，出隆对于时代潮流的参与方式与高坂正显、高山岩男、西田几多郎或和辻哲郎是很不相同的。

出隆自己对他的《希腊的哲学与政治》一书的主题概括如下："著者认为'实践也好，制作也好，如果不具备对于对象本身洞见其实质的理论性，那将是无益之举'。或者说'无论是科学、技术还是忠良的实践，如果没有适合它们的理论从高处加以指导，那就不能够得其真，也就无法奏效、无法发挥出力量'。"在古希腊，哲学和政治是双双倒下同归于尽了。前车之鉴，我们必须恢复"哲学的政治性"与"政治的哲学性"。"这些就是著者的用意所在，忧虑所系，是本书反复强调之处。"出隆的所想所念与那些直接参与时政的京都学派哲学家们并非大相径庭，他们二者之间的距离恐怕是由于各自的背景不同。出隆姿态的背后是要向古希腊的经验和哲学学习。

11. 苏格拉底的"哲学"——古希腊哲学的精华是什么

1941（昭和十六）年，即日美开战之年，出隆在《改造》杂志发表题为"杀死哲学之物"的论文，后来他又将此文改写后发表在《哲学杂志》上。这篇论文是出隆听到德国法西斯军队已经攻克雅典的报道后开始执笔的。在后来出版的《古希腊的哲学与政治》一书中也收录了这篇论文。

出隆写道："一般人说起古希腊文化，大多认为这是波斯战争中获胜的雅典人培养起来的文化。"的确，那时节，悲剧诗人、喜剧诗人涌现，修昔底德写下了史书，从苏格拉底到亚里士多德，哲学家们也活跃其中。然而，果真如此吗？出隆提出了疑问，第一点，在雅典，国家的繁荣与"所谓的文化繁荣"并没有真正的因果关系，也未必是同时出现的。第二点，当时的文化不如说是"苦闷的文化、文化的苦闷"。

特别是在哲学方面，通常人们把苏格拉底逝后至亚里士多德去世之间的这段时期称为古希腊哲学的"全盛时期"。但首先需要注意的是，"在当时纯粹的雅典人之中，真正可以被称为哲学家的人"，"除去在法庭上被宣判了死刑的苏格拉底之外，事实上只有柏拉图一人"。而且后者"对于活在4世纪的他的同胞——雅典市民从未直言过什么"。更进一步说，在雅典地区哲学真正可以称得上"繁荣"的时期，不如说那是在古希腊时期诸学派林立并存的时期。出隆此外还提出了另一个问题，即那时候的"哲学"究竟是何种意义上的"哲学"？应当回到原点认清那是"苏格拉底的'斐鲁苏菲'"。正是苏格拉底的"爱智"给予了柏拉图、犬儒学派以及斯多葛学派源源不断的养料。

那么，苏格拉底的"哲学"是什么？"那是继承了兴起于东方爱奥尼亚的学问上的理论精神的东西，但不是直接与国事相关的实际性政治活动。而且，这是忘记个人的寝食、担忧着祖国雅典人民善而正确的生活的国家性活动，是要自觉意识到国家国民之所以善而正确的道理，并遵循这一自觉意识善而正确地去生存的努力。"具体而言即是："那是一种负有使命的问答活动，这使命是要用有道理的语言、逻各斯去逐一说服那些办事无主见的雅典市民，使他们去自觉地实践真的正义并通过此举从邪恶与颓废中拯救雅典。"被誉为"正义的市民苏格拉底"却"最终无法说服对方而服从了国法之命令"。

12. "杀死哲学之物"——苏格拉底死后的哲学

据柏拉图《申辩篇》记载，苏格拉底给自己起名为"雅典这匹血统高贵之骏马身上的一只虻"，作为一只虻他"终身劳碌不息"。后来，"雅典嫌这只虻太闹，又赶不走，于是用马尾将其拍死了"。如此，苏格拉底之"斐鲁苏菲"与苏格拉底一起被杀死了。出隆还认为，不只是亚里士多德，就连柏拉图也没能继承苏格拉底的"爱智"。"'哲学'一度被杀死之后，哲学之物变得饶舌起来，成了无论怎样都无杀身之危的哲学，是不值得遭杀的哲学，甚至是在被杀之前可以逃走的哲学。"亚里士多德为了不使哲学在雅典再次遭到冒犯，他离开了城邦。如果把亚里士多德此举称为"逃跑"，那么这一评价也许过于严厉。然而，我们想知道的是，出隆写下此语时他在日本亲见的是何种光景，他又是把怎样的一种现实与雅典重合在一起去看待的呢？他又是如何认识苏格拉底之死的？出隆对后一个问题专门列出"苏格拉底的哲学和他的死"一节加以论述。在出隆看来，苏格拉底的死是与时代的课题相互联系在一起的。如何看待和思考苏格拉底之死，从另外的角度来说，这是哲学性思考中所谓"永恒的课题"吧。

13. 哲学的政治性与政治的哲学性——出隆的"战时"与"战后"

出隆生于冈山县，是家里的次子，他父亲是当地小学的校长，名为渡边惟明。他在上初中的时候过继给了亲戚家，改姓出。出隆在 1921 年成为东洋大学教授，当年出版的《哲学以前》一书很受欢迎，长期受到读者喜爱。1924 年他成为东京帝大副教授，自 1926 年后的两年时间内，他曾留学英、德，1935 年升为东京帝大的教授。

出隆认为，"'哲学'在最早的一代人即苏格拉底的时候，它与雅典政界完全绝缘"，"雅典杀死了苏格拉底，同时也杀死了'哲学'"。当日美开战之势迫在眉睫之时，出隆写道："然而，哲学与政治，人们是不允许它们二者永远无缘的。与哲学的政治性一样，政治的哲学性也是人们所热切希望的。我们的政治不可以是杀死苏格拉底、封杀柏拉图仗义执言的雅典的政治。同时，我们的哲学也不能够只成为避开对现实的直视与直言的、缺乏理论性、苍白无力的个人伦理。"（《杀死哲学之物》）第二次世界大战结束后，出隆加入了日本共产党。那是1948 年所感派与国际派分裂之前的时期。1951 年，出隆辞去东京大学教职，以无党派身份出马竞选东京都知事，支持他参加选举运动的是日共东大支部中的国际派。1964 年，他又被日本共产党除名。编纂了岩波书店出版的《亚里士多德全集》，这或许是出隆最大的学术成就。

今道友信从旧制高中毕业后，为选择大学的事曾拜访过东北帝国大学的高桥里美和东京大学的出隆。据今道友信记述，出隆拿出一本牛津版《柏拉图》让今道解读一二页，今道刚讲完，出隆立刻就说：“如果你在今后的人生中无意计算物质财富的话，那就到我这里来学习吧。”这是昭和十九（1944）年一个蝉鸣不已、残暑未消的初秋之日。[1]

出隆与他的同乡内田百闲交往密切。百闲的随笔中出现的“二山君”就是两山相叠而成的“出”字。

14.“胜者相信阿谀之言，对现实却视而不见”——田中美知太郎的慧眼

田中美知太郎生于新潟县，他从上智大学退学后于 1923 年进入京都大学哲学科的选科学习。田中自述道：“我选择京都大学哲学科，不是因为西田哲学，也不是为了其他流行的哲学。我是在‘哲学研究’这一项的哲学科的课程题目中，看到有波多野精一教授用古希腊语原文研读柏拉图和普拉提诺著作的课，觉得除去京大以外日本不会有其他地方能学习哲学。”

―――――――――――

[1]　今道友信《亚里士多德》（讲谈社，1980 年）第 9 页以后部分。

(《古典学子的信条》) 田中美知太郎从一开始就身处所谓"京都学派"的外部。吸引了田中的是那位谨守科倍尔之教的波多野精一的研读课的题目,而不是西田几多郎的名声。不过,田中也不能算是波多野的弟子。田中在京大学习古希腊语时直接受教的是"菊池慧一郎这样一位从未听过他的大名的先生"(《时代与我》)。据田中美知太郎回忆,长泽、高田、冈田正三等人的希腊语都是由菊池先生启蒙的。

田中美知太郎从京大哲学选科毕业后于 1928 年赴任法政大学讲师,两年后又转任东京文理科大学(现名筑波大学)。田中译注的柏拉图《泰阿泰德篇》刊行于 1938 年,这部著作是战前日本在古希腊哲学研究,甚至说是在整个西方古典哲学研究领域中的金字塔。

1941 年 12 月 8 日,日本军队偷袭珍珠港,10 日在马来海战中大胜英军。这一年岁末,田中美知太郎对来访的竹之内静雄和岩田义一冷冷地说:"这场战争,日本必败。"第二年 2 月,新加坡陷落,在日本全国各地,人们提着灯笼满街游行庆祝胜利,但就在此时,田中再次断言:"这场战争,日本必定失败。连战连胜并不能保证最后的胜利。"[1]

---

〔1〕 竹之内静雄《先知先哲》(讲谈社文艺文库,1955 年)第 72 页以后部分、第 79 页。

1942 年是日美开战的第二年，在这一年里，田中借古希腊故事写道："胜者相信阿谀之言，对现实却视而不见；败者不顾现实反倒能够找到解救之路。"胜者与败者究竟哪一个离现实更远呢？"是前者。"胜者"对现实状况的忽略是无意识的，这点要甚于败者，所以胜者更加不可救药。那是永不会觉醒的无智状态。他们只能从破灭与失败那里得到教训：他们所看到的现象不是现实，那些只不过是假象"。田中反复地论及"胜者的不幸"，他说："胜者的不幸为何？那就是要永远依靠当下。而当下只是现在的依靠。一旦我们要把它当成永久的依靠，我们立即就会被自己所依靠之物欺骗。"为什么？因为"我们只是看见了眼前当下之物，而现实也是它自身的否定物"（"现实"）。

15.《逻各斯与观念》——洞见现实之眼的背后

早在 1939 年 9 月，田中美知太郎就曾写下《话语恐惧》一文，他在文中一边引用柏拉图《法律篇》中的一节，一边写道："国家的行动与每个人的行动是一样的，必须要立足于真正为了国家这一认识之上，像那种为了一些编造的虚假伪装的目的，就轻易地以国家的命运为赌注的做法，必须要严戒。能够从这种危险中拯救国家的即是对逻各斯的思索，而作为国民性自由之首的言论自由也是达到此项目的必要条件。"

同年 9 月，纳粹德国入侵波兰，第二次世界大战爆发。上面这篇论文发表整整一年后，德日意三国同盟成立，日本开始在远东步德国后尘。田中美知太郎继续他的论述，他说，为使言论自由能更好地发挥作用，"必须要具备无论大众怎样喝彩都不会被欺的独立自由之精神，如果缺少这种精神，那就会像波罗奔尼撒战争时期的雅典民主政治那样，言论自由也不能为国家提供任何贤明之路。因为言论将掌握在政治煽动者手中"。

1938（昭和十三）年至1943（昭和十八）年，田中美知太郎完成了一系列论文，战后，这些论文结集成为《逻各斯与观念》（1947年出版）。在该书的《后记》中，西田几多郎的所谓"恶战苦斗的记录"遭到揶揄。关于京都大学求学时代的印象，田中感到，西田几多郎来上课时，总是没怎么备课就站上讲台，只是把一些即兴的想法罗列出来而已。这类感想是不可能从京都学派的成员们口中说出的。西田几多郎只准备简单的备忘卡片，在讲台周围一边来回走动一边反复陈述他的思考。在京都，大家公认西田在哲学上的态度是最棒的，而像和辻哲郎那样把备好的课写在本子上，然后在课堂上照这本子宣读这些备课笔记式的做法，反倒是评价不高。

完成于第二次世界大战期间的田中论文在战后被编辑成书，公之于众之后，人们开始重新惊讶于田中的独具慧眼。而我们以今天的眼光重新阅读这些论文所应感到惊讶的，不应当只是赞叹他对战局走向的冷静洞见。更为值得惊叹的是，在京都学派的全盛时期，田中以极为平易明晰的语言将高深的哲学性思考成果化为一篇篇文章。在当时的田中内心，对时局的认识与哲学性思考是融为一体的。在前引田中的论文里他还写道："这种与政治煽动者对立的做法即是苏格拉底的方法。柏拉图之所以认为国家统治的最高知识就在于对话，也是由于这一点。"

以下介绍《逻各斯与观念》中的"逻各斯"这部分，它最早发表于 1938 年。文章首先引用了柏拉图的《斐多篇》，然后田中美知太郎写道："认为逻各斯不过是事物的影子的人们，如前所述，他们一定认为能够直接看到事物就足够了。这种想法基于这样的信念，即认为事物只要被看到了亦即被把握住了，事物就是被看到的那个样子。"果真如此吗？正如时代的经验教给我们的那样，战争的胜者与败者都没有看见"事物"。就连被称作"现实"的东西也并非被人们看到的那样。事物不仅是由时代能揭示阐明的，哲学性思考阐明的东西也是同样情况。"逻各斯"开拓出那些成为问题的场面。

最后，在此引用田中美知太郎书中的如下一节："当我们认为自己确信已见之物是一个拥有多个我们无法见到之方面的、其实是另一种物体的单纯的一面的时候，就必须要考虑到只有我们直接见到的一面是不够的。我们必须超越自己只能直接见到之物。使我们做到这种超越的即是逻各斯。"

16. 受聘于京都大学——第二次世界大战以后的田中美知太郎

警察的魔爪未曾出现在田中美知太郎的身边。田中对战局的分析预见只讲给身边的亲近者，而他的那些论文是精致的哲学论文，以至于很难读出其中包含的政治性含义。

危险来自另外的地方。1945 年 5 月 25 日，空袭警报骤然响起，田中扶着母亲跑进防空战壕。"就在此时，突然感到周围明亮如白昼，耳朵被一种异样的声响震聋。我几乎是条件反射一样地跳出战壕，但迎面碰上的却是燃烧弹的汽油。"（《时代与我》）日本战败后的第二年，田中接受了眼睑再造和手指粘连分离的手术。

在日本宣告投降的那年春天，田边元从京都大学退休离职。战后，曾积极协助过战争的一批人被开除公职，京都大学哲学科的高坂正显、高山岩男，以及西谷启治（1900—1990）全被开除。京大哲学研究室几近毁灭，而重建研究室的重任只能落在山内得立肩上。山内是 1914 年的京大毕业生，1931 年荣升为母校的教授，担任新设专业"古代中世哲学史专业"的教师。1946 年，山内自己改任"哲学/哲学史第一讲座"的教授，翌年聘请田中美知太郎担任古代哲学史的副教授，同时聘请高田和野田又夫（1910—2004）分别担任中世纪和近世史的副教授。田中曾经明里暗里总与京都学派唱反调，如今，1950

年，他自己也成了京都大学文学部的教授。

田中美知太郎在战后除去编纂了《柏拉图全集》之外，还有多种著述传世。在论坛中他是作为保守派论者之一而著称的。他完成了自己一生的大作《柏拉图》（全四卷）后不久就与世长辞了。与田中有着多年交往的岩田和竹之内二人亲见逝者遗体，只见其眼睛微张，但瞳光已息。"归途，我们一边走，岩田君一边说：'先生遗体上的伤疤真显眼！'我听后回答说：'因为先生活着时精神填充得太饱满了'。"[1]

17.　京都学派的终结——田中、梅原、辻村

我们可以把田中美知太郎受聘执教京都大学的那一年，即昭和二十二（1947）年认定为京都学派的终结之年。山田宗睦入伍前曾听过田边元的课，当田边开始宣讲"人必须要去死！"的时候，"我感到了'停下！你好美'那个瞬间"。梅原猛则是入学京都大学的同时就应征入伍了，他甚至没有机会听到田边元讲课。战争结束后，梅原猛复员、复学，他用自己的语言把自己从海德格尔那里学到的思考表达出来，写成毕业论文《时间》，顺利地从哲学科毕业。作为这篇论文的主审教授，田中美知太郎评论说："这是一部心境小说。"而比梅原猛高两级的辻村公一则认为京都大学中自己思考（Selbstdenken）的

---

〔1〕　竹之内静雄《先知先哲》（讲谈社文艺文库，1955年）第111页以后部分。

传统已亡，他因此一度退学，回到自己的故乡滨松市。[1]

学者们鹦鹉学舌般重复念叨的"Selbstdenken"的口号本身最终只是变成了一句咒语。田中对此只会嗤之以鼻吧。此时，世人所谓的京都学派已经终结，Selbstdenken 的传统刚刚开始形成，只持续了三代就已溃灭。然而，田中美知太郎在他的《柏拉图》第Ⅰ卷《前言》中写道："如果说此书在解释上有一以贯之的哲学性思考的话，那就是一点来自我自身的哲学的东西。"无疑，田中也是以自己的方式"自己思考"，最终形成了田中哲学。

辻村公一开始担任旧制第三高等学校即新制的京都大学教养部的讲师是在 1948 年，他后来在 1967 年转任京都大学文学部。那时的"京都学派"这一称呼是偶尔用来称呼今西锦司麾下的自然科学方面的科学家的。关于今西锦司的进化论是否受到了西田、田边思想的影响这个问题，人们分歧较大，不同意见主要表现为，应当如何判定这种影响在多大程度上具有本质性意义这一点。

---

[1] 关于山田宗睦的记录，参照山田前引书第 98 页。关于梅原和辻村的情况，参照前引竹田书第 215 页以后部分。

结语 "战后"的情况

1. 分析哲学及其转向——关于大森庄藏

在前一章中，我们已经为京都学派守望了它的终结。对那以后的日本哲学的展开情况，今天尚无法作为一段历史进行讲述。因为它毕竟离我们太近了。以下，只将本书中所论及的哲学家们的相关事项做简略描绘，以此作为这一部分的结束语。

西田几多郎的特异的思考吸引了众多的哲学研究者，进而形成了京都学派。不仅如此，西田的写作文体也吸引了无数的读者。

第二次世界大战结束后不久，日本哲学界就出现了新的思考，它们采用了与西田式文体完全异质的文体。这就是通过泽田允茂、市井三郎、中村秀吉等人的大力推介和研究而形成的一种新思潮带来的、用以表述其思考的文体。这种新思潮即是逻辑实证主义与分析哲学。

大森庄藏（1921—1997）一开始也大致上属于这个群体，但是很快，他开始形成自己独特的思考，这些思考难以简单地归类到狭义的分析哲学之中。较著名的是，大森曾宣言："哲学是论说之物而不是歌唱之物",还说:"哲学不能停留在默示与启示的神秘仪式阶段,它必须是能在广场上对话、在街头流通之物。"在这些话语中,我们还能够感受到对传统的反叛这一来自时代的、来自大森的年轻气息。

大森庄藏原本是物理系的学生,他受这个国家的哲学传统的束缚本来就不大。当战后不久他写下 "默示与启示的神秘仪式" 这一断语时,在他心中所指的很可能是京都学派式的哲学语言的体系。

大森的思想成果今日看来依然充满活力,这些想法后来集成为《语言·知觉·世界》(1971)一书。他的这种思考后来得到深化,成为 "立现一元论"[1] 学说。对于这一立场的特征,用普遍性的语言表述即是:被极度纯粹化的现象主义。

论文《论言灵》在大森的哲学思考的展开过程中具有划时代的意义。从此以后,大森作品中的 "声振"[2] "立现" "拔描"[3] 等词汇开始成为 "大森语" 反复出现在社会上。此文最先发表在东京大学出版会的哲学讲座上,科学基础论学会立刻

---

[1] "立现" 来自日语 "立ち現われ",接近于 "凸显、站出来" 之义,属于大森庄藏的自创词汇。

[2] "声振" 来自日语 "声振り",接近于 "发出某种独特声音的整体状态" 之义,属于大森庄藏的自创词汇。

[3] "拔描" 来自日语 "拔き描き",接近于 "人脑有选择地观察、记述和描绘" 之义,属于大森庄藏的自创词汇。

在学会会刊上为此组织了一期特刊。这篇论文在当时对社会的冲击力很大，后来收入《物与心》（1976）一书中。此书是后期大森哲学的出发点，是他的第二部论文集。

2. 身体论的出场及其转向——市川浩的思想

《理想》期刊组织编辑"身体与精神"特集时，大森庄藏和黑田亘在杂志上发表了二人的对谈录，在这次的对谈中，大森一方面高度评价了市川浩的工作的意义，同时也说，市川"把普通的事情说得有些难"（1979 年 6 月号）。大森的文章是明白易懂的哲学散文的典范，而市川浩（1931—2002）也是在现代日本以独特的文体成就其独自的思考的哲人。

市川浩一方面深入研习柏格森和萨特，同时又从梅洛·庞蒂那里获得了许多养分。他的论文《作为精神的身体与作为身体的精神》是市川在这方面的最初成果，后来此论文被收入市川的第一部著作《作为精神的身体》之中（1975），当时在学界产生了很大的影响。

后来，市川在他的第二部主要著作《"身"之结构》（1984）中进一步深化了他的身体论。只是他从此放弃使用"身体"一词，改用"身"（日语发音为"み MI"。——译注）这个日语词。

市川围绕"作为精神的身体"问题论述道，"身体"一语总给人以物质性身体的语感。因此，市川认为索性使用日语词

"身"（み），它既指"肉体"又指"自身"，甚至是指"心"。市川曾经把那种在意志性的最基础部分、用以支撑其意志性的结构称为"向性性结构"。例如，有一种现象可以说明这种结构，即人会完全无意识地根据距离的远近来预先将自己的知觉和运动的焦点对准那个目标对象。

前述大森庄藏对市川的评价或许是针对市川的用语或表达方式而表示的不满。市川后来又把他自己提出的这一结构加以扩展，称之为"分身"（日语是"身分け"。——译注）结构。

市川浩的首部著作在 1976 年获得了"第三届哲学奖励山崎奖"。在纪念这次获奖的研讨会上，参与讨论的审查委员会成员们热烈地讨论了市川著作与京都学派身体论之间的联系问题（市川浩/山崎赏选考委员会《身体的现象学》，1977 年）。市川是京都大学文学部的毕业生，但他却说"自己没有好好读过（京都学派身体论的有关著作）"。即便如此，从第三者的角度来看，市川著作的主题与京都学派的身体论之间仍然是有承续关系的，这一点发人深思。

3. 对马克思的理解方面的更新与战后日本哲学的建立——广松涉

在上一节论及的那个市川浩获奖纪念研讨会上，也有人对审查委员们的发言提出了不同意见，其中较强烈的反对意见是在前一年获奖的广松涉（1933—1994）。广松感到，如果只是从与京都学派思想的关联性方面评价市川浩，那么市川工作的原创性就会遭到抹杀。广松涉本人也碰到过类似情况，在他自己获奖的纪念研讨会上，也有人从哲学构想的层面上指出了和辻哲郎与池上镰三的类似性（见广松涉／山崎赏选考委员会《现代哲学的最前线》，1975 年）。广松涉自己对日本近代哲学的遗产兴趣浓厚，本书前面曾引用过的《"近代的超克"论》的雏形论文就是在 20 世纪 70 年代的杂志上连载的。

日本在第二次世界大战以前，在以西田几多郎为中心的京都学派周围，已经形成了一个马克思主义哲学研究的传统。关于这一情况，本书这一部分的第一章中已有所论及。而在战后的马克思研究领域中创造了划时代的业绩的，是以深入细致的"文本批判"为大背景的广松涉的劳作。

日本战后马克思研究在哲学方面的动向始于对主体论和早期马克思的研究。前一领域的代表是梅本克己，而后一领域在学术界的代表应是城冢登。他们二人的共通之处是都以《经济学哲学手稿》为中心关注"异化论"。在经院派的学术圈以外，吉本隆明和黑田宽一这两位的业绩可说是名列前茅的，广松涉在他的早期著作中也曾提及吉本、黑田二位的工作（《恩格斯论·序文》，1968 年）。

在 20 世纪 60 年代后期，广松涉发表了一系列新论，展示出他在理解马克思方面不同以往的新的可能性。针对"异化论"，他大力宣扬"物化论"也是一例。广松认为，所谓正统派马克思主义的"客观主义"、异化论性质的马克思主义"主观主义"，这些都只不过是尚止步于近代以前的观点。而恩格斯主导的《德意志意识形态》以来的唯物史观所宣告的却恰恰是要超克近代性世界观自身的层面。广松涉的这一立场，从另一方面说，以相对地独立于"马克思理解"这一脉络的形式，提供了一个具有独创性的哲学思考的范例。

广松涉曾计划发表一部连载论文，题为"马克思主义中的人·社会·国家"，载于《情况》杂志。但后来该文的连载没有全部完成，而以"傍注"形式发表的论文《人之存在的共同性的存立结构》，却成为世人所谓的"广松哲学"在基础研究领域展示其哲学性分析的精湛之作。

此论文还被认为是对萨特的批判，这是由于萨特当时频繁地援用广松反复批判过的"马克思主义式存在主义者"们的观点。《情况》杂志策划了白井健三郎、足立和浩两位新旧萨特主义者与广松涉的对谈（1973 年 1 月号）。该论文后来与另外一篇文章合编后收入《世界的共同主观性存在结构》（1972）一书。

4. "文体"的思想——简论坂部惠

20 世纪 70 年代，日本哲学界一方面是大森庄藏的时代，另一方面又是广松涉的季节。1976 年，广松赴任东京大学教养学部，从此，这二位学者同在东大驹场校区任教，使当时的学生们受到很大影响。

广松涉在教养学部的前任是坂部惠（1936—2009），他调任设在东京大学本乡校区的东大文学部哲学科的同时，广松涉顶替他的位置执教驹场校区。当时在驹场校区的哲学教研室中，有位特立独行的古希腊哲学研究者名为井上忠。与此不同，当时在本乡校区的哲学系中，古希腊哲学由斋藤忍随担任，还有前面提到过的莱布尼茨专家山本信、属于分析哲学的黑田亘，黑田是大森庄藏的盟友之一。与坂部惠年龄最接近的同事是一代硕学之士渡边二郎，渡边的研究领域广泛，涉及从德国古典唯心主义到存在主义哲学的广泛领域。

20 世纪 70 年代中叶，坂部将他的看似低调、实则潜藏着对已有的康德形象构成颠覆性冲击的成果编成《理性的不安》一书（1976）出版。在该书中，坂部惠一方面重新探讨了卢梭与康德之间的关系，同时，他还解明了《视灵者之梦》在康德哲学形成史上的意义，利用康德的遗稿等材料重新审视了康德的哲学构想。此外，坂部惠还在同年出版的《假面的解释学》一书中以罕见的个性化文体表述了他那颇具独创性的思考。坂部思考的特质在下面一节中可以清晰地见到。他针对"表面"问题，讨论"映写"，然而到"迁移"的一节。他写道："'迁移'不单是'现前'，其中已包含有生与死、不在与存在的

'移'行，眼睛看不到的、无形的东西'映'为眼睛可见的，有形之物时那个幽明相交之境，即是其成立之场域。在那里，只要是包含有'移'的契机，那么'迁移'从时间上来看，它不单是'现在'，而是已经消失之物与尚未存在之物，也是它们的出自与走向的关系的设定与时间的诸构成契机之分割·分节包含于其中的东西。"（《移动之身》）——存在于这种奇异文体背后的东西，本书在此暂不深入分析。如果说 20 世纪 70 年代的日本的哲学性散文分别有大森和广松这两种代表性风格的话，那么，坂部惠的文体与他们二者中的哪一位都不同。从充分运用日文的传统表达方式这一点上说，坂部惠的文体与市川浩在某一时期的表达风格有相似之处，但坂部运用得更为彻底和系统化（这样的表述本身也许并不符合坂部的思考框架，姑且用之），这是由于，对坂部来说，文体本身也就是一种思想。

坂部出版了《假面的解释学》之后，又完成了《"触摸"的哲学》（1983）一书。在本书中也收入一篇他的小林秀雄论，显示出坂部对于日本的近代哲学抱有很大的兴趣。坂部惠在此文中论及了九鬼周造，此外，他还写过一本有关和辻哲郎的专著。

附录 相关大事年表

  说明：表中"哲学／思想领域出版物"部分所列出版物是本书"第二部近现代日本的哲学与思想——以京都学派为中心"中所见书目；在"重要历史事件"一栏中，日本史的事件以"（日）"字样标识。

西历	日本年号	哲学/文化界历史事件【日本】	哲学/思想领域出版物【日本】	哲学/思想领域出版物【世界】	重要历史事件
1859	安政六	佐藤一斋去世（1772—）		达尔文《物种起源》；密尔《论自由》	
1860	万延元	福泽谕吉随木村摄津守访美			
1861	文久元	内村鉴三出生			林肯就任美国总统
1862	文久二	西周、津田真道等由幕府官派赴荷兰学习哲学及其他社会科学；森鸥外出生		斯宾塞《第一原理》；F. 布伦塔诺《论亚里士多德关于存在者的多种意义》	俾斯麦执政（—1890）
1863	文久三	清泽满之、德富苏峰出生			林肯签署《解放黑人奴隶宣言》
1864	文久四	大西祝出生		斯宾塞《生物学原理》第1卷	拉鲁斯编《19世纪百科全书》；（日）长州征讨
1865	庆应元	西周、津田真道等回国			
1866	庆应二		福泽谕吉《西洋事情》	朗格《唯物论史》	萨长联盟密约
1867	庆应三	夏目漱石出生		斯宾塞《生物学原理》第2卷；马克思《资本论》第1卷	奥匈帝国建立；（日）大政奉还；发布王政复古号令

续表

西历	日本年号	哲学/文化界历史事件【日本】	哲学/思想领域出版物【日本】	哲学/思想领域出版物【世界】	重要历史事件
1868	明治元	重建昌平学校开成所	津田真道《泰西国法论》		（日）明治维新；神佛分离、废佛毁释
1869	明治二	昌平学校改为大学			（日）在东京九段新建招魂社（即后来的靖国神社）
1870	明治三	西周开设私塾"育英舍"，讲授《百学连环》；西田几多郎出生		狄尔泰《施莱尔马赫的一生》	普法战争
1871	明治四	派遣岩仓使节团；朝永三十郎出生	中村正直译《西国立志篇》（原著者：斯迈尔）	柯亨《康德的经验理论》	巴黎公社成立；德意志帝国建立；（日）废藩置县
1872	明治五		福泽谕吉《劝学》；中村正直译《自由之理》（原著者：密尔）	尼采《悲剧的诞生》	（日）开始采用阳历
1874	明治七	《明六杂志》创刊；桑木严翼出生	西周《百一新论》	F.布伦塔诺《从经验的观点看心理学》	
1875.	明治八	《明六杂志》停刊	福泽谕吉《文明论之概略》		德国社会主义工人党成立

续表

西历	日本年号	哲学/文化界历史事件【日本】	哲学/思想领域出版物【日本】	哲学/思想领域出版物【世界】	重要历史事件
1877	明治十	开成所与医学校合并后改称为东京大学；波多野精一出生	西周译《利学》（原著者：密尔）[1]	皮尔士《信念的确立》《我们的观念是如何清晰起来的》	（日）西南战争
1878	明治十一	菲诺罗沙赴东京大学任讲师；深田康算出生		恩格斯《反杜林论》	（日）大久保利通遭遇暗杀
1879	明治十二	东京学士会院创立	植木枝盛《民权自由论》	弗雷格《概念演算——一种按算术语言构成的思维符号语言》	
1880	明治十三	井上哲次郎毕业于东京大学文学部哲学科	集体译《新约圣经》	恩格斯《社会主义从空想到科学的发展》	（日）公布刑法、治罪法
1881	明治十四	杉浦重刚/井上哲次郎创刊《东洋学艺杂志》；左右田喜一郎出生	井上哲次郎等《哲学字汇》	尼采《曙光》	兰克《世界史》（—1888）；（日）颁布开设国会诏书，成立自由党

[1] 即 J. S. Mill 的 *Utilitarianism* 一书，现译为《功利主义》。——译者

续表

西历	日本年号	哲学/文化界历史事件【日本】	哲学/思想领域出版物【日本】	哲学/思想领域出版物【世界】	重要历史事件
1882	明治十五	东京专门学校（即后来的早稻田大学）创立	西周《尚白劄记》; 中江兆民译《民约译解》[1]（原著者：卢梭）		德意奥三国同盟结成；（日）立宪改进党成立
1883	明治十六		井上哲次郎《伦理新说》	T.H.格林《伦理学导论》; 康托尔《一般集合基础》	（日）鹿鸣馆落成
1884	明治十七	井上哲次郎等组建"哲学会"；天野贞祐出生	西周《论理新说》	恩格斯《家庭、私有制和国家的起源》	（日）秩父事件；（日）"鉴画会"成立（菲诺罗沙）
1885	明治十八	田边元出生	福泽谕吉《脱亚论》	马克思《资本论》第2卷	（日）确立内阁制
1886	明治十九	《帝国大学令》公布，东京大学改组为帝国大学；高桥里美、谷崎润一郎出生	井上圆了《哲学要领 前篇》; 中江兆民《理学勾玄》	尼采《善恶的彼岸》; 马赫《感觉的分析》	
1887	明治二十	井上圆了创立哲学馆，创办《哲学会杂志》; 德富苏峰创办《国民之友》	西村茂树《日本道德论》	戴德金《数是什么？数应当是什么？》; 杜威《心理学》	（日）此段时期鹿鸣馆舞会日盛，惜赛为"欧化主义"表现的意见频出

[1] 即卢梭的 *Du Contrat social* (1762)，中文现译为《社会契约论》。——译者

续表

西历	日本年号	哲学/文化界历史事件【日本】	哲学/思想领域出版物【日本】	哲学/思想领域出版物【世界】	重要历史事件
1888	明治二十一	九鬼周造出生	集体翻译《旧约圣经》	恩格斯《路德维希·费尔巴哈和德国古典哲学的终结》;尼采《瞧,这个人:尼采自传》	
1889	明治二十二	和辻哲郎、岩下壮一出生	三宅雄二郎《哲学涓滴》	柏格森《直觉意识的研究》	(日)大日本帝国宪法颁布
1890	明治二十三	井上哲次郎留德回国任帝国大学教授;加藤弘之等组建哲学研究会;务台理作,山内得立出生	大西祝《良心起源论》成稿;森鸥外《舞姬》	W.詹姆斯《心理学原理》;齐美尔《社会分化论》;莫里斯《乌有乡消息》	德国进入威廉时代;美国西进运动正式结束;(日)第一次帝国会议召开;(日)《教育敕语》发布
1891	明治二十四	第一高等学校内发生"内村鉴三不敬事件";西田几多郎入学帝国大学文科大学哲学科	井上哲次郎《敕语衍义》	胡塞尔《算术哲学》	法俄同盟形成
1892	明治二十五	出隆出生(—1980)	清泽满之《宗教学骸骨》	李凯尔特《认识的对象》;弗雷格《论意义和意谓》	美国私刑案件高峰期

续表

西历	日本年号	哲学/文化界历史事件【日本】	哲学/思想领域出版物【日本】	哲学/思想领域出版物【世界】	重要历史事件
1893	明治二十六	《文学界》创刊；科倍尔来日并执教帝国大学选科	大西祝《批评心》	涂尔干《社会分工论》；托克维尔《托克维尔回忆录》	
1894	明治二十七	西田几多郎毕业于帝国大学选科		马克思《资本论》第3卷	甲午战争爆发
1895	明治二十八	木村素卫出生；三宅刚一出生（—1982）	津田真道《唯物论》	弗洛伊德/布洛伊尔《歇斯底里研究》	甲午战争结束
1896	明治二十九	大西祝、波多野精一、朝永三十郎、桑木严翼等结成"丁酉伦理会"	大西祝《西洋哲学史》；清野勉《韩图纯理批判解说》[1]（原著者：康德）	李凯尔特《自然科学概念形成的界限》（—1902）	
1897	明治三十	京都帝国大学建立；西周去世（1827—）；三木清出生		W.詹姆斯《信仰意志和通俗哲学论文集》；涂尔干《自杀论》	
1898	明治三十一	本多谦三出生	井上圆了《破唯物论》；加藤弘之《破破唯物论》	W.詹姆斯《哲学概念和实际效果》（讲演）	居里夫人发现镭；（日）首次组成政党内阁

[1] 《韩图纯理批判解说》中的"韩图"即康德。此为原书名，径用不改。——译者

续表

西历	日本年号	哲学/文化界历史事件【日本】	哲学/思想领域出版物【日本】	哲学/思想领域出版物【世界】	重要历史事件
1899	明治三十二	西田几多郎任第四高等学校教授	福泽谕吉《福翁自传》	希尔伯特《几何基础》	
1900	明治三十三	大西祝去世;户坂润、中井正一出生	井上哲次郎《日本阳明学派之哲学》;桑木严翼《哲学概论》	胡塞尔《逻辑研究》(一1901);齐美尔《货币哲学》	中国爆发义和团运动;(日)治安警察法发布
1901	明治三十四	中江兆民去世(1847—);福泽谕吉去世	中江兆民《一年有半》;波多野精一《西洋哲学史要》	尼采《权力意志》(E.尼采编)	(日)东京帝国大学史料编纂室开始刊行《大日本史料》
1902	明治三十五	下村寅太郎出生(一1995);田中美知太郎出生(一1985)	井上哲次郎《日本古学派之哲学》;朝永三十郎《哲学纲要》	E.卡西尔《莱布尼茨体系之科学基础》;柯亨《纯粹认识的逻辑学》	台湾岛民被编入日本国籍;(日)日英同盟确立
1903	明治三十六	幸德秋水等创办《平民新闻》;藤村操自杀事件;清泽满之、津田真道去世(1829—)	冈仓觉三《东洋的理想》;幸德秋水《社会主义神髓》	舍斯托夫《悲剧的哲学》;弗雷格《算术的基本规律》;纳托普《柏拉图的理念论》;罗素《数学的原理》	

续表

西历	日本年号	哲学 / 文化界历史事件 【日本】	哲学 / 思想领域出版物 【日本】	哲学 / 思想领域出版物 【世界】	重要历史事件
1904	明治三十七		内村鉴三《我成为非战论者的缘由》	韦伯《新教伦理与资本主义精神》	英法同盟；日俄战争爆发
1905	明治三十八	高山岩男出生（一1993）	井上哲次郎《日本朱子学派之哲学》；朝永三十郎编《哲学辞典》	马赫《认识与谬误》；狄尔泰《体验和文学创作》	1905 年俄国革命；爱因斯坦发表狭义相对论；日俄战争结束
1906	明治三十九		西田几多郎自印《西田氏实在论及伦理学》义发给学生	E. 卡西尔《近代哲学和科学中的认识问题》（一1950）	设立南满洲铁道株式会社
1907	明治四十	《新思潮》创刊；朝永三十郎任京都帝国大学副教授	夏目漱石《文学论》、《文艺的哲学基础》（讲演）	W. 詹姆斯《实用主义》	英法俄三国结成协约国同盟
1908	明治四十一	菲诺罗沙去世（1853一）	夏目漱石《三四郎》开始在《朝日新闻》连载	庞加来《科学与方法》	
1909	明治四十二		左右田喜一郎《货币与价值》；朝永三十郎《人格的哲学与超人格的哲学》	列宁《唯物主义和经验批判主义》；J. 乌克斯库尔《动物的环境世界与内在世界》	伊藤博文在哈尔滨遇刺身亡

续表

西历	日本年号	哲学/文化界历史事件 [日本]	哲学/思想领域出版物 [日本]	哲学/思想领域出版物 [世界]	重要历史事件
1910	明治四十三	深田康算任京都帝国大学教授；西田几多郎任京都帝国大学副教授	柳田国男《远野物语》；森鸥外《沉默之塔》《普请中》	E.卡西尔《实体概念和功能概念》；罗素《数学原理》（一1913）	日韩条约签署；（日）开始大逆事件的大检举。在东京、大阪设置特别高等警察
1911	明治四十四	森有正出生；众议院通过普通选举法	左右田喜一郎《经济规律的逻辑性质》；西田几多郎《善的研究》	费英格《仿佛哲学》；胡塞尔《哲学作为严格的科学》；拉斯克《哲学的逻辑和范畴理论》	中国在辛亥革命后选举孙文为临时大总统
1912	明治四十五 大正元年	大杉荣等创办《近代思想》；明治天皇驾崩；梅本克己出生	高桥里美《意识现象的事实及其意谓》；西田几多郎《答高桥文学士对拙著〈善的研究〉之批评》；森鸥外《像那样》	柯亨《纯粹感情的美学》；W.詹姆斯《彻底经验主义论文集》；涂尔干《宗教生活的基本形式》；G.E.摩尔《伦理学》	清朝灭亡；第一次巴尔干干战争
1913	大正二	西田几多郎任京都帝国大学教授	三宅雪岭《明治思想小史》；和辻哲郎《尼采研究》	舍勒《伦理学中的形式主义与质料的价值伦理学》；胡塞尔《纯粹现象学和现象学哲学的观念》（一1952）；雅思贝尔斯《普通精神病理学》	第二次巴尔干干战争

续表

西历	日本年号	哲学/文化界历史事件【日本】	哲学/思想领域出版物【日本】	哲学/思想领域出版物【世界】	重要历史事件
1914	大正三	山内得立毕业于京都帝国大学	夏目漱石《行人》；田边元《认识论中逻辑主义的极限》	罗素《关于我们的外部世界的知识》	第一次世界大战爆发
1915	大正四	《哲学丛书》（岩波书店）开始刊行	田边元《最近的自然科学》；西田几多郎《思索与体验》；和辻哲郎《索伦·克尔凯郭尔》（第二次世界大战以后改版）		（日）向袁世凯提出和谈二十一条，后来正式签署为《马关条约》
1916	大正五	"京都哲学会"成立；《哲学研究》创刊	朝永三十郎的"我"的觉悟史；山内得立《认识的对象》（原著者：李凯尔特）	卢卡奇《小说理论》	爱因斯坦发表《广义相对论》
1917	大正六	波多野精一任京都帝国大学宗教学讲座教授；理化学研究所创立；《思潮》创刊	桑木严翼《康德与当代哲学》；左右田喜一郎《经济哲学的相关问题》；西田几多郎《当代理想主义之哲学》之哲学；田几多郎《自觉中的直观和反省》	奥托《神圣者的观念》；克罗齐《历史学的理论和历史》；齐美尔《社会学的根本问题》；弗洛伊德《精神分析引论》；韦伯《以学术为业》（讲演）	第二次俄国革命（2月革命、十月革命）；美国宣布参战第一次世界大战

续表

西历	日本年号	哲学/文化界历史事件【日本】	哲学/思想领域出版物【日本】	哲学/思想领域出版物【世界】	重要历史事件
1918	大正七	吉野作造、福田德三、左右田喜一郎、桑木严翼、朝永三十郎组建"黎明会"	科培尔《小品集》；田边元《科学概论》；和辻哲郎《偶像再兴》；深田康算《美魂》	施宾格勒《西方的没落》；石里克《普通认识论》；布洛赫《乌托邦精神》	第一次世界大战结束；奥匈帝国、德意志帝国崩溃；(日)出兵西伯利亚
1919	大正八	杜威在东京帝国大学授课（《哲学的改造》）；田边元任京都帝国大学副教授；井上圆了去世（1858—）	和辻哲郎《古寺巡礼》	柯亨《源于犹太教的理性宗教》；舍勒《价值的颠覆》	《凡尔赛和约》签订；魏玛包豪斯大学成立；北京爆发"五四运动"；朝鲜发生"三一运动"
1920	大正九		和辻哲郎《日本古代文化》；三木清《批判哲学和历史哲学》	阿兰《艺术体系》	联合国成立
1921	大正十	《思想》创刊；出隆任东洋大学教授，高桥里美任东北帝国大学理学部副教授；九鬼周造游日；大森庄藏出生（一1997）	出隆《哲学以前》	罗素《心的分析》；李凯尔特《哲学体系》第一部；罗森茨威格《救赎之星》	华盛顿会议召开；(日)原敬遭暗杀

续表

西历	日本年号	哲学／文化界历史事件【日本】	哲学／思想领域出版物【日本】	哲学／思想领域出版物【世界】	重要历史事件
1922	大正十一	《岩波哲学辞典》刊行；三木清、田边元留学德国；爱因斯坦访日；森鸥外去世	左右田喜一郎《文化价值和极限概念》	维特根斯坦《逻辑哲学导论》；怀特海《相对性原理》	苏维埃社会主义联邦共和国成立
1923	大正十二	田中美知太郎入学京都帝国大学哲学科；科倍尔去世	北一辉《日本改造法案大纲》；纪平正美《行的哲学》；本多谦三《货币的存在论》	卡西尔《符号形式的哲学》；布伯《我与你》	（日）关东大地震
1924	大正十三	出隆任东京帝国大学副教授；康德诞辰200周年，开始刊行《康德著作集》	田边元《康德的目的论》；津田左右吉《神代史的研究》；本多谦三《科学认识的现象学》	阿多诺《胡塞尔现象学对物体与意识的超越》	
1925	大正十四	裳田胸喜等主编的《原理日本》创刊；高桥里美留学德国；三木清自德国留学归来	井上哲次郎《我国国体与国民道德》；田边元《数理哲学研究》；户坂润《物理空间间的实现》	怀特海《科学与近代世界》	（日）《普通选举法》《治安维持法》成立

续表

西历	日本年号	哲学／文化界历史事件 [日本]	哲学／思想领域出版物 [日本]	哲学／思想领域出版物 [世界]	重要历史事件
1926	大正十五 昭和元	井上哲次郎辞去全部公职；出隆留学英、德	土田杏村《日本·支那现代思想研究》；三木清《帕斯卡尔哲学中人的研究》；左右田喜一郎《论西田哲学的方法》；西田几多郎《场所》	舍勒《知识方式与社会》；怀特海《宗教的形成》	苏联托洛茨基下台，斯大林执政
1927	昭和二	左右田喜一郎去世；《马克思主义讲座》开始刊行；《理想》创刊；岩波文库创刊	西田几多郎《从作用者到观看者》[1]；和辻哲郎《原始佛教的实践哲学》；田边元《辩证法的逻辑》（—1929；三木清《解释学的现象学之基础概念研究》《人学的马克思形态》	海德格尔《存在与时间》；马塞尔《形而上学日志》	蒋介石发动政变，国共合作破裂

[1] 西田几多郎《働くものから見るものへ》一书以往译为《从动者到见者》，为了更加贴合该书原意，现将书名修正为《从作用者到观看者》。——译者

续表

西历	日本年号	哲学/文化界历史事件 【日本】	哲学/思想领域出版物 【日本】	哲学/思想领域出版物 【世界】	重要历史事件
1928	昭和三	西田几多郎从京都帝国大学退职；《马克思恩格斯全集》开始刊行	三木清《唯物史观与现代意识》；岩下壮一《中世纪思潮》；户坂润《方法概念的分析》	卡尔纳普《世界的逻辑构造》；C.施密特《宪法学说》；本雅明《德国悲剧的起源》	苏联开始实施"第一个五年计划"；（日）"三一五"事件；皇姑屯事件、张作霖被炸害
1929	昭和四	九鬼周造回国赴任京都帝国大学教职；《蟹工船》、《战旗》杂志刊登小林多喜二《没有太阳的街道》	折口信夫《古代研究》；下村寅太郎《自然科学的预备概念》；山内得立《现象学叙说》；辻哲郎《日语中对存在的理解》	汉娜·阿伦特《奥古斯丁爱的观念》；胡塞尔《形式的与先验的逻辑》	全球经济危机爆发

续表

西历	日本年号	哲学/文化界历史事件【日本】	哲学/思想领域出版物【日本】	哲学/思想领域出版物【世界】	重要历史事件
1930	昭和五	《美·批判》创刊；田中美知太郎转任东京文理科大学；三木清入狱；内村鉴三去世	河合荣治郎《托马斯·希尔·格林的思想体系》；九鬼周造《"粹"的构造》；户坂润《意识形态的逻辑》；西田几多郎《一般者的自觉体系》；加藤正《三木哲学备忘录》；田边元《仰承西田先生之教》；中井正一《机械美的结构》；天野贞祐译《纯粹理性批判》（原著者：康德）	李凯尔特《谓语论问题与存在论逻辑》；列维纳斯《胡塞尔现象学的直观理论》	伦敦海军会议；（日）全球经济危机波及日本

续表

西历	日本年号	哲学/文化界历史事件【日本】	哲学/思想领域出版物【日本】	哲学/思想领域出版物【世界】	重要历史事件
1931	昭和六	筱原雄等组成"综合科学协会";岩波讲座《哲学》开始刊行;黑格尔逝世100周年;《黑格尔全集》开始刊行;市川浩出生（一2002）	阿部次郎《德川时代的艺术与社会》;三枝博音《黑格尔:逻辑科学》;高桥里美《全体的立场》《黑格尔与黑格尔主义》《黑格尔与主义与新康德主义》;三木清《形态论》;田边元《黑格尔哲学与绝对辩证法》;户坂润《空间论》;中井正一《期待功能概念之美学》;木村素卫译《全知识之基础》（原著者:费希特）	胡塞尔《笛卡尔式的沉思》;哥德尔《〈数学原理〉及有关系统中的形式不可判定命题》	"九一八事件"爆发;（日）三月事件、十月事件

续表

西历	日本年号	哲学／文化界历史事件【日本】	哲学／思想领域出版物【日本】	哲学／思想领域出版物【世界】	重要历史事件
1932	昭和七	"热海事件"导致1500名日本共产党党员等遭检举；户坂润、冈邦雄等组建"唯物论研究会"，并创刊《唯物论研究》	田边元《黑格尔哲学和辩证法》；户坂润《意识形态概论》；西田几多郎《无的自觉限定》《我和你》；三木清《历史哲学》；井上哲次郎《明治哲学界的回顾》；岩下壮一《新经院哲学》；中井正一《新即物主义美学》	卡西尔《启蒙哲学》；克罗齐《十九世纪欧洲史》；雅思贝尔斯《哲学》	纳粹成为德国第一大党；上海"一·二八事变"爆发；（日）血盟团事件；（日）五一五事件；热海事件
1933	昭和八	木村素卫任京都帝国大学教育学教学法教员；广松涉出生（—1994）	户坂润《为现代的哲学》；西田几多郎《哲学的根本问题》；木村素卫《一打之菌》；高桥里美《时间论》；中井正一《体育竞技情绪之结构》	阿多诺《克尔凯郭尔》；海德格尔《德国大学的自我宣言》；怀特海《观念之历险》；赖希《法西斯主义群众心理》	美国推行罗斯福新政；希特勒就任德国首相；（日）小林多喜二遭虐杀；（日）泷川事件（京大事件）；（日）日本宣布退出国联

续表

西历	日本年号	哲学/文化界历史事件【日本】	哲学/思想领域出版物【日本】	哲学/思想领域出版物【世界】	重要历史事件
1934	昭和九	《舍斯托夫文集》开始刊行；户坂润遭遇检举，被法政大学免职；梅本克己入学东京帝国大学文学部伦理学科	户坂润《现代哲学讲话》；西田几多郎《哲学的根本问题（续）》；和辻哲郎《作为人际之学的伦理学》；田边元《社会存在的逻辑》	西蒙娜·薇依《自由与社会压迫》；巴仕拉《新科学精神》；波普尔《科学发现的逻辑》	（日）美浓部达吉的天皇机关说（国体明征事件）；（日）日本共产党员遭检举；（日）汤川秀树提出"介子理论"
1935	昭和十	《世界文化》创刊；《克尔凯郭尔文集》开始刊行；《唯物论全书》开始刊行；出隆任东京帝国大学教授	九鬼周造《偶然性的问题》；高山岩男《西田哲学》；户坂润《科学论》；务台作《日本意识形态论》；台理作《黑格尔研究》；和辻哲郎《续日本精神史研究》；田边元《种的逻辑与世界图式》	马塞尔《存在与所有》；罗素《宗教与科学》；塔斯基《形式化语言中的真理概念》	

续表

西历	日本年号	哲学/文化界历史事件【日本】	哲学/思想领域出版物【日本】	哲学/思想领域出版物【世界】	重要历史事件
1936	昭和十一	卡尔·洛维特到达日本并任东北帝国大学教员;《世界文化》出版集团发行《土曜日》[1] 周刊;(—2009)坂部惠出生	秦木严翼《哲学及哲学史研究》;高山岩男《黑格尔》;高桥里美《体验与存在》;田边元《科学政策的矛盾》《逻辑的社会存在论结构》;西田几多郎《逻辑与生命》	萨特《想象力》;洛夫乔伊《存在巨链》;本雅明《机械复制时代的艺术作品》	(日)废除华盛顿条约;(日)二·二六事件;(日)成立昭和研究会

[1]"土曜日"即日语的"星期六"。——译者

续表

西历	日本年号	哲学/文化界历史事件【日本】	哲学/思想领域出版物【日本】	哲学/思想领域出版物【世界】	重要历史事件
1937	昭和十二	西田几多郎、和辻哲郎、田边元任职文部省教学局[1]；文部省《国体本义》《世界文化》出版集团遭检举	天野贞祐《道理的感觉》；高坂正显《历史性世界》；古在由重《现代哲学之间》；西田几多郎《续思索与体验》；三木清《哲学的入学》；和辻哲郎《伦理学》上卷；出隆《苏格拉底的哲学和他的死》；梅本克己《亲鸾自然法而思想的死》；田边元《回答对"种的逻辑"之批评》《阐明"种的逻辑"之意谓》	帕森斯《社会行动的结构》；胡塞尔《欧洲科学的危机与先验现象学》	卢沟桥事变，抗日战争全面爆发；（日）以"尽忠报国""举国一致""坚忍持久"为口号开展国民精神总动员运动；（日）矢内原忠雄笔祸事件；（日）北一辉被处死

[1] "参与"是官职名称，相当于参谋、顾问。——译注

续表

西历	日本年号	哲学/文化界历史事件【日本】	哲学/思想领域出版版物【日本】	哲学/思想领域出版版物【世界】	重要历史事件
1938	昭和十三	"唯物论研究会"解散，主要成员被检举揭发；本多谦三去世	高山岩男《哲学的人学》；下村寅太郎《莱布尼兹》；高桥里美《认识论》；户坂润《读书法》；长谷川如是闲《日本性格》；和辻哲郎《人格与人类性》；田中美知太郎《逻各斯》；西田几多郎《人的存在》；田中美知太郎译《泰阿泰德》（原著者：柏拉图）	萨特《恶心》；杜威《逻辑学》；巴仕拉《科学精神的形成》；雅思贝尔斯《存在哲学》	（日）《国家总动员法》施行；（日）人民战线事件；（日）河合荣治郎事件（《社会政策原理》《法西斯主义批判》等禁止刊行）

续表

西历	日本年号	哲学/文化界历史事件【日本】	哲学/思想领域出版物【日本】	哲学/思想领域出版物【世界】	重要历史事件
1939	昭和十四		木村素卫《人学讲座》《表现爱》；九鬼周造《人与存在》；高坂正显《康德解释中的问题》《历史哲学与政治哲学》；下村寅太郎《数理哲学》；高桥里美《历史与辩证法》；三木清《构想力的逻辑》；务台理作《社会存在论》	布尔巴基《数学原理》；弗洛伊德《摩西与一神教》	德国入侵波兰，第二次世界大战爆发
1940	昭和十五	岩波讲座《伦理学》开始刊行；户坂润被起诉；岩下壮一去世	木村素卫《德意志观念论研究》；田边元《历史性现实》；西田几多郎《日本文化的问题》；三宅刚一《学问的形成与自然世界》；务台理作《表现与逻辑》；高桥里美《包辩证法》	萨特《想象力的问题》；本雅明《拱廊街计划》（约1926—）	德军占领巴黎；（日）德意日三国同盟形成；（日）设立大政翼赞会；（日）津田左右吉被起诉

续表

西历	日本年号	哲学/文化界历史事件【日本】	哲学/思想领域出版物【日本】	哲学/思想领域出版物【世界】	重要历史事件
1941	昭和十六	九鬼周造去世	今西锦司《生物的世界》；岩下壮一《信仰的遗产》；下村寅太郎《科学史的哲学》；出隆《杀死哲学之物》	弗洛姆《逃避自由》；马尔库塞《理性与革命》；雅各布森《失语症与语言学》	珍珠港遭突袭、太平洋战争爆发；美英签署《大西洋宪章》
1942	昭和十七	成立"大日本言论报国会"；梅本克己任水户高等学校教授	麻生义辉《近世日本哲学史》；岩下壮一《中世哲学思想史研究》；高坂正显《民族的哲学》；高山岩男《世界史的哲学》；南原繁《国家与宗教》；三木清《技术哲学》；和辻哲郎《伦理学》中卷；丸山真男《福泽谕吉的儒教批判》	巴什拉《水与梦》；梅洛-庞蒂《行动的结构》	中途岛战役

续表

西历	日本年号	哲学/文化界历史事件【日本】	哲学/思想领域出版物【日本】	哲学/思想领域出版物【世界】	重要历史事件
1943	昭和十八		出隆《希腊的哲学和政治》；桑木严翼《明治的哲学界》；高坂正显、高山岩男、西谷启治等《世界史的立场与日本》；波多野精一《时机与永远》；田中美知太郎《理念》	萨特《存在与虚无》；J.纳百尔《伦理学纲要》	（日）学生出阵
1944	昭和十九		家永三郎《日本思想史中宗教自然观的展开》；伊藤吉之助《最近的德国哲学》；下村寅太郎《无限论的形成与结构》；铃木大拙《日本的灵性》；松本正夫《"存在的逻辑学"研究》	海德格尔《荷尔德林诗的阐释》；冯·诺依曼/摩根斯顿《博弈论与经济行为》	布雷顿森林会议；盟军登陆诺曼底

西历	日本年号	哲学/文化界历史事件【日本】	哲学/思想领域出版物【日本】	哲学/思想领域出版物【世界】	重要历史事件
1945	昭和二十	田边元从京都帝国大学退休；户坂润、三木清死于狱中		波普尔《开放社会及其敌人》；马塞尔《旅人》；梅洛-庞蒂《知觉现象学》	（日）广岛、长崎原子弹爆炸，承认波茨坦公告，战败；（日）废除特别高等警察和治安维持法
1946	昭和二十一	鹤见俊辅等创刊《思想的科学》；《展望》《近代文学》创刊；填谷雄高开始连载《死灵》；木村素卫、桑木严翼去世	池上镰三《知识哲学原理》；田边元《作为忏悔道的哲学》；三木清第二；《构想力的逻辑》波多野精一《论三木清君》；丸山真男《超国家主义的逻辑与心理》	雅斯贝尔斯《罪责问题》（广播讲话）	（日）《日本国宪法》公布；（日）远东国际军事法庭成立
1947	昭和二十二		九鬼周造《西洋近世哲学史稿》；田中美知太郎《逻各斯和理念》；田边元《种的逻辑的辩证法》；中井正一《近代美的研究》；三宅刚一《数理哲学思想史》；梅本克己《人之自由的极限》	阿多诺、霍克海默《启蒙辩证法》；薇依《重负与神恩》；科耶夫《黑格尔导读》；萨特《境况种》（—1976）；雅斯贝尔斯《论真理》	印度联邦建立、巴基斯坦独立；（日）远东国际军事法庭最终判决甲级战犯，东条英机、广田弘毅等被处以绞刑；（日）颁布《教育基本法》《学校教育法》

续表

西历	日本年号	哲学/文化界历史事件【日本】	哲学/思想领域出版物【日本】	哲学/思想领域出版物【世界】	重要历史事件
1948	昭和二十三			列维纳斯《时间与他者》	大韩民国建立，朝鲜民主主义人民共和国建立；《世界人权宣言》发布
1949	昭和二十四	"日本哲学会"成立，1952年开始发行会刊《哲学》；筑摩书房开始刊行《哲学讲座》	井筒俊彦《神秘哲学》；和辻哲郎《伦理学》下卷；梅本克己《绝对辩证法批判》	赖尔《心的概念》；列维·施特劳斯《亲属关系的基本结构》	北大西洋公约组织签署协定成立；中华人民共和国成立；(日)下山事件、三鹰事件、松川事件；(日)法隆寺金堂失火
1950	昭和二十五	田中美知太郎任京都大学文学部教授；波多野精一去世；《萨特全集》开始刊行	松村一人《辩证法与过渡期的问题》；中井正一《机械美的结构》	阿多诺等《独裁性格研究》；皮亚杰《发生认识论导论》	朝鲜战争爆发；(日)"赤色肃清"[1]开始；(日)金阁寺烧毁
1951	昭和二十六	出隆辞去东京大学教授；朝永三十郎去世	务台理作《第三人文主义与和平》	阿伦特《集权主义的起源》；蒯因《经验主义的两个教条》	

[1]　"赤色肃清"是在美军占领日本期间对日本共产党及其支持者进行的清除运动。遭清清的单位主要是政府部门，文教单位和大型企业等。——译者

续表

西历	日本年号	哲学/文化界历史事件【日本】	哲学/思想领域出版物【日本】	哲学/思想领域出版物【世界】	重要历史事件
1952	昭和二十七	《海德格尔文选》开始刊行；中井正一去世	丸山真男《日本政治思想史研究》		
1953	昭和二十八		山内得立《存在与所有》	维特根斯坦《哲学研究》（安斯康姆等编）；蒯因《从逻辑的观点看》	朝鲜战争签署停战协定；（日）奄美诸岛归还
1954	昭和二十九	科学基础论学会成立，《科学基础论研究》创刊	水田洋《近代人的形成》	古德曼《事实、虚构和预测》；德里达《胡塞尔哲学中的发生问题》	（日）自卫队组建
1955	昭和三十	《雅思贝尔斯文选》开始刊行		列维·施特劳斯《忧郁的热带》	
1956	昭和三十一	山崎正一等编《日本近代思想史》开始刊行；岩波讲座《现代思想》开始刊行	市井三郎《怀特海的哲学》；久野收、鹤见俊辅《现代日本的思想》；三宅刚一《人的存在与身体》		批判斯大林；日苏共同宣言签订；（日）加入联合国
1957	昭和三十二	"实存主义协会"建立，《实存主义》创刊；德富苏峰去世	唐木顺三《诗与实存之同》；山崎正一《康德—康德哲学》	安斯康姆《意向》；柯瓦雷《从封闭世界到无限世界》	苏联成功发射人造卫星

续表

西历	日本年号	哲学/文化界历史事件【日本】	哲学/思想领域出版物【日本】	哲学/思想领域出版物【世界】	重要历史事件
1958	昭和三十三	讲座《现代的哲学》开始刊行	中村秀吉《逻辑学》；吉田夏彦《逻辑学》	阿伦特《人的境况》；汉森《发现的模式》	
1959	昭和三十四		山崎正一《哲学的现阶段》；久野收、鹤见俊辅、藤田省三《战后日本的思想》；田边元《生的存在学还是死的辩证法》		（日）安保斗争
1960	昭和三十五	唯物论研究会重建；和辻哲郎去世	船山信一《黑格尔哲学的体系与方法》	伽达默尔《真理与方法》；萨特《辩证理性批判》	日美新安全保障条约签署；浅沼稻次郎遇刺身亡
1961	昭和三十六		中村秀吉《逻辑实证主义与马克思主义》；丸山真男《日本的思想》	J.奥斯汀《哲学论文集》；福柯《古典时代疯狂史》；列维纳斯《整体与无限》	
1962	昭和三十七	观铃书房开始刊行《现代史资料》；《尼采全集》开始刊行；田边元去世	泽田允茂《现代逻辑入门》；渡边二郎《海德格尔的实存思想》《海德格尔的存在思想》	J.奥斯汀《如何以言行事》；库恩《科学革命的结构》；德里达《胡塞尔〈几何学的起源〉引论》；德勒兹《尼采与哲学》	

续表

西历	日本年号	哲学/文化界历史事件【日本】	哲学/思想领域出版物【日本】	哲学/思想领域出版物【世界】	重要历史事件
1963	昭和三十八		市井三郎《哲学的分析》	德勒兹《康德的批判哲学》	
1964	昭和三十九	野上弥生子《秀吉与利休》;高桥里美去世	泽田允茂《现代的哲学与逻辑》	马尔库塞《单向度的人》	东京奥运会
1965	昭和四十	谷崎润一郎去世		阿尔都塞《保卫马克思》;阿尔都塞《读〈资本论〉》	美国开始炮击越南北部;日韩基本协定签署;(日)朝永振一郎获得诺贝尔奖
1966	昭和四十一	《世界的名著》开始刊行	三宅刚一《人的存在论》	阿多诺《否定辩证法》;拉康《写作集》	中国开始"文化大革命"
1967	昭和四十二	辻村公一调任文学部;日本科学哲学会成立	梅本克己《唯物史观与现代》;山内得立《意谓的形而上学》	德里达《书写与差异》;霍克海默《工具理性批判》	

续表

西历	日本年号	哲学/文化界历历史事件【日本】	哲学/思想领域出版物【日本】	哲学/思想领域出版物【世界】	重要历史事件
1968	昭和四十三	《亚里士多德全集》开始刊行；《集刊ペイデイア》[1]	田川建三《原始基督教史的一个断面》；新田义弘《现象学为何？》；广松涉《恩格斯论》；市川浩《作为精神的身体与作为身体的精神》	德勒兹《差异与反复》；哈贝马斯《认识与兴趣》	（日）签署小笠原群岛归还协议
1969	昭和四十四	《海》创刊	三宅刚一《道德的哲学》	以赛亚·柏林《自由论》；福柯《知识考古学》	（日）东大安田讲堂事件
1970	昭和四十五		稻垣良典《托马斯·阿奎那哲学的研究》		防止核扩散条约签署；（日）大阪世博会
1971	昭和四十六		大森庄藏《语言·知觉·世界》	罗尔斯《正义论》	日中邦交正常化

[1] 此处"ペイデイア"即希腊语 paideia 一词的日文音译，即"教育、教养"之意。

续表

西历	日本年号	哲学/文化界历史事件【日本】	哲学/思想领域出版物【日本】	哲学/思想领域出版物【世界】	重要历史事件
1972	昭和四十七		清水几太郎《伦理学笔记》；广松涉《世界的共同主观性存在结构》	德勒兹/伽塔里《反俄狄浦斯》	（日）签署冲绳归还协定
1973	昭和四十八	《现代思想》创刊	大森庄藏《言灵论》	杜梅特《弗雷格：语言哲学》	（日）决定贸易完全自由化
1974	昭和四十九	《柏拉图全集》刊行；梅本克己、务台理作去世	山内得立《逻各斯与引理》	列维纳斯《别样于存在或超越本质》	越南战争结束
1975	昭和五十	《知识epistémē》杂志创刊；《维特根斯坦全集》开始刊行	市川浩《作为精神的身体》；黑田亘《经验与语言》	普特南《心、语言和实在》	
1976	昭和五十一		大森庄藏《物与心》；坂部惠《理性的不安》《假面的解释学》；丸山真男《"战中"与战后之间》；三宅刚一《时间论》	昂利《马克思》；福柯《性史》	

译者后记

任何著述，当其离开著、译者的书桌，以文本的形式面世之时，就已踏入历史长河，将独自经受来自各方的淘洗。因此，关于本书的内容及其译文品质，敬请读者慧眼明察，笔者不再做更多疏解。下面对中译本形成过程中的几个技术问题做简单说明。

1. 该书由两大部分组成，第一部"文人哲学家和辻哲郎"使用的底本是『和辻哲郎——文人哲学者の軌跡』（岩波书店，2009 年 9 月），第二部"近现代日本的哲学与思想——以京都学派为中心"使用的底本是『日本哲学小史——近代 100 年の20 篇』（中央公论新社，2012 年 3 月出版的再版本）中的"第 I 部 近代の日本哲学の展望——「京都学派」を中心にして"，载该书第 1—149 页。原书初版于 2009 年 12 月。

2. 正文（ ）中的内容为原著者注，［ ］中的内容为译者注。脚注中除标明"译注"外均为原著的注释。

3. 书中出现的西语人名，原书未列出其原文拼写，为避免人名汉译时因选用不同汉字而造成误解，中译本将书中西语

379

人名在首次出现时标注了其西文拼写。

4. 原书中作为参考资料列举了大量日文著述，这些著作或论文大都尚未译成中文。为方便读者了解这些文献的大意，中译本尽量将著作或论文的题目译成中文，同时标注了其日文原题，以方便读者查找。

5. 中译本在原书各小节前添加了序号。

最后，衷心感谢责任编辑冯金红女士高度职业的态度和耐心细致的工作。从本书的策划到翻译、编辑的全过程，她都提出了宝贵的意见和建议，为本书增添了光彩。

龚颖

2015 年 12 月识于京都

2018 年元月改定于北京